www.s-ng.de

Über das Buch

Fühlst du das auch, möchte ich ihn fragen, platzt du auch gleich, komm, lass uns rennen, lass uns zusammen irgendwo hinrennen und einander nie mehr loslassen.

Aber ich bin noch immer mehrere hundert Meter von Percy entfernt, und wenn ich bei ihm angekommen bin, werde ich nicht seine Hand nehmen und ihn das fragen. Denn wenn er nein sagen würde, nein, ich fühle das nicht, Manu, ich bin bloß froh, endlich einen Freund zu haben, das würde ich nicht aushalten.

Für Manu wäre es am besten, wenn die Zeit stehen bliebe. Denn alles ist eigentlich ganz gut so, wie es ist. Zwar ist Manus Mutter entweder völlig überdreht oder liegt leidend im Bett, doch Manu kommt damit klar, nicht zuletzt wegen der Freundschaft zu Phil, Tom, Lenny und Steffen. Dann begegnet Manu Percy, dem verschlossenen Laptop-Freak, der eine Schreibschwäche hat und nie was sagt. Wer hätte gedacht, dass Percy plötzlich für Manu so wichtig wird? Manu beginnt, sich selbst Fragen zu stellen. Vor allem deswegen, weil es mit Percy so anders ist als mit Phil oder den anderen. Aufregend. Neu. Wenn das mit Percy nur nicht alles durcheinanderbringen würde, was Manu bisher von sich selbst dachte, dann könnte es auch schön sein.

Über die Autorin

Sabine Nagel hat schon immer gern (und viel) geschrieben. Sie liebt es, währenddessen vollkommen abzutauchen in die Gedanken-, Gefühls- und Erlebniswelt ihrer Protagonisten. Für sie sind sie dann real, und während sie schreibt, verschmilzt sie quasi vollkommen mit ihren Hauptfiguren. Dieses Gefühl ist es, das sie zum Schreiben antreibt - und der Wunsch, die entstandenen Geschichten mit ihren Leser*innen zu teilen und ihnen ein emotionales und fesselndes Leseerlebnis zu bereiten.

Im wahren Leben ist Sabine Nagel Lehrerin. Aufgewachsen ist sie als echtes „Nordlicht" in Schleswig-Holstein. Zum Studieren ging sie nach Hannover, wo sie insgesamt 12 Jahre wohnte.

Mittlerweile lebt die Autorin nördlich von Nürnberg. Sie ist verheiratet und hat zwei neunjährige Kinder.

Mehr Informationen über die Autorin gibt es unter www.s-ng.de.

Sabine Nagel:

IRGENDWIE DAZWISCHEN ODER: DAS MIT PERCY.
Coming-of-Age-Roman für Jugendliche ab 14
und Erwachsene.

Impressum:

Irgendwie dazwischen oder: Das mit Percy.
Coming-of-Age-Roman für Jugendliche ab 14 und Erwachsene
2. Auflage 2022 (mit ergänzendem Nachwort)
© Sabine Nagel, 2012/2021

Herstellung und Verlag:
BoD – Books on Demand, Norderstedt

Coverdesign und Umschlaggestaltung: Florin Sayer-Gabor -
www.100covers4you.com

ISBN: 978-3-7543-7350-7

Bibliographische Informationen der deutschen Nationalbibliothek: Die
Deutsche Nationalbibliothek verzeichnet diese Publikation in der deut-
schen Nationalbibliographie; detaillierte bibliographische Daten sind im
Internet unter http://dnb.d-nb.de abrufbar.

Kontakt: info@s-ng.de

<u>Vorbemerkung</u>:

Menschen wie Manu und Percy gibt es. Die Idee zu diesem
Roman entstand auch aufgrund realer Schicksale.
Percy und Manu sowie alle anderen Figuren dieses Romans
sind jedoch frei erfunden, genauso wie ihre Geschichte.

INHALT

Drei Wochen.
Zwei junge Menschen.
Plötzlich ist alles anders.
Für immer.

1. Überleben.

-Percy-

Er macht eigentlich einen vernünftigen Eindruck, dieser Dr. Karl. Mitte fünfzig, schätzt Percy, graumeliertes Haar, Halbglatze. Zum Lesen der Gutachten und Zeugnisse, die einen ordentlichen Stapel auf seinem Schreibtisch bilden, braucht er eine Brille. Zwischendurch sieht er Percy immer wieder an, sehr lange manchmal, ohne zu lächeln, jedoch auch nicht unfreundlich. Prüfend. Ernst. Vielleicht wohlwollend.

Während er liest, ist es still im Raum. Ungeheuer still. Percy hat sich schon umgesehen im Schulleiterbüro. Es ist sehr nüchtern. Ein Bücherregal, ein Aktenschrank, ein Schreibtisch mit Computerarbeitsplatz und ein ovaler Tisch, vermutlich für Gespräche wie dieses. Hinter dem Schreibtisch hängt ein Bild des Bundespräsidenten. An der ansonsten kahlen Wand hinter dem Tisch, an dem Percy mit seiner Mutter dem Schulleiter schräg gegenübersitzt, befindet sich ein großformatiges Foto einer Klasse, einer fünften oder sechsten wahrscheinlich. Inmitten der Schüler ist Dr. Karl zu sehen, wohl etwas jünger als jetzt, aber nicht viel. Anscheinend ist er einmal Klassenlehrer und Schulleiter gleichzeitig gewesen, denn soweit Percy weiß, leitet Karl dieses Gymnasium schon lange.

„Da ist ja einiges zusammengekommen", meint Dr. Karl, als er das letzte Blatt des Stapels umgeblättert hat.

„Wie ich schon sagte, ...", setzt Percys Mutter an, doch ihr angefangener Satz endet im Nichts.

„Ich habe gehört, was Sie sagten. Die Aktenlage bestätigt Ihre Worte. Eine schwierige Entscheidung." Karl wendet seinen Blick von Percys Mutter ab und sieht Percy an.

Percy erwidert den Blick. Bloß nicht wegschauen. Dabei würde er am liebsten im Boden versinken.

„Was sagst du denn dazu?", fragt Karl. „Was ist dein Ziel?"

Sein Ziel? Überleben vielleicht. Ohne Angst zur Schule gehen. Akzeptiert werden. So sein dürfen, wie er ist. Mit dem, was er nicht kann, aber auch mit dem, was er kann.

Er schweigt. Das kann er doch so nicht sagen, oder? Das Abitur schaffen, richtig schreiben lernen, im Unterricht mitarbeiten, nicht mehr schwänzen, das will er doch bestimmt hören, das wollen sie immer alle hören.

Dr. Karl schweigt auch.

Percys Mutter holt tief Luft, als wollte sie schon wieder etwas sagen, aber Dr. Karl gibt ihr durch einen einzigen Blick zu verstehen, dass sie jetzt nicht gefragt ist.

Wahnsinn, denkt Percy. Ein Blick, so klar, so eindeutig.

Niemand spricht.

Es zieht sich.

Percy hält es nicht mehr aus. Er spürt, wie die Wut in ihm aufsteigt. Das hier ist auch nichts anderes als bisher. Von wegen letzte Chance. Es ist keine. So nicht. Er blickt zu Boden. Wenn er diesen Karl noch länger anschaut, wird er ihn irgendwann anbrüllen. Seine Wut rausbrüllen. Die Enttäuschung, die eigene Hilflosigkeit.

„Du müsstest jetzt schon was sagen", erklärt Dr. Karl ruhig. „Ich nehme dich an unserer Schule auf, auf Probe selbstverständlich, wenn ich mir sicher bin, dass du es auch willst und nicht nur deine Mutter. Davon musst du mich aber selbst überzeugen, Percy. Das kann niemand sonst."

Irgendwas an der Art, wie er spricht, beruhigt Percy. Es ist so unaufgeregt. Nüchtern. Informativ. Du hast die Wahl, Percy, scheint er zu sagen, du hast es in der Hand. Nur du.

„Überleben", sagt Percy leise. „Das ist mein Ziel."

„Überleben?", wiederholt Karl.

„Wenn Sie nicht verstehen, wie ich das meine, dann können Sie's vergessen."

Percy erschrickt. *Dann können Sie's vergessen.* Wie anmaßend. Unverschämt. Das war's dann wohl. Aber es stimmt. Karl muss das verstehen. Verdammt, warum musste er nachfragen?

„Du hast recht, ich denke, ich habe es verstanden", sagt Karl ruhig. „Angenommen, das Überleben gelingt, was wäre dein nächstes Ziel?"

Vielleicht stimmt Percys erster Eindruck von Dr. Karl doch. Dass er wohlwollend ist. Dass Percy hier eine Chance hat. Mit Karl ist zwar nicht zu spaßen. Er meint, was er sagt. Aber das kann ja auch gut sein. Percy beschließt, die Brücke zu betreten, die Dr. Karl ihm gebaut hat.

„Zurechtkommen", sagt er. „Bleiben und das Abitur machen. Wenn ich eine faire Chance bekomme, werde ich sie nutzen, das verspreche ich."

„Was ist für dich eine faire Chance?"

Den kann man nicht mit Phrasen abspeisen. Der will's wissen, der will genau wissen, worauf er sich einlässt. Aber er fragt es interessiert, freundlich.

„Ich weiß nicht", sagt Percy. „Ich hatte nie eine. Dass man mir Zeit gibt, vielleicht. Mir vertraut, dass ich das schon hinkriege. Ich kann mein altes Verhalten nicht einfach abstreifen wie eine Schlange ihre Haut. Ich ... ich hab nämlich keine fertige neue Haut darunter, wenn Sie verstehen, was ich meine."

Dr. Karl sieht ihn nachdenklich an. „Das sind interessante Worte", sagt er langsam. „Ein schönes Bild, vermutlich sehr passend. Du kämst in die Klasse des Kollegen Grieger. Das ist eine nette Klasse. Meine alte Klasse." Er deutet auf das Bild hinter seinem Rücken und lächelt, als würde er an eine schöne Zeit zurückdenken. „Es ist eine zehnte Klasse, ich denke, das wird die beste Lösung sein."

Er sieht Percy an, will anscheinend etwas von ihm hören.

Aber was soll er sagen? *Danke*? Weil er eigentlich die neunte wiederholen müsste? Nein, er wird sich nicht bedanken. Er wird sich nicht unterwerfen. Es ist sowieso Dr. Karls Entscheidung; er hat die Akte gelesen und die Fäden in der Hand.

Percy sagt nichts, aber er hält Dr. Karls Blick stand.

„Ich würde mit den Kollegen sprechen", fährt Karl endlich fort. „Ich denke, die allermeisten würden dir das zugestehen, was du als faire Chance bezeichnet hast. Ich habe allerdings drei Bedingungen. Die würden wir vertraglich festhalten."

„Welche?"

„Erstens: Du wirst immer kommen. Kein einziger unentschuldigter Fehltag. Wenn du Probleme hast, besprich sie mit mir, und wir suchen eine Lösung. Zweitens: Du wirst das jeweilige Klassenziel erreichen. Eine Klassenwiederholung würde bedeuten, dass du die Schule verlassen musst. Drittens: Du wirst eine Therapie machen, um deine Schreibschwäche ernsthaft anzugehen. Ich erwarte, dass du dich mit deinem Problem auseinandersetzt und daran arbeitest. Du bist fünfzehn, alt genug, um den erforderlichen Willen aufzubringen und deine Intelligenz zu nutzen, um die Schwierigkeiten zumindest teilweise auszugleichen."

Er sieht Percy an, lässt seine Worte wirken.

Percy schluckt. So deutlich hat ihm das lange keiner mehr gesagt. Besonders der letzte Punkt ist hart. Seit der ersten Klasse, als es ihm einfach nicht gelingen wollte, auch nur annähernd formschöne Fs und Us in die Linien zu quetschen, hat er sich geweigert zu schreiben. Wenn er es jetzt versucht, braucht er ewig für einen Satz, wenn der halbwegs lesbar zu Papier gebracht werden soll.

Percy sieht sich sofort in einem fremden Klassenzimmer sitzen. Neben ihm fliegen die Stifte über das Papier. Und er sitzt da und krakelt mühevoll einen Buchstaben nach dem anderen aufs Blatt. Am Ende des Satzes hat er vergessen, wie er angefangen hat, und das Entziffern der eigenen Schrift kostet fast ebenso viel Kraft wie das Schreiben. Nein, das kann Dr. Karl nicht von ihm verlangen. Er lässt sich nicht demütigen. Er nicht. Nach dem Legasthenie-Erlass hat er ein Anrecht auf die Benutzung eines Laptops. So hat er wenigstens die Klassenarbeiten immer einigermaßen bewältigen können. Wenn er überhaupt da war.

„Ich hab ein Anrecht auf den Laptop." Percys Stimme zittert ein wenig.

„Den will dir auch niemand nehmen", entgegnet Karl. „Selbstverständlich gilt der schleswig-holsteinische Legasthenie-Erlass auch bei uns. Aber meinst du nicht, dass du langfristig – ich meine über einen Zeitraum von ein, zwei Jahren – in der Lage sein solltest, kurze Texte in einer angemessenen Zeit lesbar mit der Hand schreiben zu können?"

Schön wäre das schon, denkt Percy. Aber ...

„Das ist mein Ziel für dich", fährt Karl fort. „Weil ich denke, dass es möglich ist. Und weil ich denke, dass es für dich wichtig ist.

Du bist kein Kind mehr. Bei deiner Intelligenz sollten dir alle Tore der Welt offenstehen. Es wird Zeit, dass du durch eine der vielen Türen durchgehst, Percy."

Aber ..., denkt Percy. Doch er denkt es nur, er sagt es nicht. Weil Dr. Karl kein „Aber" gelten lassen würde. Weil er recht hat. Percy ist alt genug. Er muss was tun. Es gibt eine Zeit nach der Schule. Und die rückt immer näher.

„Okay", sagt Percy. „Ich akzeptiere die Bedingungen."

Neben ihm atmet seine Mutter hörbar auf.

Percy spürt, wie seine Augen anfangen zu brennen. Er blinzelt. Er hat Angst und fühlt sich gleichzeitig irgendwie ... erleichtert.

„Gut." Dr. Karl lächelt. „Du hast zwei Wochen Zeit, um einen Termin bei einem Therapeuten zu vereinbaren. Den lässt du dir schriftlich geben. Damit kommst du wieder her und wir unterschreiben den Vertrag. Dann kannst du nach den Sommerferien zu uns kommen."

Der macht Nägel mit Köpfen. Percy ist durchaus beeindruckt von diesem Mann.

„Darf ich noch eine Frage stellen?"

„Selbstverständlich."

„Wie wollen Sie überprüfen, ob ich die Therapie wirklich mache?"

„Indem deine Mutter und du den Therapeuten insoweit von der Schweigepflicht entbindet, wie es nötig ist, damit er mir Auskunft darüber geben kann, ob du regelmäßig erscheinst und dich ernsthaft bemühst." Er macht eine kurze Pause. Percy überlegt, ob er das gut finden soll, das mit der Aufhebung der Schweigepflicht. Doch bevor er zu einem Ergebnis kommt, sagt Karl: „Ich vertraue dir, dass du das schaffst. Aber Vertrauen ist gut, Kontrolle ist besser. Zumindest am Anfang."

Dr. Karl legt den Papierstapel aus Gutachten und Zeugnissen wieder zurück in die Umschlagmappe.

„Vielen, vielen Dank, Herr Dr. Karl." Percys Mutter steht auf.

Dr. Karl erhebt sich ebenfalls und reicht ihr die Hand.

„Ihr Sohn hat noch einen schweren Weg vor sich. Aber wenn ich nicht denken würde, dass er es schafft, würde ich ihn nicht aufnehmen."

„Können Sie uns eventuell einen geeigneten Therapeuten empfehlen? Wir haben schon einige verschlissen ..."

„Percy kann sich von Frau Wagenbach die Kontaktdaten unserer Schulpsychologin geben lassen", antwortet Karl. „Sie kann Percy sicher eine Liste geben und Empfehlungen aussprechen."

„Ich?" Percy, der inzwischen auch aufgestanden ist, verschluckt sich beinahe.

Karl reagiert nicht darauf.

Er reicht Percy die Hand. „Auf Wiedersehen."

Wahnsinn, wie der mit seiner Stimme arbeiten kann. Wie viel in diesen zwei Wörtern mitschwingt.

„Ja." Percy ringt sich ein Lächeln ab. „In zwei Wochen, spätestens."

Als Percy die Tür des Schulleiterbüros öffnet, betreten im selben Moment zwei Schüler das Vorzimmer. Sie sind vermutlich in Percys Alter. Der blonde mit dem wild-fransigen Kurzhaarschnitt und der hellblauen Jeans scheint den anderen Typen geradezu in den Raum hineinzuschieben.

Percy verlangsamt sein ohnehin verhaltenes Tempo. Er will nicht vor den beiden, in deren Klasse er möglicherweise kommen könnte, die Sekretärin nach der Telefonnummer der Schulpsychologin fragen. Seine Mutter geht an ihm vorbei und raunt ihm ein „Ich warte im Flur" zu. Na toll. Er wird also wirklich selbst fragen müssen. Das hat Dr. Karl ja blendend hinbekommen.

Die beiden Jungs zögern ebenfalls. Sie sehen aus, als stünde ihnen ein sehr unangenehmes Gespräch im Schulleiterbüro bevor.

Percy hat Glück. Frau Wagenbach spricht zuerst die beiden an. „Was kann ich für euch tun?"

Der Blonde tritt an den Tresen, der den Arbeitsbereich der Sekretärin vom vorderen Teil des Raumes trennt. Der dunkelhaarige Junge stellt sich neben ihn und scheint sich doch irgendwie hinter seinem Kumpel verstecken zu wollen. So wie Percy sich auch am liebsten unsichtbar machen würde. Oder fliehen.

Der blonde Typ räuspert sich, als müsste er erst seine Stimmbänder freibekommen. „Wir haben einen Termin bei Dr. Karl", sagt er.

Frau Wagenbach wirft einen Blick in ihren Kalender. „Manu und Tom aus der 9a, richtig?", fragt sie dann.

Die beiden nicken.

„Ihr könnt reingehen. Dr. Karl erwartet euch schon."

Percy wartet, bis sich die Tür des Schulleiterbüros hinter den beiden Jungen geschlossen hat.

Auch er muss sich räuspern, bevor er einen Ton herausbringt.

„Ich ... Dr. Karl sagte, Sie könnten mir die Telefonnummer der Schulpsychologin geben."

„Einen Moment", sagt Frau Wagenbach, als wäre seine Bitte nicht unnormaler als die Frage, wann die erste Pause beginnt, und wendet sich ihrem Computer zu.

Keine zwei Minuten später verlässt Percy das Sekretariat. Seine Hände zittern, während er im Gehen das Blatt faltet. Mit der Schrift nach innen. Muss ja keiner sehen, was draufsteht.

2. MISTER LAPTOP.

– Manu –

Montag, 21.09.2009

Er ist so ein komischer Typ mit Laptop. Ungefähr so groß wie ich, sein glattes hellblondes Haar ist über den Ohren zu lang und steht zur Seite ab, und er wirkt so schmächtig, dass er bei Wind besser nicht nach draußen gehen sollte.

Und er sitzt mir genau gegenüber. In jeder blöden langweiligen Unterrichtsstunde muss ich seinen Anblick ertragen. Wie er da hinter seinem Notebook sitzt, das er immer aufgeklappt hat, obwohl er es fast nie benutzt. Keiner sonst darf einen Laptop im Unterricht haben. Aber Percy hat irgend so eine Schreibschwäche, so ähnlich wie Legasthenie, bloß dass das Lesen nicht beeinträchtigt ist. Laut Legasthenie-Erlass steht ihm die Verwendung eines Hilfsmittels zu. So hat es uns Grieger, unser Klassenlehrer, erklärt, als Percy vor ein paar Wochen neu in unsere Klasse kam.

Es ist still im Klassenraum, ausnahmsweise gucken wir alle auf Percy, nicht nur ich.

Grieger hat ihn gerade gefragt, mit wem er im Erdkundeprojekt zusammenarbeiten will. Natürlich ist Percy übriggeblieben, als sich alle Partner suchen sollten. Und natürlich zuckt er mit den Schultern, anstatt irgendetwas zu sagen. Ich weiß gar nicht, ob er überhaupt schon mehr als zwanzig Wörter gesagt hat, seit er hier ist.

Tom stößt mich von der Seite an. „Meinst du, Grieger gibt nach und lässt ihn alleine arbeiten?", flüstert er.

„Das glaube ich kaum." Ich bin gespannt auf das, was jetzt kommen wird. Denn Grieger ist ein Prinzipienreiter.

„Percy", beginnt Grieger erneut, „es ist eine *Partnerarbeit*. Das gilt hier für jeden. Übrigens auch für Sie drei." Seine Stimme wird plötzlich scharf, und er blickt Phil, Tom und mich an. Natürlich ist ihm unser Getuschel nicht entgangen. Dann wendet er sich wieder Percy zu und sagt, nun wieder eine Spur freundlicher:

„Ich schlage vor, Sie suchen sich von den dreien jemanden aus."

„Das können Sie nicht machen!", protestiere ich schnell. „Philipp, Thomas und ich haben uns schon abgesprochen." Das stimmt, wir wollen das Teilthema Ägypten nehmen. Tom war sogar schon mal da, in den letzten Osterferien. Das ist doch perfekt.

„Sie werden mir kaum vorschreiben, was ich machen kann und was nicht." Grieger wischt meinen Einwand einfach beiseite.

Ich finde es immer noch komisch, gesiezt zu werden. Wir haben die gleichen Lehrer wie in der neunten Klasse, aber seit der zehnten müssen sie uns siezen. Und so einer wie Grieger hält sich auch daran.

„Sie drei hängen mir sowieso viel zu viel zusammen. Also, Percy?"

Wieder zuckt Percy mit den Schultern. Sitzt da einfach hinter seinem Laptop und schweigt. Mann, was für eine Memme. Kann der nicht einfach mal den Mund aufmachen?

„Ich warte."

Percy ist ein Weichei und Grieger ein Sadist. Percy wird nicht antworten, das ist doch klar. Warum demütigt Grieger ihn so? Meine freudige Erwartung von vorhin ist verflogen, stattdessen fühle ich mich zunehmend unwohl, je länger Percys Schweigen und Griegers demonstratives Warten andauern.

„Herr Grieger, das ist ja nicht auszuhalten", sage ich plötzlich. „Ich arbeite mit Percy zusammen."

Hab ich das wirklich gesagt? Ich und Percy? Zusammenarbeiten? Was war das denn gerade?

„Gut", sagt Grieger nur, „dann wäre ja alles geklärt." Und dann redet er von den Phasen des Projekts, wann und wie wir beginnen und so.

Ich kriege davon nichts mit. Ich bin noch total durcheinander von dem, was da eben geschehen ist. Und davon, dass Percy mich kurz anlächelt, ganz cool. Dabei ist der doch alles andere als cool. Ich hätte Dankbarkeit erwartet oder ein gequältes Lächeln – oder dass er mich gar nicht anguckt. Er ist wirklich ein komischer Typ.

„Was ist denn mit dir los, Manu?", fragt Phil spöttisch, als er,

Tom und ich zusammen in die Pause gehen. „Bist du unter die Samariter gegangen?"

„Ach, hör doch auf." Ich bin genervt. Von Percy, von Grieger, von mir selbst, von Phil. Und ich hab ganz bestimmt keine Lust, Phil jetzt etwas zu erklären, was ich selbst nicht verstehe.

„Lässt uns einfach im Stich. Ohne dich wird es bestimmt nur halb so lustig", beklagt sich Tom. „Na ja, du kannst ja dann berichten, wie die Zusammenarbeit mit Mister Laptop so läuft."

Ich grinse. „Ja, vermutlich wird sein Laptop gesprächiger sein als er selbst. Er sollte sich mal eine Sprachfunktion programmieren, die auf Tastendruck wenigstens ‚Ja', ‚Nein' und ‚Weiß nicht' sagt."

Tom und Phil lachen. So wie immer.

Ich bin erleichtert.

Nach der Schule schlendere ich noch ein bisschen durch die Stadt. Das mache ich immer so, obwohl es genau die entgegengesetzte Richtung zu meinem Heimweg ist. Nicht, dass ich groß was einkaufen müsste oder wollte. Ich hab's bloß nicht eilig, nach Hause zu kommen. Früher haben Tom, Phil, Steffen, Lenny und ich uns oft zusammen in der Koogstraße oder bei den Schleusen rumgetrieben. Aber die anderen sind anscheinend aus dem Alter raus, in dem es ihnen Spaß macht, wildfremden Leuten gemeine Streiche zu spielen, und Skateboard fahren wir auch schon länger nicht mehr. Deshalb hänge ich seit einiger Zeit meist allein rum, gehe nicht zur Koogstraße runter, sondern biege schon an der Braake ab und laufe Richtung Elbe.

Heute ist es ziemlich warm, und so setze ich mich eine Weile an den Elbdeich und lasse die Zeit verstreichen. Hier ist schon fast das Meer. Es ist gerade ablaufend Wasser; der Fluss hat die ersten Wattflächen am Fuß des Deiches bereits freigegeben. Ein leichter Wind weht, die Elbe ist ein bisschen bewegt heute, aber es gibt keine Schaumkronen. Ein Hochseeschiff nach dem anderen zieht vorbei. Wo kommen sie her? Wo fahren sie hin? Was mag in den Tausenden und Abertausenden von Containern drin sein? Das frage ich mich jedes Mal, wenn ich hier sitze. Das zu denken ist wie nichts zu denken.

Schön ist es hier. Schade, dass Phil und Tom so gar nichts dafür übrig haben. Wenn die wüssten, wie oft ich mich hier aufhalte, würden sie mich womöglich nicht mehr so cool finden.

Als mir kalt wird, renne ich los. Ich trage sowieso immer Turnschuhe, und mein Schulrucksack ist leicht. Phil oder Tom teilen gern ihre Bücher mit mir. Ich renne den Kilometer bis zum Alten Fähranleger ohne Pause, es fühlt sich gut an, wie immer. Ich halte die Strecke durch, ohne das Tempo zu verlangsamen. Meine Kondition kann sich sehen lassen. Ich würde so gerne Tennis spielen oder Fußball, im Verein natürlich, aber dafür bräuchte ich die Erlaubnis meiner Eltern, und Tennis ist zu teuer und Fußball, finden sie, ist nichts für mich. Dabei bin ich so gut im Fußball. Leider haben wir das Fußballspielen auf dem Schulhof schon in der siebten Klasse den Kleineren überlassen.

Am ehemaligen Fähranleger halte ich an, wie immer, und mache Dehnübungen und Liegestütze an den weißen Brüstungselementen des Anlegers. Seit etwa eineinhalb Jahren mache ich das fast täglich, erst joggen, dann Liegestütze, jedenfalls, wenn das Wetter es zulässt. Wir hatten einen schönen Sommer dieses Jahr; ich bin stolz auf mein Durchhaltevermögen und meinen durchtrainierten Körper. Nach fünfmal fünfzehn Liegestützen in unterschiedlichen Positionen und meinem üblichen Pensum an Dehnübungen jogge ich gemächlich nach Hause.

Wir haben eine Vierzimmerwohnung, meine Eltern und ich. Es gibt nicht viele Mehrfamilienhäuser in Brunsbüttel, aber da, wo wir wohnen, ist eine größere Ansammlung von Wohnblocks. Mein Blick fällt als Erstes auf das Schlafzimmerfenster meiner Eltern. Der Vorhang ist zugezogen. Na toll.

Um Stress zu vermeiden, öffne ich die Wohnungstür so leise wie möglich. Wenn meine Mutter tagsüber im Bett liegt, verträgt sie nicht einmal das leiseste Geräusch.

Ich habe gerade meine Schuhe ausgezogen, da ruft sie mit ihrer kraftlosen Stimme: „Kind, wo warst du so lange?"

Natürlich hört sie es, wenn ich komme. Da kann ich noch so leise sein. Ich *hasse* diesen Empfang.

„An der Elbe", antworte ich durch die geschlossene Schlafzimmertür hindurch.

„Du weißt doch, dass dein Vater Spätschicht hat."

Na klar weiß ich das, für wie blöd hält sie mich? Ich komme fast immer spät nach Hause, sie könnte sich doch endlich mal damit abfinden. Ich merke, wie die Wut in mir aufsteigt, am liebsten würde ich meine Mutter anschreien, aber das würde alles nur noch schlimmer machen.

Also sage ich nichts, gehe in mein Zimmer und ziehe mir erstmal ein anderes T-Shirt an. Ich halte es wie Percy, denke ich plötzlich, ich schweige einfach, vielleicht ist das das Beste. Egal, was ich sage, es hilft ja doch nichts. Fast schon wieder ein bisschen gelaunt, lümmele ich mich im Wohnzimmer auf das Sofa und stelle den Fernseher an, leise natürlich. Ich bin gerade noch rechtzeitig zu meiner Lieblingsserie gekommen. Wenigstens ein Lichtblick. Für eine Weile versinke ich in der Krimihandlung.

Sie wartet sogar ab, bis die Sendung vorbei ist. Oder es ist Zufall, dass sie erst fünf Minuten später, als ich wahllos durch die Kanäle zappe, in der Wohnzimmertür steht. Sie hat sich einen Bademantel übergezogen, das ist ein halbwegs gutes Zeichen. Trotzdem verströmt der Schlafanzug darunter nicht gerade den angenehmsten Geruch.

„Kind, machst du uns was zu essen?"

Warum macht sie uns nichts, wie normale Mütter? Ich könnte mich schon wieder aufregen, aber ich schlucke meinen Ärger hinunter und nicke.

„Käsebrote und Kamillentee, wie immer?", frage ich.

„Ja, du bist ein liebes Kind. Wir können in der Küche essen, wenn du magst."

Natürlich mag ich. Die Alternative wäre an ihrem Bett.

Sie schlurft ins Bad, gebückt, als täte ihr jeder Schritt weh. Ich lüfte erstmal das Schlafzimmer und schüttele die Bettdecke auf, bevor ich in der Küche den Tisch decke und das Wasser für den Kamillentee aufsetze.

Beim Abendessen sprechen wir fast nichts. Der vollkommen energielose Blick meiner Mutter geht mir wahnsinnig auf den Wecker. Sie erkundigt sich noch nicht mal, wie es in der Schule war.

Und sie selbst hat natürlich nichts zu berichten, was auch.

Schließlich erzähle ich ihr einfach so, ungefragt, von Percy und dem Referat und dass ich Griegers Demütigungen nicht mehr ertragen konnte und deshalb jetzt mit Percy das Referat halte.

„Das war nett von dir. Du bist ein gutes Kind." Das ist alles, was sie dazu sagt. Ich hätte es genauso gut der Wand erzählen können.

3. 10 Minuten.

- Percy -

Percy sitzt am Schreibtisch und hält einen Tintenroller in der Hand. Vor ihm liegt ein geöffnetes leeres Schulheft. Lineatur 27, liniert mit Doppelrand.

Es ist kurz nach acht. Draußen ist es schon dunkel. Lange wird es nicht mehr dauern, dann ist der Herbst da. Obwohl die Schreibtischlampe leuchtet und Percy, der Schreibtisch, das Heft und auch der Kleiderschrank hinter ihm sich in der Fensterscheibe spiegeln, kann man einen lichtstarken Stern am Himmel sehen. Die Venus. Sie strahlt zurzeit besonders hell am frühen Abend.

Der Himmel ist wolkenlos, wie seit Tagen schon. Eigentlich ideal, um die Sterne zu beobachten. Er könnte gleich noch das Teleskop nehmen und damit in den Garten gehen. Er hat schon so lange nicht mehr in den Himmel geschaut. Welche Planeten sind überhaupt gerade am frühen Abend zu sehen außer der Venus? Percy hat es schon ewig nicht mehr verfolgt. Er muss direkt mal im Internet nachschauen. Vielleicht ist Uranus sichtbar, soll der nicht in der zweiten Jahreshälfte unter guten Bedingungen mit einem Amateurteleskop zu sehen sein? Aber soll das schon im September sein?

Fast schon hat er den Finger an der Power-Taste des Laptops.

Halt!

Er hat es versprochen. Täglich zehn Minuten. Sich überwinden. Routine bekommen. Ein Schriftbild entwickeln. Es muss gehen. Er ist fünfzehn. Herr Wildmuth macht einen kompetenten Eindruck. Dreimal war Percy jetzt bei ihm. Die Fahrt nach Itzehoe ist echt zeitaufwändig. Aber Dr. Karls Ziel ... Es ist vernünftig. Notwendig. Und, wenn Percy ehrlich ist, muss er zugeben, dass es auch *sein* Ziel ist.

Percy zieht die Hand, die noch immer über der Power-Taste

schwebt, wieder zurück. Er öffnet den Tintenroller, legt die Kappe beiseite.

Seine Hand zittert, als er den Stift langsam zur rechten oberen Ecke der ersten Heftseite führt.

Mo., 21.0 8

Krakelig sieht das aus. Zittrig. Die 9 ist kaum zu erkennen. Beinahe hätte er sie spiegelverkehrt geschrieben. Wenn Percy rechts und links unterscheiden soll, muss er auch heute noch überlegen. Automatisiert ist das bei ihm nicht.

Zweite Zeile, linker Rand. Jede neue Zeile ganz am Rand anfangen. Nicht schmieren. Lieber langsam, Buchstabe für Buchstabe, lesbar schreiben. Kleine Buchstaben, kleine Bewegungen. Keine Hektik. Jeder Buchstabe ruht auf der Linie. Er hat es geübt bei Wildmuth. Es ist eine Willenssache, eine Konzentrationssache. Los geht's. Sonst sind die 10 Minuten um, und er hat gerade mal zwei Zeilen geschrieben. Eine davon das Datum.

Was soll ich schreiben? Worüber soll ich schreiben?
Ist doch egal, Hauptsache schreiben.
Ehrlich man Hauptsache nicht mit p! Ich glaube
schon. Jeder Buchstabe soll auf der Linie ruhen,
Warum ist das so schwierig?
So ein sinnloser Text.

Genug für heute. Percy schaut auf die Uhr. 11 Minuten. 11 geschlagene Minuten lang hat er einen Buchstaben an den anderen gereiht; sie sind zu sinnentleerten, albernen Sätzen geworden. Es sind bestimmt jede Menge Fehler drin. Hauptsache schreibt man mit p. Und man schreibt man klein. Ist das ein kleines m oder ein großes? Er kann seine eigene Schrift kaum lesen.

Anmerkung: Im Anhang (ab S. 262) sind Percys Texte bei Bedarf in abgetippter Form nachzulesen.

Das sieht nicht aus wie die Schrift eines Fünfzehnjährigen. Nicht einmal wie die eines Sechsjährigen. Percy würde am liebsten heulen und schreien zugleich. Die Seite zerreißen. Könnte er ja auch, ist eh Quatsch. Aber Wildmuth will Beweise sehen. Und Karl wird nachfragen, ob er die Beweise bringt.

Schnell klappt Percy das Heft zu und legt es in die Schreibtischschublade. Nach ganz unten und hinten. Weg.

4. DEINE NICHT?

– Manu –

Dienstag, 22.09.2009

Percy übernimmt keine Initiative, um sich mit mir abzusprechen. Gestern hat er nichts gesagt. Heute ist die Schule auch schon wieder fast vorbei, und er tut so, als gäbe es keine Partnerarbeit. Tom und Phil treffen sich heute Nachmittag bei Tom, ich könnte natürlich auch mitkommen, aber dazu habe ich keine Lust. Das liefe nämlich darauf hinaus, dass ich einen Großteil ihres Referats machen würde. Außerdem müssen Percy und ich bald mal anfangen, die ersten Referate sollen schon in zwei Wochen gehalten werden. Ich hab mich nun schon bereiterklärt, mit ihm zu arbeiten, obwohl ich keine Ahnung habe, wie das überhaupt funktionieren soll mit einem Typen, der kein Wort sagt, da könnte er doch wenigstens mal auf mich zukommen.

Als es klingelt und alle aus der Klasse trotten, richte ich es so ein, dass ich wie zufällig neben ihm hergehe. Was bedeutet, dass ich superlangsam meine Sachen packen muss, denn Percy verlässt immer so ziemlich als Letzter den Klassenraum.

Wir durchqueren den Gang, gehen die Treppe runter, ich folge ihm durch die Halle, wir stoßen an der Eingangstür fast zusammen, ich bleibe ihm auf den Fersen auf dem Weg zu den Fahrradständern. Irgendwann muss er mich doch mal ansprechen. Doch nichts passiert.

Nichts.

Er beachtet mich nicht.

Gleich muss ich geradeaus gehen und er rechts, denn ich komme nicht mit dem Rad zur Schule.

„Was ist mit unserem Referat?", frage ich ihn schließlich. Ich lege absichtlich eine gehörige Portion Genervtheit in meine Stimme.

Percy bleibt stehen. „Warum so unfreundlich?"

Er spricht! Ich bin platt. „Hättest mich ja auch mal von dir aus ansprechen können, wo ich schon ..." Irgendwas hält mich davon ab, den Satz zu vollenden.

„... so großzügig warst, dich meiner zu erbarmen?" Percys Augen sind schmal, seine Stimme dagegen ist erstaunlich ruhig. Herausfordernd sieht er mich an.

Jetzt bin ich sprachlos. Mir fällt noch nicht einmal eine gute spitze Bemerkung über seine Ausdrucksweise ein.

Die Zeit, die wir uns gegenseitig anstarren, und das nicht eben freundlich, nimmt kein Ende. Ich hab sonst keine Probleme, eine schlagfertige Antwort zu geben. Aber jetzt fühle ich mich irgendwie ... ertappt.

Percy verliert das Duell. Er wendet sich ab und geht weiter. Als er bei seinem Fahrrad ankommt – es ist ein altes, aber offenbar sehr gut gepflegtes Rennrad – beugt er sich über das Fahrradschloss und schließt es auf.

Erst jetzt fällt mir auf: Ich hätte doch eigentlich weiter geradeaus gehen müssen. Jetzt stehe ich hier neben Percy und seinem Rad wie bestellt und nicht abgeholt.

„Was ist jetzt?", frage ich, bevor er mich fragen kann, warum ich hier noch rumhänge, oder bevor er einfach fährt, was wohl wahrscheinlicher wäre.

„Hast du Zeit?" Er fragt es, ohne aufzusehen, während er das Schloss um die Sattelstange wickelt. Seine Stimme ist ein bisschen rau, vielleicht ist er noch im Stimmbruch. Oder es liegt daran, dass er sie so selten benutzt.

Natürlich habe ich Zeit. Phil ist bei Tom, im Sportverein bin ich nicht und meine Mutter liegt vermutlich eh im abgedunkelten Zimmer und will ihre Ruhe. Oder es geht ihr besser, aber dann will ich ihr erst recht nicht früher als nötig über den Weg laufen.

„Denke schon", antworte ich trotzdem eher vage.

„Hast du ein Rad?"

„Ich wohne ganz in der Nähe." Und mein Rad steht im Keller, das lohnt sich nicht, für den kurzen Schulweg immer das Rad raufzuschleppen. Außerdem ... mag ich es nicht. Meine Eltern haben es mir geschenkt, als ich zwölf wurde, ohne mich zu fragen, was ich für eins haben will. Dabei hätten sie sich denken können, dass ich kein *Damenrad* will. Seit drei Jahren schon spare ich auf ein neues Rad. Bald habe ich das Geld zusammen.

„Gehen wir zu dir?" Er grinst.

„Das ist keine gute Idee", sage ich schnell. „Meine Mutter ist krank."

„Oh."

Er fragt nicht, was sie hat. Wie angenehm.

„Ich wohne in Neufeld", sagt er stattdessen.

Ich kenne Neufeld. Es liegt gleich hinterm Elbdeich, ungefähr sechs Kilometer vom Alten Fähranleger entfernt, Richtung Elbmündung. Manchmal will ich weit rennen. Dann ist Neufeld mein Ziel. Ich mag den kleinen Hafen und die Salzwiesen dort.

„Das gehört doch zu Marne, oder? Warum gehst du dann nicht da auf das Gymnasium?"

Percys Blick verdunkelt sich schlagartig. „Schulwechsel", sagt er knapp.

Er wendet sich ab und zieht sein Rad aus dem Fahrradständer. Aber er steigt nicht auf, sondern schiebt es auf den Weg. Ich folge ihm. Ich hätte ihn gern gefragt, weshalb er die Schule gewechselt hat, aber ich würde wohl kaum eine Antwort erhalten.

„Ich jogge manchmal nach Neufeld", sage ich, bloß um irgendwas zu sagen. „Ich mag die Salzwiesen."

Percy schweigt noch immer. Inzwischen sind wir an der Straße angekommen.

„Ich muss jetzt nach rechts", erkläre ich.

„Ich auch."

Das dachte ich mir. Wenn er den Weg nimmt, den ich auch nehmen würde von hier nach Neufeld, kommen wir fast an unserer Mehrfamilienhaussiedlung vorbei.

Wir biegen rechts ab.

Percys Schweigen beginnt mich zu nerven.

Als wir am ZOB vorbei sind und immer noch nichts ausgemacht haben, halte ich es nicht mehr aus. Ich kann mich doch nicht einfach selbst zu Percy einladen.

„Hör mal, Percy, ich hab echt was Besseres zu tun, als hier neben dir herzugehen und abzuwarten, bis du dich endlich mal bequemst, was zu sagen."

„Ach, was denn?" Jetzt sieht er mich direkt an. „Deine kranke Mutter pflegen?"

Er kann doch nicht wissen, was mit meiner Mutter los ist, er kann es doch nicht wissen. Oder? Ich kriege heiße Ohren und eine wahnsinnige Wut im Bauch. Bloß nichts anmerken lassen. Ich balle die Hände in den Hosentaschen zu Fäusten.

„Zum Beispiel", gebe ich zurück. „Das wäre auf jeden Fall eine sinnvollere Beschäftigung, als dir hinterherzulaufen und demütig darauf zu warten, dass du mal einen vernünftigen Vorschlag machst."

Er lächelt.

Wieso lächelt er jetzt?

Er sieht direkt nett aus, wenn er so lächelt. Dabei bin ich doch eigentlich sauer auf ihn.

„Wir holen dein Rad und fahren zu mir", sagt er, ganz normal. „Du hast doch ein Rad?"

„Wer hat das nicht."

„Also. Gehn wir?"

Wir gehen. Schweigend, natürlich. Bis zu meinem Haus brauchen wir keine zehn Minuten.

Unauffällig werfe ich einen Blick zum Schlafzimmerfenster. Die Vorhänge sind zugezogen, war ja klar. Wenigstens kann ich sicher sein, dass Percy mich nicht fragen wird, wo genau ich wohne, welches unsere Fenster sind.

„Wartest du hier?"

Er nickt.

Ich gehe hinunter in den Keller und wuchte mein schweres und absolut uncooles hellblaues 28-Zoll-Damenrad die Kellertreppe hinauf.

He, Manu, schönes Rad! Ich habe es noch genau im Ohr, wie Phil, Tom, Steffen und Lennard mich ausgelacht haben, als ich das erste Mal damit bei ihnen aufkreuzte. Sie haben mich immer akzeptiert, als wäre ich einer von ihnen, aber dieses Rad war eins von den Dingen, die schon damals daran erinnerten, dass ich es in Wirklichkeit eben *nicht* war.

„Na und?" Ich gab mich unbeeindruckt. „Es kommt ja nicht auf das Rad an, sondern darauf, wer es fährt, oder?"

Da konnten sie nichts mehr sagen, und wir radelten los in die Stadt. Wir fuhren damals viel mit den Fahrrädern rum, immer auf der Suche nach Abenteuern. Diese fanden zwar meist in unserer Fantasie statt, aber die war dafür unerschöpflich.

Jetzt haben die anderen keine Lust mehr auf Abenteuer. Irgendwann fanden sie es interessanter, Mädchen zu ärgern. Inzwischen hängt Steffen nur noch mit Marie ab, und Lenny ist mit Swaantje aus der Neunten zusammen.

Percy wartet in der Haustür, an die er sich gelehnt hat, um sie für mich aufzuhalten. Als ich die Kellertür hinter mir geschlossen habe und das Rad an ihm vorbei durch die Haustür schiebe, macht er ein belustigtes Gesicht.

„Sag jetzt nichts", entfährt es mir.

Er sagt nichts.

Gar nichts.

Wir fahren einfach los. Percy voraus, ich hinterher.

Während der Fahrt unten am Elbdeich fällt mir auf, wie absurd die Situation in der Haustür war. Ich bitte den, den ich angemotzt habe, er solle endlich mal den Mund aufmachen, nichts zu sagen! Ich bekomme schon wieder heiße Ohren, aber dann wird mir klar, dass ich wohl nicht befürchten muss, dass Percy mich damit aufziehen wird. Mir würden ja mindestens hundert Möglichkeiten einfallen, die Situation wieder aufzuwärmen und entsprechende Bemerkungen dazu zu machen.

Aber so ist Percy nicht.

Und plötzlich bin ich froh, dass wir das Referat zusammen halten. Ich wüsste wirklich nichts Besseres zu tun, als jetzt mit ihm durch die Gegend zu radeln und zu schweigen. Ich möchte gerade gar nichts anderes machen.

Wir brausen dahin, rechts von uns der Deich, links die Elbe, den Wind im Rücken. Wieder ist Ebbe, fast Niedrigwasser. Der Ostwind treibt das Elbwasser noch weiter in die See hinaus. Je mehr wir uns Neufeld nähern, desto breiter werden die Wattflächen, die uns von der Elbe trennen. Vögel waten durch den Schlick. Kiebitze, Strandläufer, sogar ein paar Austernfischer kann ich erkennen. Ich kann sehen, dass Percy auch nach links guckt und die

Vögel beobachtet.

Percy hält vor einem kleinen Einfamilienhaus direkt hinter dem Deich. Rote Backsteine, kleine Fenster und ein altes, mit roten Ziegeln gedecktes Dach.

Die Gartenpforte quietscht, als Percy sie öffnet. Wir schieben unsere Räder über den schmalen Plattenweg, der am Haus entlang führt, in den hinteren Teil des Gartens und stellen sie dort ab. Mein Blick fällt auf eine quadratische Rasenfläche und vier niedrige Bäume, Obstbäume wahrscheinlich. Drumherum in den Beeten scheint Gemüse zu wachsen. Alles ist gut gepflegt.

„Schöner Garten", sage ich, denn Percy ist meinem Blick gefolgt. „Macht das deine Mutter?"

Er lächelt. Und nickt.

Ich muss an meine Mutter denken. Wenn sie einen Garten hätte, hätte sie wenigstens eine Aufgabe. Aber vermutlich würde alles verfaulen, bevor sie es erntet.

„Kocht sie auch ein und so?"

„Ja."

Warum erzählt er nicht einfach ein bisschen mehr? Er könnte sagen, dass es viel Arbeit ist, aber dass es ihr Spaß macht. Oder dass es echt Geld spart. Irgendwas. Es würde mich interessieren. Aber ich habe keine Lust, ständig Fragen zu stellen und einsilbige Antworten zu erhalten.

Wir gehen den Plattenweg zur Haustür zurück. Als ich hinter Percy warte, dass er die Tür aufschließt, fällt mir auf, dass er ein paar Zentimeter größer ist und breitere Schultern hat, als ich dachte. Und er wird bestimmt noch wachsen, mehr als ich.

Der Hausflur ist schmal und dunkel. Eine steile Treppe führt ins Obergeschoss. Unten sind nur drei Türen zu sehen. Die zur Küche steht offen, man sieht eine altmodische Sitzecke und die eine Hälfte eines Küchenschranks, der bestimmt schon Percys Oma gehört hat.

Percy zieht seine Schuhe aus und stellt sie ordentlich neben die Flurkommode, also tue ich es ihm gleich, auch wenn er mich nicht darum gebeten hat. Es ist still im Haus. Die Treppe knarzt unter unseren Füßen, als ich Percy nach oben folge.

„Ist niemand von deinen Eltern zu Hause?", frage ich.

„Nein."

Der nicht vorhandene Informationsgehalt seiner Antworten regt mich auf. Denkt er gar nicht mit, was sein Gesprächspartner wissen möchte, wenn er eine Frage stellt?

„Und wo *sind* sie?" Eine gewisse Gereiztheit kann ich nicht unterdrücken.

„Geht dich das was an?"

Vom Flur oben dringt kein Licht zur Treppe. Percys raue Stimme wirkt fast ein bisschen unheimlich, wie sie da so unwirsch aus dem Dunkeln kommt.

„Nee, hätte mich bloß interessiert", gebe ich zurück. „Ich dachte, so eine normale Unterhaltung wär mal ganz nett."

„Da musst du dir jemand anderen suchen."

Wir sind jetzt oben. Schemenhaft erkenne ich auch hier nur drei Türen, die von dem kleinen Flur abgehen. Percy öffnet die linke Tür. Sein Zimmer ist größer als meins, aber nicht viel. Die Dachschrägen lassen es kleiner wirken, fast wie eine Höhle. Bett, Schrank, Schreibtisch und über die volle Breite des Zimmers ein halbhohes Bücherregal unter der Schräge. Alles aus Kiefernholz. An den Wänden und Dachschrägen hängen ein paar Poster, *Metallica*, *Green Day*, *Guns 'n Roses*. Ungewöhnlicher Musikgeschmack, finde ich, aber sonst sieht das Zimmer ganz normal aus. Es macht einen sauberen und aufgeräumten Eindruck. Zwischen dem Schreibtisch und dem Fenster steht ein Teleskop auf einem Stativ.

Ich deute auf das Teleskop. „Cool. Interessierst du dich für Astronomie?"

„Ja, unter anderem."

„Benutzt du das Teleskop oft?"

„Schon, ja. Aber nicht nur für Himmelsbeobachtungen."

„Sondern ...?" Warum muss man ihm bloß immer alles so aus der Nase ziehen?

„Naturbeobachtungen. Vögel vor allem. Ist auf Dauer interessanter als die immer gleichen Himmelsobjekte, die man mit so einem Hobbyteleskop beobachten kann."

„Kann man damit die Saturnringe sehen?"

„Kann man."

„Und die Jupitermonde?"

„Auch die. Jedenfalls die vier großen."

„Aber das muss doch toll sein."

„Der Effekt nutzt sich mit der Zeit ab."

Da hat er wahrscheinlich recht. Trotzdem, ich hab noch nie durch ein Teleskop gesehen. Ich würde gern einmal die Saturnringe sehen oder die Jupitermonde. Schon als kleines Kind hab ich mich für Astronomie interessiert. Ich kenne die meisten Sternbilder und weiß auch, welche Planeten wann wo zu sehen sind. Aber ich kann Percy schlecht fragen, ob wir uns mal abends zum Teleskopgucken treffen können. Wir kennen uns ja kaum. Außerdem ist er echt abweisend.

Auch jetzt: Kaum sage ich mal für ein paar Sekunden nichts, herrscht Stille zwischen uns. Er könnte doch irgendwas erzählen. Seit wann er das Teleskop hat. Was für Vögel er damit schon beobachtet hat. Wie stark es vergrößern kann. Stattdessen stellt er seinen Rucksack auf seinen Schreibtischstuhl und macht sich derart demonstrativ daran zu schaffen, um seinen Laptop herauszuholen, dass ich mir weitere Fragen spare.

Während Percy das Notebook wortlos an das Stromkabel anschließt und es dann auf dem Schreibtisch aufbaut, trete ich neben den Schreibtisch und schaue aus dem Fenster. Es geht zum Deich hinaus, aber man kann nicht drübergucken. Schade eigentlich, von hier hätte man einen tollen Blick auf die Elbe.

Der Laptop fährt hoch. Percy befreit einen Stuhl, der in der Ecke steht, von der darauf liegenden Wäsche und platziert ihn neben dem Schreibtischstuhl. Dann nimmt er seinen Rucksack von dessen Sitzfläche, stellt ihn auf den Fußboden und setzt sich. Ich nehme neben ihm auf dem zweiten Stuhl Platz.

„Was haben wir eigentlich für ein Thema?" Mir fällt auf, dass ich das gar nicht weiß. War mir auch egal, bis jetzt, wo wir offensichtlich anfangen wollen.

„Äthiopien."

Er öffnet ein Worddokument. Eine Gliederung mit Unterpunkten und Unter-Unterpunkten erscheint. Wahnsinn, der hat sich ja schon richtig Arbeit gemacht. Ich überfliege das, was auf der aktuellen Ansicht zu sehen ist. Mir fallen drei, vier Fehler auf, die die Rechtschreibprüfung von Word offenbar nicht erkannt hat. Aber vor allem fällt mir auf, wie durchdacht die Gliederung ist.

„Scroll mal weiter."

Er tut es. Auch der zweite Teil ist perfekt.

„Wahnsinn. Da ist ja alles drin, was wir brauchen. Wie lange hast du dafür gebraucht?"

„Hab nicht auf die Uhr geguckt." Er sieht mich nicht an, während er es sagt. Stattdessen kramt er einen Stapel mit ausgedruckten Internetseiten aus seinem Rucksack und hält ihn mir hin. Ich blättere die Papiere durch. Percy hat reihenweise Absätze mit Bleistift markiert und daneben die passenden Zahlenkombinationen der Gliederungspunkte geschrieben. Die Schrift ist krakelig, die Zahlen sind viel zu groß, trotzdem kaum lesbar und teilweise verschmiert, als hätte er oft versucht, eine vollkommen unlesbare Ziffer noch irgendwie auszubessern. Aber was mich noch viel mehr beeindruckt als seine ungelenke Schrift, ist, wie systematisch und gewissenhaft er offensichtlich vorgegangen ist.

Noch während ich staunend blättere, fragt Percy: „Kannst du gut tippen?"

„Geht so. Nicht blind, aber ich muss die Buchstaben auch nicht suchen."

Er schiebt mir den Laptop rüber. „Dann schreibst du, okay?"

„Und was?"

„Wir füllen die Gliederung. Gehen einfach die Blätter hier durch. Wirst sehen, das geht schnell."

„Aha ... Wenn du meinst." Ich bin noch nie so strukturiert an ein Referatsthema rangegangen. Aber er scheint Erfahrung zu haben. „Machst du das immer so systematisch?"

„Du nicht?"

Ich grinse. „Nee. Ich hätte bei Wikipedia geguckt, was da so über Äthiopien steht, und dann hätte ich einfach angefangen." Und weil weder Phil, noch Tom oder ich Interesse an dem Thema gehabt hätten, hätten wir nebenbei jede Menge Blödsinn gemacht. Aber für eine Zwei oder eine Drei hat es bisher immer gereicht.

„Fangen wir an?", fragt Percy in meine Gedanken hinein.

„Du hast schon so viel Vorarbeit geleistet. Macht es dir gar nichts aus, sie jetzt mit mir teilen zu müssen?" Ich habe wirklich ein schlechtes Gewissen. Ich möchte nicht wie ein Schmarotzer wirken.

Er zuckt mit den Achseln. „Bist du gut in Rechtschreibung?"

„Schon, ja."

„Und im Gestalten von Plakaten?"

„Ich denke schon."

„Na, also."

Wir fangen an. Es geht wirklich schnell. Wir gehen ein Blatt nach dem anderen durch. Wir lesen einen Absatz, dann fassen wir die wichtigen Infos stichwortartig zusammen und ich tippe es bei dem entsprechenden Gliederungspunkt ein.

Es macht mir direkt Spaß. Ich lerne viel über Äthiopien, und Percy und ich arbeiten wirklich gut zusammen. Wir reden miteinander, ganz normal. Manchmal finde ich, dass eine bestimmte Teilinformation zu einem anderen Gliederungspunkt gehört, und nach kurzer Diskussion stimmt Percy mir zu. Nur einmal beharrt er auf seiner Meinung, und schließlich muss ich ihm recht geben.

Irgendwann klopft es an der Tür. Wir schrecken beide richtig auf, so vertieft sind wir in die Arbeit.

„Ja?", ruft Percy.

Die Tür öffnet sich und eine Frau streckt ihren Kopf herein. Sie sieht Percy ähnlich.

„Hallo", sagt sie. Sie klingt überrascht, als hätte sie nicht erwartet, dass Percy jemanden mit nach Hause bringt. „Hast du einen Freund mitgebracht, Percy?"

Einen Freund.

Ich freue mich immer, wenn das passiert. Dass es immer noch passiert, obwohl ich schon fünfzehn bin.

Was wird Percy antworten? Er wird es wissen, er muss es wissen. Auch wenn er mit niemandem redet in der Schule.

„So ähnlich", sagt er. „Wir müssen ein Referat zusammen machen. Das ist Manu, Mama. Manu, das ist meine Mutter."

Er sagt es vollkommen ruhig, ganz normal, ohne zu zögern.

Cool.

Seine Mutter kommt rein und gibt mir die Hand.

„Willkommen", sagt sie. „Ich bin Susanne Claasen."

„Hallo."

„Darf ich euch was zu trinken bringen?" Entweder merkt sie nichts oder sie lässt sich nichts anmerken. Vielleicht bin ich für sie wirklich nur das: ein Schulfreund ihres Sohnes.

„Apfelsaft", antwortet Percy.

„Und du, Manu?"

„Auch Apfelsaft, danke."

Sie verschwindet.

„Deine Mutter ist nett", sage ich zu Percy.

„Deine nicht?"

„Nicht wirklich."

Scheiße, was ist mir da rausgerutscht? Ich hatte nicht vor, das zu sagen. Nicht mal Tom oder Phil wissen Bescheid. Für die ist meine Mutter eine freundliche und möglicherweise ein bisschen überfürsorgliche Frau, die hin und wieder Migräne hat.

„Das tut mir leid", sagt Percy und sieht mich an.

Ich glaube, er sieht meine roten Ohren, die kann man nicht übersehen. Aber er fragt nicht weiter.

Natürlich fragt er nicht weiter, denke ich plötzlich und bin beruhigt. Warum auch immer, das ist nicht seine Art.

Percys Mutter bringt uns den Apfelsaft und lädt mich zum Abendessen ein. Die Verlockung ist groß, einfach ja zu sagen. So wie früher, als ich bei Phil ein- und ausgegangen bin und zeitweilig öfter bei ihm zu Abend gegessen habe als zu Hause. Aber ich lehne ab. Muss ablehnen, denn mein Vater hat immer noch Spätschicht und meine Mutter erwartet mich schon.

Um halb sieben verabschiede ich mich von Percy. Wir haben das Referat fast fertig. Von dem Papierstapel müssen noch drei, vier Zettel durchgearbeitet werden. Und das Plakat fehlt noch. Ich biete Percy an, den Tonkarton für das Plakat zu kaufen und beim nächsten Mal mitzubringen.

„Und Stifte", sagt er. „Eddings und so."

„Hast du keine?"

Er zeigt auf seinen Stiftehalter auf dem Schreibtisch. Ein paar Bleistifte, ein paar Fineliner, ein Textmarker, außerdem Kleber und Schere. Das war's. Ich frage mich, wie er dann immer die Plakate gemacht hat. Vielleicht mit dem Computer, ausgedruckt, ausgeschnitten und aufgeklebt. Seine Handschrift eignet sich wohl kaum für die Plakatgestaltung.

„Okay. Ich denke, ich habe welche zu Hause. Die bringe ich dann auch mit. Wann überhaupt?"

„Morgen nach der Schule?"

„Dann habe ich aber noch kein Plakat gekauft."

„Kaufen wir's halt zusammen." Er sieht mich an und lächelt. Mir wird warm. Angenehm warm, innendrin irgendwie.

„Ja, gern", sage ich. Und dann: „Ich muss los."

„Ja. Bis morgen."

Er kommt noch mit zu den Fahrrädern, steht da neben mir, während ich meins aufschließe, etwas auf Abstand, schweigend, mit den Händen in den Hosentaschen. Der Wind hat aufgebrist, er spielt mit Percys Haar und lässt seine Jeans und sein Hemd flattern.

Ich denke plötzlich, wenn jetzt eine Böe kommt, die wird ihn nicht umhauen. Ihn nicht.

Als ich wenig später den Deich überquert habe, um auf der Elbseite wieder nach Hause zu radeln, habe ich Lust, Musik zu hören. In meiner Sammlung auf dem mp3-Player finde ich tatsächlich ein Lied von Metallica: *Nothing else matters*. Ich stelle auf laut, stecke mir die Ohrstöpsel in die Ohren und fahre wieder los.

Und während ich kraftvoll gegen den Ostwind antrete, pfeife und singe ich laut mit.

Es ist nach sieben, als ich zu Hause ankomme. Während ich – wie immer möglichst geräuschlos – die Schuhe ausziehe und meine Tasche abstelle, sehe ich aus dem Augenwinkel, wie meine Mutter die Schlafzimmertür öffnet. Der lebendige Vorwurf. Ich muss gar nicht hingucken, ich weiß auch so, wie sie aussieht. Die Haare ungekämmt, im Gesicht Abdrücke vom Kopfkissen, die Augen klein. Ich glaube, es ist der vierte Tag in Folge, den sie im Bett verbringt. Und ungefähr der vierzehnte oder fünfzehnte in den letzten vier Wochen. Mindestens.

„Wo warst du denn so lange?", haucht sie.

Ich habe heute echt keine Lust auf ihre miese Stimmung. Bis eben war ich noch gut gelaunt, und jetzt macht sie alles wieder kaputt. Sie nervt mich so, sie regt mich so auf. Sie und ihr Gejammer und der Geruch, den sie verströmt und der mittlerweile den ganzen Flur ausfüllt.

„Ach, das interessiert dich ja doch nicht wirklich", sage ich, weil es stimmt. „Hast du schon gegessen?"

„Kind, ich habe *Migräne*. Ich liege schon den ganzen Tag im Bett und habe heute Mittag nur die Suppe gehabt. Und jede Minute habe ich gehofft, dass du endlich kommst und uns was zu essen machst. Mir geht es so schlecht, du weißt gar nicht, *wie* schlecht es mir geht." Wie sie da im Türrahmen steht, so kraftlos, so energielos, das macht mich so wütend, sie macht mich so wütend.

„Kein Wunder, dass es dir schlecht geht, wenn du bloß im abgedunkelten Zimmer liegst und nichts Richtiges isst", fahre ich sie an, obwohl ich genau weiß, es ist zwecklos. Ich hab keine Lust auf sie, ich will Musik hören, gute Laune haben. Ich weiß nicht, wie lange ich mich noch beherrschen kann. Ich ertrage es nicht, wie sie bei meinen Worten zusammenzuckt, als würde ich sie gleich schlagen wollen, und dass sie noch nicht einmal die Kraft aufbringt, irgendwas zu erwidern.

„Ich komm gleich wieder, ja?", sage ich, nehme meine Tasche und gehe in mein Zimmer. Einfach mal kurz weg, nur für ein paar Minuten, dann werde ich schon Abendbrot machen und mit ihr essen.

Aber als ich meine Zimmertür hinter mir schließen will, steht meine Mutter schon darin – oder hängt vielmehr, das wäre das passendere Wort. Ich mache zwei Schritte rückwärts und setze mich auf meinen Schreibtischstuhl.

„Ja, Mama, gleich ..."

„Kind", setzt sie wieder an. Sie klingt, als müsste sie für das Aussprechen dieser einen Silbe ihre letzten Kräfte mobilisieren.

„Sag nicht immer ‚Kind' zu mir!" Es nervt mich so, wie sie es sagt. Wie sie es fast jedem ihrer Sätze voranstellt.

Dabei ist diese Anrede eine Art stille Übereinkunft zwischen uns. Denn meinen vollen Namen hasse ich und meinen Spitznamen weigert sie sich auszusprechen.

Ich kann sehen, wie sie sich etwas aufrichtet. „Aber du *bist* mein Kind", sagt sie, fast klingt ihre Stimme sogar etwas nachdrücklich. „Da sollte ich doch wohl erwarten können, dass du tust, worum ich dich bitte."

„Und du bist meine Mutter", sage ich kalt. „Da sollte ich doch wohl erwarten können, dass du mich fragst, wie mein Tag so war, dass du Abendbrot für mich machst und für mich da bist. Stattdessen liegst du bloß im Bett, jammerst rum und *ich* muss das Abendessen für *dich* machen!"

Meine Mutter sackt in sich zusammen, heulend. Sie sinkt auf die Knie, im Türrahmen, beugt sich nach vorn, die Unterarme auf dem Teppich, ihren Kopf darin vergraben.

„Was hab ich nur falsch gemacht", schluchzt sie plötzlich ganz laut, „dass mein eigenes Kind so hart zu mir ist?" Sie schaukelt vor und zurück und heult, und ich sitze daneben auf dem Stuhl und weiß nicht, was ich denken oder fühlen oder tun soll.

„Was hab ich nur falsch gemacht", wiederholt meine Mutter immer wieder, „mein eigenes Kind ..."

Ich will, dass sie aufhört, ich kann es nicht ertragen, sie ist so laut und so jämmerlich und so verrückt. Ich bin wütend und hilflos und gleichzeitig mache ich mir Vorwürfe. Ich hätte das nicht sagen dürfen, das hätte ich doch wissen müssen, dass dann so was passiert, ist ja nicht das erste Mal. Aber sie will doch nur, dass ich mir Vorwürfe mache, ich will kein schlechtes Gewissen haben. Ich hab doch nur ausgesprochen, was wahr ist. Sie soll endlich aufhören mit dem Geschaukel und dem Geheule, wie lange dauert das noch?

„Hör auf, Mama, hör auf!"

Ich stehe vom Schreibtischstuhl auf, nähere mich ihr. Sie riecht nach Schlaf, der Geruch ist so abstoßend. Sie blockiert die Tür, ein schaukelndes Häufchen Elend, ich will weg und kann nicht.

„Bin ich wirklich so eine schlechte Mutter?" Sie hat inzwischen eine andere Platte aufgelegt, aber sie heult immer noch und schaukelt vor und zurück. „Bin ich wirklich so eine schlechte Mutter?"

Ich bin wütend, so furchtbar wütend. *Jaaaa!*, will ich brüllen, ich will es ihr ins Gesicht schreien, weil es stimmt, weil es verdammt noch mal stimmt. Phil und Tom und alle anderen, bei denen ich mal zu Hause war, die haben ganz normale Mütter, die arbeiten und kochen und für ihre Kinder da sind, immer, nicht nur, wenn sie zufällig gut drauf sind. Die lustig sind und locker und die sich bestimmt nicht vor ihren Kindern auf den Teppich werfen und heulen.

„Bin ich wirklich so eine schlechte Mutter …"

Ich bin jetzt direkt vor ihr, über ihr, ich packe sie an den Oberarmen und ziehe sie hoch. Da richtet sie sich auf und schaut mich an. Ihre Augen sind rot und geschwollen.

„Kind, ich hab dich doch lieb", stößt sie hervor. Sie hat Mundgeruch. Ihr Schlafanzug stinkt. Sie drückt mich an sich. Ich bin genauso groß wie sie, meine Wange berührt ihren Hals, ich atme flach.

„Ja, Mama, ich weiß", höre ich mich sagen, ziemlich sanft und freundlich sogar. Sie hat mich wieder rumgekriegt, sie schafft es immer.

„Ich hab dich so lieb, es tut mir leid."

„Ja, Mama, das weiß ich doch. Komm, du solltest jetzt mal ins Bad gehen und dich waschen. Ich lüfte inzwischen dein Zimmer, ja? Und lege dir einen neuen Schlafanzug raus, okay?"

„Du bist ein liebes Kind, ein gutes Kind." Sie drückt mich noch fester.

„Ja, Mama, und jetzt gehst du dich waschen, okay?" Ich winde mich aus ihrer Umarmung und schiebe sie geradezu ins Bad.

Sie schließt die Tür hinter sich. Ich gehe ins Schlafzimmer. Warme, stickige Luft schlägt mir entgegen. Dass meine Mutter das nicht selber merkt! Ich ziehe den Vorhang auf und öffne das Fenster. Eigentlich müsste ich wohl auch mal ihr Bett neu beziehen, aber dazu habe ich jetzt echt keine Lust. Stattdessen schüttele ich nur die Bettdecke und das Kopfkissen auf und hole einen neuen Schlafanzug aus dem Schrank. Später bringe ich meiner Mutter zwei Käsebrote und Kamillentee ans Bett, so wie sie es sich gewünscht hat. Das Fenster muss ich wieder schließen und den Vorhang auch, weil sie meint, dass ihr das Licht in den Augen wehtut. Ich nehme am Fußende des Bettes Platz, esse ein Wurstbrot und leiste meiner Mutter Gesellschaft. Fünf oder sechsmal sagt sie noch, dass ich ein liebes Kind bin, und sie erkundigt sich sogar danach, was ich am Nachmittag gemacht habe. Diesmal klingt es nicht wie ein Vorwurf, sondern vielleicht sogar eine Spur interessiert.

Obwohl ich weiß, sie fragt es nur, weil ich es vorhin verlangt habe, antworte ich. Ich erzähle ihr, dass ich bei Percy war und dass er in Neufeld wohnt. Dass er so schweigsam ist und einsilbig. Aber dass wir bei der Arbeit miteinander geredet haben, ganz normal, und dass es mir sogar Spaß gemacht hat.

„Schön", sagt sie und seufzt. „Wenn du mal einen weniger draufgängerischen Freund hättest, würden dein Vater und ich das sehr begrüßen."

Peng.

Am besten auch mal ein Mädchen. Das denkt sie doch.

„Er ist kein Freund. Wir machen ein Referat zusammen."

Ich nehme die leeren Brotteller und verlasse ohne ein weiteres Wort das Zimmer.

Den Abend versumpfe ich bei YouTube. Videos von *Metallica* und *Green Day*. Ich höre sie laut, mit Kopfhörern. Gar nicht so schlecht, die Musik. Passt zu meiner Stimmung wie die Faust aufs Auge.

Gegen zehn steht mein Vater plötzlich in der halb geöffneten Tür meines Zimmers. Bestimmt hat er angeklopft, wie immer, und ist dann eingetreten, wie immer.

Ich nehme die Kopfhörer ab und gucke ihn an. Abgespannt sieht er aus, auch wie immer.

„Bin wieder da", sagt er.

„Schön". Ein leeres Wort. Er geht sowieso gleich fernsehen, ob er da ist oder nicht, spielt keine Rolle. Aber ich sage es jedes Mal, dieses „Schön".

„Ist mit Mama alles soweit okay?"

„Ja, ja. Ich denke, sie schläft schon. Sie war ... nicht so gut drauf heute." Einzelheiten erspare ich ihm lieber.

Mein Vater steht immer noch halb im Zimmer.

„Ja." Er weiß nicht, was er dazu sagen soll. Was auch, es ist sowieso alles gesagt. Mit Mama ist es ja doch immer dasselbe, wenn sie eine ihrer schlechten Phasen hat. „Ich esse im Wohnzimmer.

Und du solltest schleunigst ins Bett gehen, du hast doch morgen Schule."

„Ja, mache ich."

Er tritt einen Schritt zurück in Richtung Flur.

„Gute Nacht."

„Guten Appetit."

Dann geht er. Wahrscheinlich wird er wieder im Wohnzimmer schlafen.

Ich setze die Kopfhörer wieder auf und höre *Green Day*. Noch einmal *Boulevard Of Broken Dreams*, und dann sehe ich zu, dass ich ins Bett komme. Heute Abend auch noch Streit mit meinem Vater, das kann ich jetzt echt nicht gebrauchen.

5. GRIPS.

-Percy-

Dienstag, Tag 2. Noch ein sinloser Text. Text
Nummer 2. Von 100? Von 1000? Egal.
~~Äthiopien.~~ ~~Äthiopien.~~ Äthiopien ist
ein intresanter Land Manu ist ein
intresanter Typ. Egal. Anders. Hot Grips,
nicht zu knap vermutlich. War ein schöner
nachmitag.
10 minuten. Ende.

6. ÜBERLEBENSELIXIER.

– Manu –

Mittwoch, 23.09.2009

„Na, wie war's gestern mit unserem Laptop-Freak?" Phil empfängt mich mit einem verschwörerischen Grinsen an diesem Morgen. Es ist noch zehn Minuten hin bis zum Klingeln und wir stehen mit Tom auf dem Schulhof zusammen.

Seine Worte versetzen mir einen Stich, der mir fast körperlich wehtut. Obwohl ich vorgestern noch selber Witze über Percy gemacht habe und er mir gestern Mittag ziemlich auf die Nerven ging. Was ist los mit mir?

„Ganz okay." Ich bleibe absichtlich ungenau.

„Wie habt ihr euch denn verständigt?" Toms Stimme klingt genauso spöttisch wie die von Phil.

„Ihr werdet es nicht glauben: Mit dem gesprochenen Wort. Er ist ein bisschen einsilbig, aber eigentlich ganz nett."

„Hört, hört", ruft Tom, als hätten wir ein Publikum. „Manu verteidigt den lieben Percy sogar!"

„Eifersüchtig, oder was?" Endlich ist mir etwas eingefallen, was diese dämliche Unterhaltung stoppen wird. Ich grinse sie an, Phil und Tom, und die Welt ist wieder in Ordnung.

In der ersten Stunde haben wir Geschichte. Wir lesen Texte über die Gründung der NATO. Anschließend schreibt Grieger die Tafel voll. Alle übertragen das Tafelbild in ihre Mappen.

Percy schreibt nichts. Weder mit dem Laptop noch mit Stift und Papier.

In Mathematik beschäftigen wir uns immer noch mit den Berechnungen am Kreis. Ein ziemlich einfaches Thema. Aber manche haben es immer noch nicht richtig kapiert. Herr Lange erklärt es noch einmal. Ich schaue zu Percy rüber. Er langweilt sich genauso wie ich.

In der dritten Stunde teilt Frau Löwenstein einen unangekündigten Vokabeltest aus, die erste Leistungsüberprüfung in Englisch, dabei ist das Schuljahr schon vier Wochen alt. Fünfzehn Minuten haben wir, um die Wörter und Sätze, die in engem Zeilenabstand auf dem Papier stehen, zu übersetzen. Tom und ich tauschen nach sieben Minuten heimlich die Blätter und unsere Stifte. Bei ihm sind noch einige Lücken. Ich kann meine Schrift gut verstellen. Die Löwenstein merkt nichts.

Gegenüber sitzt Percy. Sein Laptop ist zugeklappt, Frau Löwenstein hat darauf bestanden, dass er den Test normal mitschreibt.

Als die Zeit um ist, gibt er ein leeres Blatt ab.

Vierte Stunde, Biologie. Unser Thema ist die Fotosynthese, heute mikroskopieren wir im Bioraum, in Dreiergruppen.

Warum achte ich darauf, wer mit Percy zusammenarbeitet? Es sind Lisa und Maren; die drei sind ernsthaft bei der Sache, scheinen das wirklich interessant zu finden, was sie da sehen.

Vielleicht fände ich es ja auch interessant. Keine Ahnung. Aber Phil und Tom finden es witzig, außer dem Fliederblatt auch noch Hautschuppen zu mikroskopieren, die sie sich von den Unterarmen rubbeln.

Zum ersten Mal habe ich keine Lust mitzumachen. Die beiden kommen mir so kindisch vor.

In Erdkunde geht Grieger mit uns heute in den Computerraum, wir dürfen im Internet recherchieren. Percy und ich teilen uns einen PC.

„Was machen wir jetzt?", frage ich Percy. Wir müssen nichts mehr aus dem Internet heraussuchen, das hat Percy ja schon alles zu Hause erledigt.

Er zuckt bloß mit den Achseln.

Wir sitzen ziemlich lange schweigend vor dem Bildschirm. Alle interessanten sozialen Netzwerke und YouTube sind gesperrt und auch die einschlägigen Spieleseiten.

Wenn man sich doch bloß normal mit Percy unterhalten könnte! Ich komme mir ziemlich blöd vor. In der Schule ist er noch schweigsamer als gestern Nachmittag bei sich zu Hause. Ich frage mich, wie Percy überhaupt durch die Schule kommt. Wenn er nie was sagt und auch nichts schreibt. Wenn er sogar beim Vokabeltest ein leeres Blatt abgibt. Darf die Löwenstein ihm eigentlich verbieten, den Laptop zu benutzen? Das muss doch geregelt sein in diesem Legasthenie-Erlass.

„Darf ich mal?", frage ich, während ich die Tastatur weiter zu mir herziehe.

„Klar", sagt Percy.

„Schleswig-Holstein Erlass Legasthenie" gebe ich in die Suchmaschine ein. Gleich der erste Link ist ein Treffer. Ich öffne das PDF-Dokument.

„Sie *darf* es mir nicht verbieten", sagt Percy, noch bevor das Dokument vollständig geladen ist. Anscheinend kann er Gedanken lesen. „Abschnitt 2.1."

Er weiß sogar auswendig, wo es steht! Ich überfliege den von ihm genannten Absatz.

„Warum hast du ihr nichts gesagt?"

„Keine Lust."

„Du kassierst lieber 'ne Sechs?"

„Ist doch meine Sache. Ich komm schon klar, okay?"

Ich denke an gestern Abend, als er mich noch zu meinem Fahrrad begleitet hat. Wie er da im Wind gestanden hat. Ruhig, entspannt und irgendwie selbstsicher. Er wird klarkommen. Wahrscheinlich hat er recht.

In der sechsten Stunde haben wir Deutsch. Wir lesen ein Gedicht, „Städter" von Alfred Wolfenstein, suchen die Stilmittel heraus und beginnen mit der Interpretation. Unser Deutschlehrer, Herr Dr. Karl, schafft es immer wieder, uns zu motivieren. Es macht mir Spaß, das Gedicht auseinanderzunehmen und seinem Sinn auf die Spur zu kommen. Und vielen aus der Klasse scheint es ähnlich zu gehen, denn es gibt zahlreiche freiwillige Wortmeldungen. Wie immer nimmt Karl aber auch Unbeteiligte zwischendurch dran und fragt sie nach ihrer Meinung oder ihrem Wissen. Die Deutschstunden sind so ziemlich die einzigen, in denen auch Percy mal was sagt.

Als wir schon sieben oder acht Stilmittel gefunden und sie auf ihre Wirkung im Text untersucht haben, meldet sich niemand mehr.

„Percy, haben Sie noch ein Stilmittel gefunden?", fragt Karl.

„Ein Oxymoron", sagt Percy, als wäre das die selbstverständlichste Sache der Welt, mal eben ein Stilmittel zu nennen, nachdem alle uns bekannten ausgeschöpft sind. „In Zeile 7, *eng ausladen*."

Außer ihm weiß wahrscheinlich keiner von uns, was ein Oxymoron ist.

„Ja, richtig", bestätigt Dr. Karl. „Weiß jemand, was das ist?"

Niemand meldet sich, wie ich es vermutet hatte. Aber Dr. Karl nötigt Percy nicht, nun auch noch die Erklärung zu liefern, sondern erarbeitet die Bedeutung kurzerhand mit uns zusammen an dem Beispiel aus dem Gedicht: Ein Wort, ein Ausdruck oder auch ein Satz, der sich selbst widerspricht. Und es macht Spaß, jetzt auch noch herauszuarbeiten, was dieses Stilmittel für eine Wirkung in dem Gedicht hat.

Nach der Schule habe ich einen Wahnsinnshunger. Heute Morgen war das Brot alle und die Butter auch, weil meine Mutter ewig nicht eingekauft hat, und gestern nach meinem Besuch bei Percy habe ich auch nicht mehr daran gedacht. Heute darf ich nicht so lange bei ihm bleiben, sonst schaffe ich es nicht rechtzeitig einzukaufen. Wurst, Käse und Milch sind auch knapp. Dass meine Mutter heute wieder fit ist und selber einkauft, kann ich mir nicht vorstellen, nicht nach gestern.

„Würde es dir was ausmachen, wenn wir noch beim Bäcker vorbeigehen, bevor wir das Plakat kaufen?", frage ich Percy, als wir zusammen zum Fahrradständer gehen. Ich bin diesmal auch mit dem Rad gekommen. „Ich muss unbedingt was essen."

„Nein", sagt Percy. „Ich hab auch Hunger."

Beim Bäcker kaufen wir uns jeder ein belegtes Baguette. Wir setzen uns draußen nebeneinander auf einen Mauervorsprung und essen. Auch wenn wir nicht miteinander reden, gefällt es mir, hier mit Percy zu sitzen.

„Kaufen wir's halt zusammen", hat er gestern gesagt und

gelächelt. Das Gefühl, das ich empfunden habe, nachdem er das gesagt hat, ist immer noch da. Da ist irgendwie eine Verbindung zwischen Percy und mir, eine dünne nur, und zerbrechlich ist sie vermutlich auch, aber sie ist auch schön und aufregend. Neu.

Ich sehe zu Percy rüber, der nur ein paar Zentimeter von mir entfernt sitzt und gerade in sein Baguette beißt. Was ist er für ein Typ? Gibt einen leeren Vokabeltest ab, obwohl er weiß, dass ihm Unrecht geschieht. Schweigt im Unterricht, oft sogar selbst dann, wenn er direkt vom Lehrer angesprochen wird. Schreibt nie was auf, kann anscheinend überhaupt nicht richtig schreiben. Mit fünfzehn. Andererseits kommt er mir alles andere als blöd vor. Gestern, die Gliederung zum Beispiel. Seine Argumente, als er mich davon überzeugt hat, dass der eine Satz wirklich besser zum Unterpunkt 4.1.2 passt. Oder das mit dem Oxymoron. Wie selbstverständlich, ja fast gelangweilt er das gesagt hat. Und wie passen sein Verhalten im Unterricht und sein häuslicher Arbeitseifer für das Referat zusammen?

Warum ist er so? Ich finde ihn interessant, und irgendwie mag ich ihn auch. Ich möchte ihn besser kennenlernen.

„Woher wusstest du eigentlich, was ein Oxymoron ist?", frage ich ihn, als wir unsere Baguettes fast aufgegessen haben.

„Ich wusste es halt. Irgendwo gelesen wahrscheinlich. Ich hab ein gutes Gedächtnis."

„Was für ein Zufall, dass Dr. Karl gerade dich rausgepickt hat, als wir alle mit unserem Latein am Ende waren."

„Nein."

„Wie, nein?"

„Das war kein Zufall."

„Wieso nicht?"

„Er ist der *Schulleiter*."

„Und als solcher ein Hellseher?"

„Dreimal darfst du raten, wer entschieden hat, dass ich diese Schule besuchen darf. Und damit meine ganze Akte kennt."

Besuchen darf. Seine ganze Akte. Ich könnte jetzt tausend Fragen stellen. Aber klug wäre das vermutlich nicht. Ich sehe ihm an, dass er seine letzte Äußerung lieber ungeschehen machen würde. So wie ich gestern, als ich beinahe angefangen hätte, über meine

Mutter zu reden.

„Hm ... die Löwenstein?"

Er grinst. „Du hast Humor."

Mein Überlebenselixier, denke ich. Aber ich freue mich über dieses Kompliment. Ich freue mich so sehr, dass ich ganz verlegen bin und nicht weiß, was ich sagen soll.

Gut, dass ich nichts sagen muss.

Wir entscheiden uns für ein grünes, ein gelbes und ein rotes Plakat und kaufen auch noch ein Blatt blaues Tonpapier, um das Plakat ähnlich wie Äthiopiens Flagge gestalten zu können. Das war Percys Idee; sie hat mir gefallen.

Als wir nach Neufeld radeln, haben wir wieder den Ostwind im Rücken. Wir fliegen geradezu dahin. Im Radio haben sie heute Morgen gesagt, dass die stabile Ostwindwetterlage für das ungewöhnlich sonnige und warme Spätsommerwetter sorgt. Von mir aus könnte das Wetter gern noch eine Weile so bleiben. Dunkle Wolken und Regen gibt's im Herbst und Winter noch oft genug.

Bei Percy scheint wie gestern niemand außer uns im Haus zu sein. Während wir unsere Schuhe ausziehen, fragt Percy: „Apfelsaft?"

„Ja, gern."

Ich folge ihm in die Küche, wo er zum Kühlschrank geht und die Apfelsaftflasche herausholt. Ich schaue mich um. Außer der Sitzecke und dem Küchenschrank, die ich gestern schon gesehen habe, gibt es noch eine ebenfalls nicht mehr neue, aber sehr gepflegte Küchenzeile mit Herd, Backofen, Spüle, Kühlschrank und ein paar Schrankelementen. Auf dem Tisch der Sitzecke steht ein Obstkorb mit Äpfeln und Birnen.

Percy stellt die Apfelsaftflasche und zwei Gläser auf den Tisch. Dann setzen wir uns. Ich habe Durst, denn beim Bäcker haben wir kein Getränk zum Baguette gehabt. Während wir trinken, ist es absolut still im Haus. Nur unsere Trinkgeräusche und der leise Wind draußen sind zu hören. Anders als vorhin an der Straße beim Bäcker finde ich das Schweigen jetzt sehr unangenehm. Vielleicht wegen der Stille, die mich gerade fast erdrückt.

„Ist das Obst aus eurem Garten?", frage ich schließlich.

„Ja."

„Die Birnen sehen lecker aus."

„Die haben wir am Wochenende geerntet."

„Sind sie schon gewaschen?"

„Denke nicht. Aber nimm eine, wenn du willst."

Sie sehen wirklich lecker aus. Ich nehme eine und wasche sie in der Spüle. Als ich wieder zum Tisch gehen will, ist Percy aufgestanden, die Apfelsaftflasche und die Gläser in der Hand.

„Du kannst sie oben essen", sagt er. „Fangen wir an, oder?"

Ich überlege kurz, ob ich ihn fragen soll, ob er die Stille auch nicht mehr aushält, aber dann sage ich nur: „Okay."

Die letzten drei ausgedruckten Seiten sind schnell in die Gliederung eingearbeitet. Wir lesen alles noch mal zusammen durch und löschen hier und da etwas, dann drucken wir das fertige Referat zweimal aus.

Danach sitzen wir zusammen auf dem Fußboden vor dem Plakat und überlegen, wie wir es gestalten wollen. Das Beschriften des Plakats überlässt Percy wie abgesprochen mir.

Während wir zusammenarbeiten, spüre ich wieder dieses sonderbare, neuartige Gefühl der Verbundenheit. Die ganze Zeit ist es in mir, sitzt in meinem Brustkorb, macht ihn eng und weit zugleich. Ich spüre es bei jedem Einatmen, es wärmt von innen, und jetzt gerade strahlt es bis in die Fingerspitzen aus.

„Ist gut geworden", sage ich, als wir nach etwa zwei Stunden fertig sind. „Das Plakat und der Vortrag."

„Ja."

„Wie wollen wir aufteilen, wer was sagt?"

„Wie du willst."

Ich schlage ihm vor, dass wir immer abwechselnd je einen der elf Oberpunkte übernehmen. Er ist sofort einverstanden. Fast *zu* schnell. Plötzlich durchzuckt mich ein Gedanke.

„Sag mal ... du wirst das Referat aber schon halten, oder?", frage ich, ohne lange nachzudenken.

Ich könnte mir einbilden, dass er erschrocken aussieht, als er mich ansieht. Aber höchstens für eine halbe Sekunde. Dann sagt er: „Du kannst dich auf mich verlassen."

„Gut."

Mir wird nichts anderes übrigbleiben.

Wirklich vorstellen kann ich es mir nicht. Schließlich sagt er im Unterricht sonst nicht mal einen längeren zusammenhängenden Satz.

Er steht auf, legt das Plakat vor das Bücherregal und räumt Kleber und Schere weg. Ich sammle meine Stifte ein und packe sie zusammen mit meinem Ausdruck des Referats in meinen Rucksack. Als ich fertig bin, steht Percy neben dem Schreibtisch an die Fensterbank gelehnt, mit dem Rücken zum Fenster. Draußen scheint noch immer die Sonne. Gegen den hellen Himmel wirkt sein Oberkörper fast wie eine Silhouette. Sein Gesicht ist dunkel, kaum zu erkennen.

Ich stehe mit meinem Rucksack in der Hand mitten im Zimmer. „Ich muss noch einkaufen. Das heißt, ich muss bald los."

Er schweigt.

War ja klar.

Schade, dass unser Referat schon fertig ist. Was wird ab morgen sein? Gehen wir jeder wieder unserer Wege? Als wäre nichts gewesen?

Was ist denn gewesen?

Nichts eigentlich.

Und doch: Es fühlt sich an wie ganz viel.

Warum auch immer. Verstehen tue ich es nicht.

Ich weiß nur, ich möchte gern öfter Zeit mit Percy verbringen. Obwohl es ständig Situationen gibt wie diese: Wir stehen einander gegenüber und schweigen.

„Es hat mir Spaß gemacht, mit dir zusammenzuarbeiten", sage ich schließlich.

„Mir auch mit dir." Das kommt ohne jede Verzögerung, wie ich erfreut feststelle.

Ich nehme meinen Mut zusammen und frage: „Machen wir mal wieder was zusammen?"

„Mmmh." Er nickt.

„Cool."

Er lächelt, glaube ich. Ich kann es nicht genau erkennen, weil sein Gesicht im Schatten ist.

„Ich komm noch mit runter", sagt er.

Diesmal bringt er mich bis zur Gartenpforte. Wir stehen noch eine Weile zusammen, er in der Pforte, ich mit meinem hässlichen Rad auf dem Bürgersteig. Er sieht entspannt aus, irgendwie zufrieden.

Ich dagegen muss plötzlich an gestern Abend denken. Hoffentlich geht es meiner Mutter wieder besser. Ich werde auf jeden Fall pünktlich kommen und ihr frische Brote schmieren. Lieb sein. Alles so machen, wie sie es will. So etwas wie gestern darf auf keinen Fall wieder passieren.

„Alles in Ordnung, Manu?", fragt Percy.

„Ja, ja", sage ich schnell.

„Deine Mutter?"

„Wie kommst du darauf?" Es soll so klingen, als hielte ich das für eine völlig abwegige Idee, aber ich fürchte, es klingt eher erschrocken. Wie kann er wissen, dass ich gerade an meine Mutter gedacht habe?

„'Tschuldigung. Hab nichts gefragt."

Er sieht wirklich schuldbewusst aus. Dabei hat er es doch nur nett gemeint. Ich denke an die Situation gestern auf der Treppe, als ich mich nach seinen Eltern erkundigt habe und er mich so rüde zurückgewiesen hat. Jetzt fragt er mal was, und ich reagiere genauso. Wie blöd bin ich eigentlich?

„Du musst dich nicht entschuldigen. Ich ... habe mich nur erschrocken. Weil ich wirklich gerade an meine Mutter gedacht habe. Du kannst anscheinend Gedanken lesen."

„Nee. Bloß gut beobachten. Bin ja selber kein unbeschriebenes Blatt."

Ich würde jetzt gern fragen, was er damit meint. Was auf seinem Blatt steht.

„Wer ist das schon", sage ich stattdessen. Dabei fallen mir gleich einige ein. Phil und Tom zum Beispiel. Die sind einfach normal. Und sie sind so nett, so zu tun, als wäre ich es auch.

„Die meisten, Manu. Die meisten."

Ich habe keine Ahnung, was ich darauf sagen soll.

„Ich muss dann", sage ich schließlich.

„Ja. Bis morgen."

„Bis morgen."

Ich steige auf und fahre los, ohne mich noch mal nach ihm umzudrehen.

7. WAS DRAUF STEHT.

-Percy-

Tag 3, Text 3. 10 endlose Minuten. „Sinn's
ausladen" ist ein Oxymoron. Die Löwenstein
ist eine blöde Kuh. Mann ist kein
unbeschriebenes Blatt. So wie ich. Aber keiner
kennt den anderen leben, was drauf steht.
Unser Referat ist fertig. Ich werde es halten.
Ich habe es versprochen.
Wird Wildmuth das merken? Ich will das
nicht. Zu persönlich.
13 Minuten. Ende.

8. Fremdling.

– Manu –

Donnerstag, 24.09.2009

Donnerstagnachmittag. Nach der Mittagspause haben wir Sport. Ich bin heute später dran als sonst. Meiner Mutter geht es wieder besser, sie hat sogar für mich gekocht, da wollte ich nicht den Eindruck erwecken, ich wolle nichts wie weg. Die Mädchenumkleide ist schon ziemlich voll, als ich ankomme. Normalerweise sehe ich zu, dass ich aus der Kabine raus bin, wenn sie alle kommen.

„Hi", sage ich.

„Hi, Manu", grüßen einige von ihnen zurück. Ich werfe meinen Rucksack neben den von Lisa; sie ist als Einzige auf der ersten Umkleidebank, und ihre Jacke und ihre Jeans, die sie über die Haken gehängt hat, schirmen den Bereich ein wenig vom Rest der Kabine ab.

„Hallo, Lisa", sage ich.

„Hi, Manu." Sie nimmt ihre ausgebreiteten Sachen ein bisschen zusammen, um mir Platz zu machen.

„Danke, geht schon."

Ich setze mich und ziehe mir die Schuhe aus. Lisa ist gerade dabei, ihren BH zu wechseln. Wie eigentlich alle Mädchen aus der Klasse braucht sie schon länger einen, und sie trägt ihn mit Stolz. Ich dagegen trage ein Sport-Bustier, jeden Tag, und das auch nur, um den leichten Brustansatz, den ich bisher nur habe, möglichst unsichtbar zu machen. Da habe ich echt Glück, dass ich mit fünfzehn noch so eine Hühnerbrust habe, vielleicht bleibt es ja so; meine Mutter hat auch nicht gerade einen großen Busen.

Ich binde meine Schuhe absichtlich langsam auf und vermeide es, hochzugucken, bis Lisa sich ein T-Shirt übergezogen hat. Ich hasse es, mich mit den Mädchen zusammen umziehen zu müssen. Wie sie vor dem Spiegel stehen und ihre Schminke überprüfen. Worüber sie reden. Was sie für Klamotten tragen. Ich fühle mich wie ein Fremdling, ein Eindringling vielleicht sogar, ich will weg hier, und zwar schnell.

Endlich ist Lisa fertig. Sie bindet ihre Haare zu einem Pferdeschwanz und geht dann zum Spiegel.

Ein guter Zeitpunkt für mich, meine Jeans gegen die Sporthose zu tauschen und das T-Shirt zu wechseln. Und dann nichts wie raus. Ich bin so ziemlich zuletzt in die Umkleide gekommen und verlasse sie nun zuerst.

Ein paar Jungs sind schon in der Halle, als ich dazukomme. Anscheinend lag irgendwo ein Handball herum. Thorben hat die Rolle des Torwarts übernommen, und Lennard, Tom, Jan, Lars und Sven werfen abwechselnd aufs Tor. Lenny und Jan sind im Handballverein, sie üben zusammen den „Kemper". Lenny hat uns mal erklärt, wie das geht: Zwei Spieler passen sich den Ball beim Vorwärtslaufen zu, schließlich springt einer in den 6-Meter-Kreis, bekommt den Ball und wirft noch im Flug aufs Tor. Wenn es klappt, ist der Werfer beim Abwurf nur noch etwa vier Meter vom Tor entfernt und hat leichtes Spiel. Jan kann sich besonders gut in die Luft schrauben, es sieht kraftvoll und ästhetisch aus.

Jetzt probieren Lars und Tom ihr Glück – aber Tom verfehlt den Ball knapp.

„Machen wir, Manu?", ruft Sven.

„Okay, versuchen wir's", antworte ich und renne los.

Bis Rohloffs, unser Sportlehrer, mit der Trillerpfeife den Beginn der Sportstunde anpfeift, haben Sven und ich ein paar Kemper geschafft. Es fühlt sich toll an, so befreiend, so beglückend, wenn die Bewegungsabläufe stimmen und hinterher der Ball mit voller Wucht ins Netz fliegt.

„Mann, Mann, Manu", keucht Jan, als wir zur Hallenmitte laufen, „warum spielst du nicht Handball? Du hast's echt drauf, weißt du das?"

Ich bleibe ihm eine Antwort schuldig.

Gäbe es auch für unser Alter gemischte Mannschaften, ich wäre sofort dabei.

Ich liebe Sport. Ich liebe es, mich zu bewegen, mich zu verausgaben. Zu spüren, dass mein Körper leistungsfähig ist und mir gehorcht. Ich hänge mich wirklich rein, egal, was wir machen.

Heute spielen wir Völkerball. Es erfüllt mich jedes Mal mit Stolz, dass ich zu den Ersten gehöre, die gewählt werden. Percy dagegen wird erst als Viertletzter aufgerufen. Er ist in meiner Mannschaft.

„Hi", grüße ich, als er sich lustlos zu uns stellt.

„Hallo", erwidert er. Außer ein paar Blicken, die wir während des Unterrichts ausgetauscht haben, ist dies unser erster Kontakt heute. Ich weiß gar nicht, wo er seine Pausen verbringt. Jedenfalls nicht da, wo ich immer bin.

„Meiner Mutter geht's besser", sage ich ungefragt, während Steffen und Sven noch überlegen, ob sie Janette oder Verena wählen sollen.

Percy lächelt. „Freut mich."

Gegenüber in der anderen Mannschaft sehe ich Tom, der gerade Phil etwas ins Ohr flüstert. Direkt danach schauen sie zu mir und Percy. Was haben die nur schon wieder?

Während des Völkerballspiels gehöre ich zu den Letzten im Feld. Percy ist schon lange ausgeschieden. Gerade habe ich den Ball abgefangen. Percy steht günstig, ich werfe ihm den Ball zu. Percy trifft und kann wieder ins Feld zurück. Viele aus unserer Mannschaft jubeln, denn wir liegen im Moment zurück. Steffen, an dem Percy direkt vorbeigeht auf seinem Weg ins Feld, hält ihm sogar die Hand hin. Als Percy einschlägt, huscht ein leichtes Lächeln über sein Gesicht, aber richtig zu freuen scheint er sich nicht.

Ich verstehe ihn nicht. Er ist nicht unsportlich. Völkerball hat nun wirklich nichts mit Schreiben zu tun. Warum ist er so missmutig?

Nach dem Sportunterricht stehen Tom, Phil und ich noch eine Weile vor der Sporthalle und leisten Steffen Gesellschaft, der noch auf Marie wartet.

„Manu, was machen die Mädels eigentlich immer so ewig in der Umkleide?", fragt Steffen mit gespielt genervtem Unterton.

„Keine Ahnung. Wenn ich die Umkleide verlasse, haben sie gerade mal angefangen, ihre Schuhe aufzubinden."

Die drei lachen.

„Immerhin führt es dazu, dass du uns auch mal wieder beehrst", füge ich hinzu. „Hast dich echt rar gemacht in letzter Zeit."

Steffen steigt die Röte ins Gesicht. „Wir ... könnten am Wochenende ja mal wieder ins Metropol gehen. Wenn ich mich nicht irre, läuft da gerade der neue Transformers-Film."

„Gute Idee", meint Phil. „Wir waren echt lange nicht mehr zusammen weg. Also, ich hab Zeit."

„Ich auch", sagt Tom.

„Ich sowieso", sage ich.

„Kannst Marie auch gern mitbringen", sagt Phil. „Falls sie nicht lieber ‚Twilight' sehen will ..." Er grinst.

„Uääääh", macht Steffen angewidert. „Da steht sie übrigens wirklich drauf!"

„Vampire ... Blasse Haut, gehen nie in die Sonne ... Was die Mädels nur daran finden?" Tom lacht.

„Das werdet ihr wohl nie verstehen", ertönt plötzlich Maries Stimme hinter uns. „Schon allein deshalb, weil ich es euch auch nicht verraten werde!"

„Marie ..." Steffen ist es sichtlich peinlich, dass seine Freundin möglicherweise auch schon seine Äußerung mitgekriegt haben könnte.

Aber Marie fasst nur die beiden Bändchen seines Kapuzenpullis, zieht ein bisschen daran und gibt ihm dann einen Kuss auf die Wange.

„Mach dir nichts draus", sagt sie milde, „Männer müssen auch nicht alles verstehen. Kommst du?"

„Ich mach mich dann mal vom Acker", meint Steffen. „Bis morgen!" Er wirft uns noch einen entschuldigenden Blick zu, dann folgt er Marie, die ihn an der Hand gefasst hat und hinter sich herzieht.

„Und vergiss nicht, das Kinoprogramm zu checken!", ruft ihm Tom hinterher. „Wir wollen morgen Ergebnisse sehen!"

Tom, Phil und ich bleiben allein zurück. Ich hoffe, das dauert noch ein bisschen, bis die sich mal verlieben. Steffen ist ja zu gar nichts mehr zu gebrauchen.

9. ZEIT.

-Percy-

00.,24.09.

Wildmuth ist OK. Im reicht ein kurzer
Blig. So schnell kann Niemad lesen. Schon garnicht
mein gekrackel.
Die Zeit vergeht nicht. 8 Minuten noch. Was soll
ich schreiben? Eine Minute hat 60 Sekunden.
8 Minuten haben 860 Sekunden. 9 Minuten.
10 Minuten. Endlich Ende

10. Ein andermal vielleicht.

– Manu –

Freitag, 25.09.2009

Schulschluss. Wochenende. Und immer noch schönes Wetter. Bis Sonntag soll es noch so bleiben. Ich habe Lust, was zu unternehmen. Aber Tom und Phil sind verabredet, das Referat. Sie sind immer noch nicht fertig. Typisch.

Ich drücke mich unnötig lange vor den Fahrradständern herum. Schaue in meine Tasche, als müsste ich nachgucken, ob ich was vergessen habe. Binde mir die Schuhe zu. Percys Rad ist noch da. Was macht der so lange?

Irgendwann gibt es nichts mehr zu tun. Wer mich beobachtet, lacht sich wahrscheinlich sowieso schon kaputt. Ich warte einfach auf Percy. Wenn er nein sagt, habe ich eben Pech. Obwohl, es wäre echt peinlich, wenn er merkt, dass ich extra ewig auf ihn warte, und dann hat er womöglich gar keine Zeit. Außerdem könnte es sein, dass meine Mutter auf mich wartet. Sie könnte gekocht haben und das Essen wird kalt. Sie wird enttäuscht sein, wenn ich nicht komme. Ich sollte vielleicht doch ... oder wenigstens anrufen.

Ich setze mich auf einen unbenutzten Fahrradständer und hole mein Handy aus der Hosentasche.

Gerade, als ich mein Passwort eingegeben habe, taucht plötzlich Percy auf. Ich habe gar nicht bemerkt, dass er um die Ecke gebogen ist.

„Hi." Ich stelle mein Handy wieder aus und stecke es zurück.

Percy bleibt stehen, eineinhalb oder zwei Meter von mir entfernt. *Hast du auf mich gewartet?*, sagt sein Blick. Aber er fragt es nicht. Er sieht irgendwie ... erschöpft aus.

„Alles klar bei dir?"

Percy antwortet nicht, sieht mich einfach nur an, oder vielleicht sieht er auch an mir vorbei oder durch mich hindurch.

Schließlich ergreife ich einfach die Initiative. „Ich wollte dich fragen, ob wir was zusammen machen."

„Ich weiß nicht. Bin nicht gerade 'ne Stimmungskanone heute."

„Das ist ja nichts wirklich Neues." Es sollte ein Witz sein, aber Percy sieht plötzlich aus, als würde er gleich anfangen zu weinen. Er wendet sich ab, geht zu seinem Fahrrad. Am liebsten würde ich mir die Zunge abbeißen. Ich wollte ihn nicht verletzen.

Ich stehe auf und haste hinter Percy her.

„Mensch, Percy, tut mir leid. War 'n blöder Witz."

Er reagiert nicht, öffnet stattdessen sein Fahrradschloss, als erforderte dies seine volle Konzentration. Ich stehe schräg hinter ihm und habe keine Ahnung, wie ich das wiedergutmachen soll.

„Ich wollte damit sagen: Du brauchst keine Stimmungskanone zu sein, wenn wir was zusammen machen."

Percy wickelt das Fahrradschloss um die Sattelstange und zieht sein Fahrrad aus dem Ständer.

„Ehrlich!" Meine hilflos nachgeschobene Bekräftigung verhallt wirkungslos.

Percy schiebt das Rad in einer halben Rechtskurve zurück und steigt auf. Ganz kurz nur schaut er mich an. Seine Augen sind dunkel und schmal.

„Ein andermal vielleicht", sagt er.

Dann fährt er los.

Ich bleibe stumm zurück.

Meine Mutter hat mich vom Küchenfenster aus kommen sehen und öffnet die Wohnungstür, noch bevor ich die letzten Stufen genommen habe. Sie ist normal angezogen und hat eine Küchenschürze um. Aus der Wohnung dringt Essensduft, Nudeln mit Hackfleischsoße wahrscheinlich. Es ist eindeutig: Mama hat wieder ihre gute Phase.

„Hallo Liebes", begrüßt sie mich.

„Hallo Mama." Ich versuche mich an ihr vorbeizudrücken, aber sie lässt mich nicht, sondern umarmt mich, als wäre ich ein kleines Kind. Ich lasse es über mich ergehen. Endlich gibt sie mich frei.

Als ich wenig später in die Küche komme, ist sie gerade dabei, mir einen Teller Spaghetti aufzufüllen. Ich habe richtig gerochen.

„Setz dich, Kind", sagt sie, während sie die Hackfleischsoße über die Nudeln gießt.

Ich nehme Platz, und sie setzt sich gegenüber an den Tisch. Anscheinend hat sie bereits mit meinem Vater gegessen, der immer gegen ein Uhr das Haus verlässt, wenn er Spätschicht hat, denn sie selbst hat sich keinen Teller hingestellt.

Ich nehme mir den Teller und fange an zu essen. Es geht doch nichts über eine warme Mahlzeit am Mittag.

„Geht's dir nicht gut, Kind?" Meine Mutter sieht mich besorgt an. „Du siehst mitgenommen aus."

Sie merkt es. Sie ist wirklich gut drauf. Nur, ich habe keine Lust, ihr von meinem Erlebnis mit Percy zu erzählen.

„Geht schon", sage ich deshalb zwischen zwei Bissen.

„Kind, du sollst doch nicht mit vollem Mund reden. Man schluckt erst runter, bevor man spricht."

„Ja, Mama."

„Habt ihr eine Arbeit zurückbekommen?"

„Ja, den Vokabeltest in Englisch. Eine Eins."

„Ach, Kind, das freut mich aber!" Sie tut so, als sei das etwas total Außergewöhnliches, ein besonderer Anlass für überschwängliche Freude. Dabei habe ich immer eine Eins oder Zwei in Englisch, ohne dass ich dafür groß lernen müsste.

„Mama", sage ich gequält, „das ist doch nichts Besonderes. Viel spannender ist, dass Tom eine Zwei hat. Die Löwenstein hat nicht gemerkt, dass *ich* die Hälfte seines Tests geschrieben habe." Und dass die Löwenstein Percy wortlos sein leeres Blatt zurückgegeben und er es ohne jede sichtbare Gefühlsregung in seine Tasche gepackt hat. Doch bevor ich auch nur darüber nachdenken kann, ob ich das meiner Mutter erzähle, ruft sie:

„Aber Liebes, so was sollst du doch nicht machen. Du bringst dich doch nur selbst in Gefahr. Und Tom ... Der sollte lieber selbst lernen, anstatt dich auszunutzen."

„Mama, er nutzt mich nicht aus. Das war ein Spaß, ein Abenteuer, eine Mutprobe, wenn du so willst. Mehr nicht."

Wie gut, dass sie nicht weiß, dass wir schon einmal dabei erwischt worden sind, von Grieger. Es war ein unangekündigter Test letztes Schuljahr kurz vor den Ferien, und Tom hatte nicht gelernt. Wir mussten bei Dr. Karl Rede und Antwort stehen und haben beide eine Sechs kassiert. Die Aktion hat mich letztlich die Zwei in Erdkunde gekostet. Hätte die Löwenstein jetzt unseren kleinen Betrug bemerkt, wären wir sicher nicht wieder so glimpflich davongekommen. Aber das Risiko war vernachlässigbar gering. Grieger passt auf wie ein Schießhund. Die Löwenstein korrigiert stattdessen nebenbei Klassenarbeiten.

Meine Mutter seufzt theatralisch. „Ein bisschen mehr Vernunft würde dir auch nicht schaden. Manchmal frage ich mich wirklich, woher du das hast."

Von dir sicher nicht, denke ich. Und du fragst es dich nicht manchmal, sondern ständig. Aber natürlich sage ich es nicht. Ich will keinen Streit. Zu oft habe ich erlebt, wie meine Mutter dann plötzlich von einer Sekunde auf die andere völlig ausgerastet ist. Dann heult sie, macht erst mir Vorwürfe und dann sich. Und wenn es ganz blöd kommt, verbringt sie die nächsten Tage mit Kopfschmerzen im Bett. So wie damals, als das mit der Vase passierte.

Ich war sieben oder acht. Zu der Zeit arbeitete mein Vater noch als Schiffsingenieur und war oft mehrere Wochen am Stück unterwegs. Meine Mutter war seit Tagen krank gewesen, Migräne, schleppte sich aber klagend durchs Haus, um mich mittags nach der Schule zu versorgen. Schon damals war sie der Vorwurf in Person, wenn ich heimkam. Ich musste alles machen, abwaschen, abtrocknen, Klo putzen, staubsaugen. Der Staubsauger war so schwer, ich hatte schon das Wohnzimmer und die Küche gesaugt und konnte einfach nicht mehr. Meine Mutter saß in der Küche und kommandierte mich mit kraftloser Stimme herum.

„Mama, ich brauche eine Pause", bat ich und stellte den Staubsauger ab. „Ich möchte später weiter machen."

„Nur noch den Flur, Schätzchen, dann hast du's geschafft. Mama braucht dich doch, du weißt doch, ich schaffe es im Moment nicht. Du hast Mama doch lieb, oder?"

„Ja, Mama, ich hab dich lieb." Ich glaube, schon damals kam mir der Satz leer vor, ihr zuliebe gesagt, aber nicht wirklich empfunden.

„Mama liebt dich auch, Schatz. Du bist so ein gutes Kind. Hilfst deiner Mama so lieb. Andere Mütter wären froh, wenn sie so eine liebe Tochter hätten. Sei so gut, nur den Flur noch, Schätzchen."

Was sollte ich da machen? Ich versuchte, den Staubsauger hochzuheben, war jedoch mit meinen Kräften am Ende. Also zog ich ihn hinter mir her, aus der Küche raus, in den Flur. Dummerweise blieb er dabei an der Bodenvase hängen. Ich merkte es nicht, zog nur noch stärker an dem Saugrohr. Ich dachte, ich wäre einfach zu schwach, und wenn ich mehr zöge, käme der Staubsauger schon hinterher. Aber dann gab es einen Rums, die Bodenvase fiel um und zerbrach. Das Wasser, das schon seit Tagen darin stand, bildete eine sich schnell ausbreitende, stinkende Lache auf dem Teppich.

In Sekundenschnelle war meine Mutter im Flur. Aber anstatt ein Handtuch zu holen oder mit mir zu schimpfen, kniete sie in einigem Abstand vor der Vase nieder und ließ einen Schrei los, den ich heute noch im Ohr habe und bei dem es mir noch immer kalt den Rücken hinunterläuft, wenn ich an ihn denke.

„Neeeeeeeeeeeeeeiiiiiiiiiiiiiiiiiiin!"

„Mama, das wollte ich doch nicht ..."

„Die gute chinesische Vase! Die hat dein Vater von einer Seereise mitgebracht! Zum ersten Hochzeitstag! Und du ... machst sie einfach kaputt! Nur, damit du nicht mehr saugen musst! Wie niederträchtig von dir!"

„Aber Mama, ich wollte das nicht ..." Meine Worte, hilflos gestammelt, gingen unter in ihrem Geheule.

„Ausgerechnet diese Vase ... So schöne Erinnerungen ... Einfach kaputt ... Du machst sie einfach kaputt ... Du *willst* wohl, dass es mir schlecht geht ... Womit habe ich das verdient?"

Sie wiegte sich vor und zurück, während sie heulte, und sah mich dabei aus aufgerissenen Augen an. Ich fürchtete mich vor ihr, ich fürchtete mich vor meiner eigenen Mutter. Ich hatte die Vase doch nicht mit Absicht kaputt gemacht, es war ein Versehen gewesen! Aber meine Mutter steigerte sich immer weiter in ihren Heulanfall hinein, schrie, dass ich sie wohl gar nicht lieb hätte und dass es mir anscheinend egal wäre, wenn es ihr schlecht ginge, es hörte nicht auf, und ich stand daneben, sieben oder acht Jahre alt, vollkommen überfordert und hilflos. Was ich auch sagte, es kam nicht bei ihr an, es war, als wäre ich gar nicht da, als spielte es keine Rolle, was ich sagte. Ich bot sogar an, alles wieder wegzumachen, aber auch das besänftigte sie nicht.

Irgendwann lief ich weg. Raus aus der Wohnung, einfach nur raus. Weil ich nicht wusste, wohin sonst, lief ich zu Philipp, den ich schon seit dem Kindergarten kannte. Seine Mutter war zum Glück da und öffnete mir die Haustür.

„Manuela, was ist denn mit dir los?", fragte sie erschrocken.

Ich zitterte am ganzen Körper und sah vermutlich ziemlich erbärmlich aus. Aber was wirklich geschehen war, konnte ich ihr nicht erzählen. Ich weiß gar nicht mehr, warum. Ob ich Angst hatte, dass sie auch glauben würde, dass ich es mit Absicht gemacht hatte, oder ob ich schon damals dachte, dass niemand wissen durfte, wie verrückt meine Mutter war.

„Meine Mutter ist beim Arzt, und ich hab den Wohnungsschlüssel vergessen", log ich. „Es ist so kalt draußen. Kann ich für ein paar Stunden bei Philipp bleiben?"

Phil, den wir damals natürlich noch Philipp nannten, und ich spielten den ganzen Nachmittag. Ich tat alles, um das, was ich zu Hause erlebt hatte, möglichst zu vergessen. Wir tobten und balgten und alberten stundenlang.

Dieser Tag war der erste, an dem ich auch zum Abendessen blieb. Ich sagte, meine Mutter sei krank, und Phils Eltern waren sehr gastfreundlich und herzlich. Ich war immer willkommen. Sie nannten mich auch Manu, als ich später darum bat. Da war ich neun und hatte beschlossen, auf meinen vollen Namen nicht mehr zu hören.

An dem Abend, als die Vase zerbrochen war, kam ich gegen acht Uhr nach Hause. Meine Mutter hatte die kaputte Vase und die Blumen beseitigt; nur der dunkle Fleck und der säuerliche Geruch erinnerten an den Vorfall.

Und Mama, die sofort aus dem Schlafzimmer kam, als sie hörte, dass ich wieder da war, sich noch im Wohnungsflur auf mich stürzte, mich umarmte, fast umklammerte und auf mich einredete:

„Du kannst doch nicht einfach weglaufen, Manuela, ich hab mir solche Sorgen gemacht, es tut mir so leid, natürlich hast du das nicht mit Absicht gemacht, ich liebe dich, mein Kind, es ist schade um die Vase, und der Fleck ist schlimm, aber du konntest ja nichts dafür, ich weiß auch nicht, was mit mir los war, die Vase ist so ein wertvolles Stück, weißt du, ideeller Wert, nennt man das, obwohl, wahrscheinlich ist sie auch wirklich viel wert, in Geld, verstehst du, ich war so enttäuscht, dass sie kaputt ist, aber du wolltest das nicht, du bist ein gutes Kind, ich liebe dich, mein Kind ..."

Ich hing in ihren Armen und wollte nur weg. Einerseits war ich erleichtert, wahnsinnig erleichtert, dass sie mir nicht mehr böse war, aber sie erdrückte mich fast, und das Schlimmste war, dass sie mich am Schluss, als sie sich von mir löste, lange ansah und dann fragte:

„Du hast mich doch auch lieb, mein Kind, oder?"

Ich sagte: „Ja, Mama, ich hab dich lieb", und ich weiß noch genau, ich hatte sie in dem Moment *nicht* lieb, und ich hatte ein schrecklich schlechtes Gewissen deswegen.

„Was denkst du?", fragt mich meine Mutter. Ich habe die Spaghetti inzwischen aufgegessen, schweigend. Eigentlich schmecken sie gut, aber ich habe sie mehr mechanisch gegessen. Der Vorfall mit der Vase ist mir noch immer so lebhaft in Erinnerung, dass ich meine Verzweiflung und mein schlechtes Gewissen noch fast genauso heftig empfinde wie damals.

„Ach, nichts", lüge ich, mühsam beherrscht, um des lieben Friedens willen. Wenn sie wüsste, woran ich gedacht habe ... Was würde sie sagen? Ob sie sich auch noch daran erinnert? Erwähnt hat sie den Vorfall nie wieder.

„Es ist noch was da", sagt meine Mutter und deutet auf den Topf. „Iss, Kind. Du kannst es vertragen."

Aber ich lehne ab, mir ist der Appetit vergangen. Ich muss hier raus. Nachher gehe ich noch joggen. So viel ist sicher.

11. ODER ÜBER MANU.

-Percy-

Fr. 23.03.

10 Minuten. Wäräter! Über die Läuerstein ?!
Dr. Kall! Muss der Alles wissen?
Arbeitsverweigerung. Klar!!! Wohl eher
Kooperationsverweigerung! Und zwar jeden
der Läuerstein!
Oder über Manu Mag ich ihn? Sie?/Ihn- sie?
Sie- Ihn?
Oder über Percy. Der Ihn wider zuviel riskiert.
9 Minuten. Jetzt 10. Ende.

Wieder 10 Minuten. Dismal gleich morgends.
Schlecht geschlaffen. Da 4 Uhr nachts Orion
am Himmel gesehen. Ein Majästetisches Sternbild,
Forbote des Winters. In der Ferlengerung des
Gürtels Sirius. Gleissent hell. Genaugenomen
Sirius A. Den Sirius ist ein Dppelsternsystem.
Aber Sirius B ist fiel dunkler alls Sirius A
und mit blosem Auge nicht zu sehen. Den es ist
ein weisser Zwerg.
11 Minuten, Ende.

Regen. Seit heute Nachmtag. Der Westwind feift
vons Haw. Musste ja mal enden, der Spätsomer.
Manus Er - sie, sie-er will mir nicht aus dem
Kopf. Ich war blöd an Freitag. Hat extra auf
mich gewatet, glaube ich. Er- sie, sie-er ist
OK. Ich sollte das in ordnung bringen
Morgen. Unbedingt.
12 Minuten. Ende.

12. ENTWAFFNET.

– Manu –

Montag, 28.09.2009

Es gießt. Vorbei ist der Spätsommer. Guten Morgen, Herbst. Der arme Percy, ob er bei diesem Wetter auch mit dem Rad fährt?

Ich trotte zum Haupteingang der Schule, beschützt von meiner Regenjacke. Das Wochenende war okay, lustig am Samstag mit Tom, Phil und Steffen und erträglich am Sonntag. Mein Vater, meine Mutter und ich waren morgens im Stadtpark spazieren. Ich bin auf einem Umweg zurückgejoggt, und nachmittags habe ich gelesen.

Als ich fast beim Haupteingang bin, sehe ich, dass Percy neben der Tür unter dem Vordach steht. In Regenhose und Regenjacke. So wie seine Kleidung trieft, kann er noch nicht lange dort stehen.

„Hallo", grüße ich. Soll ich weitergehen oder stehenbleiben?

„Hallo", sagt er. „Ich habe auf dich gewartet."

Ich halte an und stelle mich zu Percy. Ich freue mich, dass er auf mich gewartet hat. Ja, wirklich, plötzlich fühle ich mich viel leichter als eben noch, fast fröhlich, mindestens froh. Ich frage mich, ob er das sehen kann. Wäre ja nicht das erste Mal, dass er Gedanken liest. Aber ich werde jetzt nichts sagen. Ich habe mich am Freitag entschuldigt und möchte die Angelegenheit eigentlich nicht noch mal aufwärmen.

Wir schweigen eine Weile, zehn, fünfzehn Sekunden wahrscheinlich, aber mir kommt es wie eine Ewigkeit vor.

„'Tschuldigung wegen Freitag", sagt Percy dann. „Hab da ein bisschen überreagiert."

„Schon okay. Ich hab mich ja auch benommen wie ein Elefant im Porzellanladen."

Er lächelt. „Du und Elefant."

„Nur im Porzellanladen natürlich." Ich grinse. Oder lächele. Irgendwas dazwischen.

Da ist es wieder, dieses aufregende Gefühl. Diese Wärme, die mich von innen ausfüllt. Über das Wochenende war sie mir fast abhandengekommen. Aber jetzt, wo Percy und ich uns angucken, da fühlt es sich plötzlich so an, als wäre mein Brustkorb gar nicht weit genug, um der Wärme Platz zu bieten. Ich atme tief ein und schaue weg.

„Gehn wir rein?", frage ich.

„Okay", sagt Percy.

In der Pausenhalle sehe ich Tom, Steffen und Lenny zusammenstehen. Ich steuere auf die drei zu.

„Bis später", sagt Percy plötzlich.

„Warum, komm doch mit!"

Er zuckt mit den Schultern, entfernt sich dann aber doch nicht. Als wir bei den anderen ankommen, schlagen wir ein und umarmen uns kurz, wie immer, erst Tom und ich, dann Lenny und ich, dann Steffen und ich.

„Moin, Percy", sagt Lenny und hält ihm ebenfalls die Hand hin.

Percy schlägt ein, eine Umarmung gibt es nicht, sie kennen einander ja auch nicht weiter. Tom und Steffen schicken ein „Hi, Percy" in seine Richtung.

„Hallo", antwortet Percy. Er wirkt angespannt.

„Du siehst ja echt nass aus", meint Steffen. „Schietwetter, was?"

„Ja", sagt Percy.

„Und ihr wart Samstag im Kino", spöttelt Lenny. „Das war ja mal 'n schlechtes Timing. Swaantje und ich waren in Friedrichskoog-Spitze und haben noch mal ein bisschen Sonne getankt."

„Du bist ein Held", sagt Tom ironisch.

„Findet Swaantje auch." Lenny grinst breit.

„Nächstes Mal lassen wir uns von dir beraten, wenn wir was planen", sage ich todernst. „Mach doch mal 'nen Aushang am Schwarzen Brett: Lennard Fischers wettergerechte Freizeitplanungsagentur."

Alle lachen. Sogar Percy lächelt oder grinst. Oder irgendwas dazwischen.

In Mathematik schreiben wir heute die Klassenarbeit zu den Kreisberechnungen. Herr Lange hat sich anscheinend die Mühe gemacht, extra eine Version der Arbeit für Percys Laptop zu erstellen: Als er allen die Blätter verteilt und das Startzeichen gegeben hat, geht er zu Percy rüber und gibt ihm einen USB-Stick. Dann erklärt er ihm noch irgendwas. Da Percy genau in meiner Blickrichtung sitzt, bekomme ich unweigerlich mit, dass Lange trotzdem von ihm erwartet, die Skizzen von Hand zu zeichnen – und dass Percy am Ende der Stunde eine Menge getippt, aber keinen einzigen Strich auf dem Papier gemacht hat. Kann man so ungelenk sein, dass man nicht in der Lage ist, ein paar einfache Skizzen zu zeichnen und zu beschriften? Oder ist Percy einfach bockig? Was ist bloß los mit ihm? Ich denke während der Klassenarbeit so viel über ihn nach, dass ich beinahe nicht fertig werde.

Während der Pause stehe ich wie üblich mit Tom und Phil zusammen, außerdem sind Lenny und Steffen dabei. Es hat aufgehört zu regnen, jedenfalls für einige Zeit; der Himmel ist noch immer von dunklen, schnell dahinziehenden Wolken bedeckt.

„Mensch, Manu, dein Schützling war ja mal wieder wahnsinnig gesprächig heute Morgen." Tom klingt richtig gehässig. „Du hättest das mitkriegen müssen, Phil. ‚Hallo' und ‚Ja', das war's. Dass der sich überhaupt –"

„Hör auf!", unterbreche ich ihn. Ich schreie es fast, so wütend bin ich. „Er – ist – nicht – mein – Schützling, – klar?"

Tom sieht mich amüsiert an.

„Klar", sagt er. Es hört sich an wie ein ironisches „Aye-aye-Captain."

Ich hätte nicht gedacht, dass er so fies ist. Ich bin enttäuscht und angewidert. Ich könnte ihm eine reinhauen, aber ich beherrsche mich und sage kühl: „Und wenn du Wert auf meine Freundschaft legst, dann rate ich dir dringend, dir alle abfälligen Bemerkungen über Percy in Zukunft zu sparen. Ich *mag* ihn nämlich."

„Wow. Das ist ja mal 'n Statement." Lenny sieht mich direkt anerkennend an.

Tom ist das Grinsen noch immer nicht ganz vergangen. Ich sehe es ihm an: Er findet es wahnsinnig komisch, dass ich „Ich mag ihn" gesagt habe. Vermutlich liegen ihm mindestens fünf gemeine Bemerkungen auf der Zunge. Aber er schweigt. Vielleicht legt er ja wirklich noch Wert auf meine Freundschaft.

Phil und Steffen beziehen keine Stellung. Bei Steffen habe ich nicht unbedingt etwas anderes erwartet, aber von Phil bin ich enttäuscht. Immerhin kennen wir uns schon ewig und sind genauso lange befreundet. Aber ich will mich nicht auch noch mit ihm streiten, deshalb lasse ich die Angelegenheit auf sich beruhen. Gut, dass das Pausenklingeln uns kurz darauf aus der unangenehmen Situation befreit.

In der anschließenden Doppelstunde Deutsch herrscht eisiges Schweigen zwischen mir und Tom, und auch Phil und ich sprechen verhältnismäßig wenig. Wir sollen die Ergebnisse der letzten zwei Deutschstunden zum Gedicht „Städter" in einer Interpretation und Stellungnahme zusammenfassen, eine Art Übungs-Klassenarbeit. Wir dürfen unsere Aufzeichnungen im Deutschheft dafür benutzen. Toms Aufsatz entwickelt sich nur stockend. Aber ich werde ihm nicht helfen. Heute nicht. Er hat sich noch nicht mal entschuldigt.

In der zweiten Pause habe ich keine Lust auf Phil und Tom. Tom verlässt zügig den Klassenraum, während ich noch nach meinem Pausenbrot suche. Nicht, dass ich es nicht finde. Aber ich kann ja ein paar Mal daran vorbeigucken. Phil ist schon halb hinter Tom hergelaufen, da fällt ihm offenbar ein, dass ich noch da bin. Er hält kurz an, sieht trotzdem aus, als würde er immer noch Tom hinterherhasten, und ruft:

„Manu, kommst du?"

„Geht ruhig schon vor."

Ich sage es, obwohl ich genau weiß, ich werde nicht kommen.

Wo verbringt eigentlich Percy seine Pausen? Er hat gerade die Klasse verlassen. Ich folge ihm einfach. Nach der Treppe und einigen weiteren Metern durch den Gang dreht er sich um. Er hat mich bemerkt. Ich will ja auch nicht aussehen, als würde ich ihm nachspionieren, deshalb habe ich auch keinen besonderen Abstand gehalten.

„Was ist?", fragt Percy. Er bleibt stehen.

„Nichts, was soll sein?" Ich habe zu ihm aufgeschlossen. Wir stehen jetzt mitten im Gang.

„Du folgst mir."

„Stimmt."

„Warum?"

„Vielleicht will ich die Pause mit dir verbringen?"

„Du hast dich mit Tom gestritten."

„Stimmt auch. Du bist ein guter Beobachter."

„Und Philipp hat sich für Tom entschieden, als er sich entscheiden musste."

„Du solltest Psychologe werden."

Diese Bemerkung scheint ihn kurzfristig aus dem Konzept zu bringen. Ich kann förmlich sehen, wie er innerlich zusammensackt, obwohl er sich Mühe gibt, dass ich es nicht merke. Komisch, wieso nehme ich so was wahr?

„Ich bin jetzt dein Lückenbüßer", sagt Percy. Es soll wahrscheinlich genauso überlegen klingen wie seine Analysen vorher, aber seine Stimme zittert. Kaum merkbar, aber ich höre es.

„Unterschätz dich mal nicht", entgegne ich. „Und mich auch nicht, bitte."

Ich sehe, wie Percy kurz lächelt, entwaffnet.

Eine bessere Bemerkung hätte mir nicht einfallen können. Zumal es stimmt. Absolut stimmt.

Percy schaut auf seine Armbanduhr. „Die Pause dauert noch zehn Minuten. Gehn wir?"

Jetzt muss ich lächeln. „Wohin?"

Percy antwortet nicht. Wir gehen einfach los, ich weiß nicht, ob er die Richtung vorgibt oder ich. Wir landen auf dem Pausenhof, in einer anderen Ecke als dort, wo ich mich normalerweise aufhalte.

Es ist windig und feucht und ungemütlich, aber es regnet nicht. Wir stellen uns an den Rand des Hofs und beobachten stumm das Treiben. Hier sind vor allem kleinere Schüler, sie toben und lachen, spielen Fußball, Fangen oder Tischtennis.

„Früher haben Phil, Tom, Lennard, Steffen, Jan und ich hier auch Fußball gespielt", fange ich irgendwann an zu erzählen, einfach, um die Stille zwischen Percy und mir zu überbrücken. „Oder Kreisball. Das war ein Spiel, das ich in der fünften Klasse erfunden

74

habe. Man spielt es am Mittelkreis mit einem Flummi. Zeitweise hat da fast die ganze Klasse mitgemacht, auch die Mädchen." Das war eine schöne Zeit. Alle haben sie mein Spiel gespielt. Wochenlang mit Begeisterung. Schon damals hab ich gedacht: Ich will nie zwölf werden. Alles soll so bleiben, wie es ist.

„Cool", sagt Percy. „Das muss toll sein, wenn alle das Spiel spielen, das man erfunden hat."

„War es. Echt."

Auch die Geburtstagsfeiern waren damals toll. Als Tom zwölf wurde, haben wir fast den ganzen Nachmittag *Merkball* in seinem Garten gespielt. Bei Steffen gab es immer besonders spannende Rallyes. Lenny war dann der Erste, der eine Party veranstaltet hat. Als er dreizehn wurde. Sie begann um fünf Uhr nachmittags, und um zehn Uhr abends riefen wir alle bei unseren Eltern an, ob wir bis elf verlängern durften. Das war noch, bevor sich die ersten Liebespärchen bildeten. Die ersten Partys haben einfach nur uneingeschränkt Spaß gemacht.

Wie mag diese Zeit bei Percy gewesen sein? War er damals auch schon so ein schweigsamer Einzelgänger? Ich werde ihn nicht fragen. Wenn er davon erzählen wollte, hätte er eben die Gelegenheit dazu gehabt.

Es klingelt. Die Kleinen stürmen ins Schulgebäude zurück. Percy und ich lassen uns etwas Zeit, gehen langsam. Trotzdem müssen wir noch kurz warten, bis sich der Pulk von Fünft- und Sechstklässlern durch die Eingangstür gequetscht hat.

„Wäre heute *ein andermal?*", frage ich, während wir warten.

Percy sieht mich an. „Heute kann ich nicht. Aber morgen, wenn du willst."

„Gleich nach der Schule?"

„Mmmh."

Ich freue mich jetzt schon darauf.

13. KOMISCH NERVÖS.

-Percy-

Mai, 28, 08

Eigentlich hasse ich Therapeuten. Aber Wildmuth
ist anders. Er bohrt nicht. Er fragt nicht. Er lässt
mich einfach schreiben. Und ich schreibe. Sogar
eine Zeile nur a. Und d. a und d. a, d, a, d, a, d, a, d.
Vielleicht kann ich es diesmal schaffen.
Vielleicht habe ich diesmal Glück.
~~Vielleicht.~~ ~~Vielleicht.~~ Vielleicht.
Vielleicht. Bei mir nicht. Vielschwer.
Das war mal ein Wort. Passt so mir.
Nicht zu Manu. So Anders und trosdem
beliebt. Wie macht sie - er das? Ich weiß es
nicht.
9 Minuten. Ich werde schneller. Es fehlt die
Rechtschreibprüfung.
10 Minuten. Ende.

Schon wieder schlecht geschlafen. Bin wie
aufgedreht. 150 % wach.
Diesmal kein Sternenhimmel. Alles grau.
5:30 Uhr. Noch 30 Minuten bis zum
aufstehen.
Manu. Immer noch in meinem Kopf. Die ganze
Nacht. Sie - er ist so widersprüchlich. Rätzelhaft.
Phaszinierend. Er oder sie? Mein Eindrug
wechselt ständig. Zuletst her sie. Vielleicht.
Ich bin komisch nervös. Irgendwie.
11 Minuten. Ende.

14. Ganz gut geraten.

– Manu –

Zwischen Tom und mir ist noch immer eine Art Barriere, als er, Phil und ich wie so oft morgens vor der Schule zusammenstehen. Phil ist direkt bemüht, eine Unterhaltung zu dritt in Gang zu bringen, aber es gelingt nur oberflächlich. Ich bin froh, als es endlich klingelt.

In Deutsch sollen wir die Interpretation und Stellungnahme zu dem Gedicht vorlesen, die wir geschrieben haben. Mir ging meine gestern gut von der Hand, trotz des Streits mit Tom, daher melde ich mich freiwillig. Dr. Karl lobt meinen Text, er sei gut durchdacht, umfassend und enthalte auch eigene Gedanken. Ein paar andere lesen ebenfalls freiwillig vor.

Wie immer kommen auch einige Unfreiwillige dran. Heute trifft es zuerst Elena, deren Text ganz vernünftig ist, und dann – Percy.

Percy zögert. Einige Sekunden lang. Alle Blicke sind auf ihn gerichtet, mal wieder. Jeder ist gespannt, was jetzt passiert.

„Ich werd nicht vorlesen", sagt er dann. Er sagt es sehr ruhig und zugleich sehr bestimmt.

„Das klingt stark nach Arbeitsverweigerung", meint Karl.

Percy schüttelt den Kopf. Er klickt kurz ein paar Tasten seines Laptops und dreht ihn dann zu Karl hinüber. Der kann natürlich auf die Entfernung nichts erkennen.

„Entweder Sie haben was und können vorlesen, oder Sie haben nichts, und ich muss Ihnen leider eine mündliche Sechs eintragen", sagt Karl. Aber er lässt es nicht wie eine Drohung klingen, wie es Grieger gemacht hätte, sondern mehr wie eine Information. „Es ist Ihre Entscheidung."

Ich weiß, Percy hat gestern die ganze Doppelstunde getippt. Er muss was haben. Und irgendwie habe ich das Gefühl, dass sein

Text gut ist. *Jetzt lies doch!*, denke ich und schicke meine Gedanken zu ihm hinüber, als könnte ich seine damit beeinflussen.

Percy dreht den Laptop zu sich zurück und räuspert sich. Dann fängt er an zu lesen. Seine Stimme ist zittrig, seine Ohren sind rot. Er verhaspelt sich mehrfach, gerät sogar ins Stocken. Es ist mucksmäuschenstill im Klassenraum. Alle wollen hören, was Percy, der Laptop-Freak, zustande gebracht hat. Außer mir – und Dr. Karl wahrscheinlich – erwartet bestimmt keiner einen guten Text. Ich schaue in die Mienen meiner Mitschüler. Einige gucken ängstlich-mitfühlend, andere versuchen ihre heimliche Schaden-vor-freude zu verbergen.

Percys raue Stimme wird von Satz zu Satz fester, sein Lesefluss besser. Vielleicht merkt er, wie sich die Blicke der Mitschüler ändern. Denn Percys knapper Text hat Hand und Fuß und ist außerdem noch ziemlich gut formuliert, das muss sogar einem wie Tom auffallen. Der, der nie was schreibt und nie was sagt, liefert hier einen der besten, wenn nicht *den* besten Aufsatz ab.

Die Interpretation endet mit Percys Gedanken zum Schluss des Gedichts:

Und wie stumm in abgeschlossner Höhle
Unberührt und ungeschaut
Steht doch jeder fern und fühlt: alleine.

Ein paar Sätze liest er dazu nur vor, aber jeder hat Atmosphäre, jeder seiner Sätze lebt, jeder seiner Sätze atmet eines aus: Hier schrieb einer, der weiß, was es bedeutet, unberührt und ungeschaut zu sein.

Percys Stellungnahme zu dem Gedicht wirkt ebenfalls sehr professionell. Auch sie ist eher knapp gehalten, aber sie sagt mehr als all die ausufernden Stellungnahmen, die wir vorher gehört haben.

Als Percy fertiggelesen hat, ist es noch eine ganze Weile still im Klassenraum. Sogar Dr. Karl scheinen zunächst die Worte zu fehlen. Percy hat den Kopf gesenkt, als wagte er nicht aufzuschauen und in die Gesichter der anderen zu sehen. Dabei sehen die meisten erstaunt, aber doch freundlich aus, finde ich.

„Ausgezeichnet", meint Dr. Karl schließlich. „Wirklich ausgezeichnet. Sie haben alle Stil- und Gestaltungsmerkmale sehr schön in Beziehung zur Aussage des Gedichtes gesetzt und höchst eigenständig dazu Stellung genommen. Vielen Dank."

Percy schweigt. Er sieht immer noch nicht auf. Sven, der neben ihm sitzt, beugt sich zu ihm rüber und flüstert etwas. Percy zuckt nur mit den Achseln.

Dr. Karl schaut auf die Uhr. Es sind noch drei Minuten bis zum Klingeln. „Nachdem wir nun sechs Aufsätze gehört haben", sagt er, „ist, denke ich, klar, worauf es bei einer gelungenen Interpretation und Stellungnahme ankommt. Nächsten Montag schreiben wir die Klassenarbeit. Morgen und am Donnerstag werden wir in einer arbeitsteiligen Gruppenarbeit noch einmal sechs Gedichte interpretieren. Damit wir morgen nicht so viel Zeit verlieren, bitte ich Sie, sich schon mal abzusprechen und Viergruppen zu bilden. Sie können die letzten zwei Minuten dieser Stunde dazu bereits nutzen."

Ein allgemeines Gemurmel beginnt. Phil dreht sich sofort zu mir und fragt: „Machen wir?"

Er fragt mich vor Tom. Ein Friedensangebot? Oder will er mit mir zusammenarbeiten, weil er von mir profitieren kann? Ich bin plötzlich unsicher. So etwas habe ich mich sonst nie gefragt.

„Klar", sage ich trotzdem. „Und wen noch?"

„Tom und Lenny?"

„Okay. Tom?" Ich drehe mich zu Tom.

Tom zögert keine Sekunde. Warum macht mich das misstrauisch? „Geht klar. Lenny?"

Lennard sitzt neben Steffen, von uns aus gesehen schräg hinten. Er hat Toms Ruf gehört und wendet sich uns zu.

„Lenny? Wir vier? Du, Phil, Manu und ich?"

„Warte kurz!" Lenny diskutiert mit Steffen, dann dreht er sich wieder zu uns und sagt: „Gebongt!"

Die Sonne scheint wieder, als Percy und ich zusammen zu den Fahrradständern gehen. Schnell ziehen die Wolkenfetzen über den blauen Himmel. Der Westwind fühlt sich wärmer an, als ich dachte. Er lässt unsere Regenjacken flattern und unsere Haare wehen.

„Du bist übrigens zu uns zum Essen eingeladen", sage ich, als wir fast bei den Rädern sind.

„Danke", sagt Percy nur.

Hoffentlich ist meine Mutter nicht so aufgedreht nachher. Es ist mir eigentlich gar nicht recht, dass sie Percy eingeladen hat. Aber als ich gestern gesagt habe, dass ich mich mit ihm treffe und deshalb nicht zum Essen komme, hat sie so schrecklich enttäuscht geguckt und dann gesagt, ich solle ihn doch einfach mitbringen. Was hätte ich tun sollen? Ihr sagen, dass mir das unangenehm wäre? Das hätte sie womöglich in die nächste Krise gestürzt.

Percy schließt sein Rad auf, wenig später gehen wir zusammen die zehn Minuten zu mir nach Hause. Wir schweigen lange. Ich muss wieder an die Deutschstunde und Percys Aufsatz denken.

„Ich hab mir gedacht, dass dein Aufsatz gut ist", sage ich nach einer Weile.

„Ja", sagt Percy, als wäre ihm das sowieso klar gewesen.

„Die anderen waren ziemlich beeindruckt, glaube ich."

„Hab nicht hingeguckt." Er blickt auch jetzt stur nach vorn, nicht zu mir.

„Warum wolltest du nicht vorlesen?"

„Schlechte Erfahrungen." Er sagt es sehr leise, fast hätte ich es nicht verstanden wegen des Windes.

„Aber dir war doch wohl auch klar, dass dein Text gut ist."

„Eben."

„Du kannst ziemlich viel gut, stimmt's?"

Jetzt sieht er mich an. „Alles. – Und nichts."

Wie meinst du das?, liegt mir auf der Zunge. Wir sehen uns in die Augen, ein paar Sekunden, es ist ein sehr gerader Blick, eine unmittelbare Verbindung. So, als würden wir direkt in den anderen hineinschauen. Da ist ein Gefühl, ein unsicheres, ein ängstliches vielleicht, aber auch ein warmes, ich weiß plötzlich alles über Percy und gleichzeitig gar nichts, nur eins ist klar: Ich frage jetzt besser nicht weiter, sonst reißt die Verbindung ab.

Ich schaue wieder nach vorn. Wir gehen stumm nebeneinanderher. Aber dieses Band zwischen uns ist noch da. Ich glaube zu spüren, wie Percy es gemeint haben könnte, ohne dass ich es in Worte fassen könnte. Aber vielleicht muss ich das nicht. Vielleicht ist es unwichtig, was war. Wir leben jetzt. Jetzt gerade. Wir gehen nebeneinander auf der Straße und zu mir nach Hause. Gleich werden wir mit meiner Mutter zusammen zu Mittag essen. Dann werde ich derjenige sein, der Angst hat. Aber Percy wird keine Fragen stellen. Er wird es einfach hinnehmen, so wie es kommt. Das zu wissen, ist doch eigentlich ziemlich beruhigend.

Meine Mutter empfängt uns an der Tür.

„Hallo, mein Kind", sagt sie und umarmt mich, als sei ich eine Woche lang weggewesen, mindestens.

„Hallo, Mama."

Sie lässt mich frei und wendet sich Percy zu. „Und du bist also Percy."

„Guten Tag, Frau Andresen", sagt Percy.

„Hallo. Und herzlich willkommen." Ihre Stimme ist laut. Zu laut. Sie *ist* überdreht. „Manuela hat mir schon viel von dir erzählt."

Stimmt gar nicht. Und sie soll mich nicht Manuela nennen. Wir sind gerade mal eine Minute da, und schon fühle ich mich unwohl.

„So viel nun auch wieder nicht", wehre ich ab.

„Wenn man einberechnet, wie wenig du sonst erzählst, schon", entgegnet meine Mutter.

Sie geht voraus in die Küche. Percy und ich folgen ihr. Diesmal bin ich es, der den Blick vermeidet.

In der Küche trifft mich fast der Schlag. Mama hat eine Tischdecke aufgelegt und das gute Geschirr und das Silberbesteck gedeckt. *Mensch, Mama, Percy ist ein Schulfreund, sonst nichts!*, möchte ich schreien, aber natürlich bleiben die Worte in mir eingeschlossen, was soll Percy sonst denken, was denkt er überhaupt. Ich wage einen Blick zur Seite, aber aus seiner Miene kann ich nichts herauslesen.

„Setzt euch, ihr Lieben", flötet meine Mutter. „Was möchtet ihr trinken?"

„Egal", sagt Percy, während er sich setzt. „Was Sie haben."

„Apfelschorle?", frage ich.

„Okay", antwortet Percy.

Es gibt Rouladen mit Kartoffeln und Rotkohl. Meine Mutter füllt uns auf, dann essen wir. Und weil Percy wie immer nichts von sich aus sagt und ich auch nicht weiß, worüber wir reden sollen, redet meine Mutter umso mehr.

Sie berichtet vom Einkauf am Morgen, wie sie das beste Rouladenfleisch genommen hat und wie sie auf dem Wochenmarkt eine alte Freundin getroffen hat, die ihr noch einen Tipp gegeben hat, dass sie den Rotkohl mit einem Schuss Rotwein verfeinern soll. Wie schön es doch sei, dass man auf dem Markt immer so viele Bekannte treffe, jedenfalls die Hausfrauen, die Berufstätigen hätten dienstagsmorgens ja keine Zeit. Sie selbst müsse ja nicht arbeiten, da ihr Mann Ingenieur sei. Früher habe er als Schiffsmechaniker gearbeitet, erster Bordingenieur, aber inzwischen habe er eine neue Stelle angenommen und sei nun bei den Chemiewerken angestellt, in der Maschinenüberwachung und -wartung, seit gut zwei Jahren schon. Das sei auch besser für mich, ihre Tochter, weil ich meinen Vater regelmäßig zu Gesicht bekäme. Es wäre doch wichtig, dass die Kinder beide Elternteile hätten, für die Entwicklung, das sei bestimmt nicht optimal für mich gewesen, die ersten Jahre fast ohne Vater aufzuwachsen, aber sie habe immer versucht, die Zeiten, in denen er da war, gut zu nutzen, das habe sie immer wichtig gefunden.

Sie redet in einer Tour, ohne Punkt und Komma, als habe sie Angst vor zwei Sekunden Stille, und ich sitze daneben und denke: Davon stimmt doch nur die Hälfte, Mama. Du hast kaum Bekannte, die du auf dem Markt treffen könntest, und das mit dem Wein im Rotkohl machst du schon seit Jahren. Und wenn du arbeiten würdest, würde es dir besser gehen und umgekehrt, wenn es dir besser ginge, könntest du auch arbeiten. Glaubst du das eigentlich selber, was du da erzählst?

Die unangenehmste Situation entsteht, als sie das mit der Bedeutung beider Elternteile für die Entwicklung erzählt. Ich weiß genau, sie findet es nicht richtig, wie ich mich kleide, wie ich mich benehme, sie denkt, sie ist schuld oder die Tatsache, dass mein Vater so selten da war, und so, wie sie es ausgedrückt hat, wird es dermaßen offensichtlich, dass auch Percy es merken muss, er ist ja alles andere als blöd. Und dann fragt sie auch noch nach seiner Meinung zu dem Thema, das erste und einzige Mal in ihrem mindestens zehnminütigen Redeschwall, ausgerechnet da muss sie ihn nach seiner Meinung fragen:

„Was meinst du, Percy, findest du nicht auch, dass es besser ist für die Persönlichkeitsentwicklung, wenn Mutter *und* Vater in der Erziehung eine Rolle spielen?"

Es dauert eine Weile, bis Percy antwortet. Wahrscheinlich ist er selbst erstaunt, plötzlich was sagen zu müssen.

„Ich weiß nicht", sagt er schließlich. „Manu ist doch ganz gut geraten, finden Sie nicht?"

Ich sehe ihn überrascht an. So eine schlagfertige Antwort hätte ich ihm nicht zugetraut. Meine Mutter ist verrückt, aber sie wird bestimmt keine Diskussion darüber anfangen, ob ich gut geraten bin oder nicht, so viel Taktgefühl hat sie dann doch, da bin ich mir sicher. Und so ist es auch, sie nickt einfach und wechselt das Thema. Redet weiter wie ein Wasserfall, jetzt über die Seereisen meines Vaters, wo ihn sein Beruf früher überall hingeführt hat, und dass sie damals, bevor ich geboren war, manchmal auch mitgefahren ist, auf den Frachtschiffen gibt es nämlich auch Gästekabinen, ob Percy das gewusst habe ...

Ich höre nur halb hin, ich kenne diese Erzählungen bereits in- und auswendig, ich schaue Percy an, der gerade seine letzten Kartoffeln in die Soße tunkt und dann aufisst. Ich bin gut geraten, hat er gesagt, mir ist ganz warm geworden innendrin, das war irgendwie nett, wie er das gesagt hat. Er trägt heute ein Sweatshirt, ein dunkelblaues, es steht ihm, ich finde gar nicht mehr, dass er schmächtig aussieht. Seine blonden Haare fallen ihm beim Essen in die Stirn, sie sind über den Ohren noch immer zu lang und stehen komisch ab, aber vielleicht soll das auch so, irgendwie hat das was, finde ich. Er ist kein Kind mehr, er wird bald ein Mann sein, und ich ...

Mir bleibt die Kartoffel fast im Hals stecken. Was werde ich sein? Was geschieht da gerade mit mir? Warum bin ich plötzlich so erschrocken? Ich habe die Kartoffel immer noch im Mund, ich will sie runterschlucken, aber es geht nicht. Meine Mutter redet immer noch ohne Pause mit ihrer lauten Stimme, und Percy hört höflich zu, sie merken gar nicht, dass ich mit einem Mal Schweißausbrüche bekomme. Es fühlt sich an, als würde sämtliche Flüssigkeit, die eigentlich in meinem Mund sein müsste, damit ich diese verdammte Kartoffel runterschlucken könnte, aus meinem Körper hinausgetrieben, durch alle Poren gleichzeitig. Ich muss würgen, ich kann die Kartoffel nicht schlucken –

Ich springe auf und haste zur Toilette, spucke die Kartoffel ins Klo, und gerade als ich denke, jetzt ist es gut, spüre ich diese Trockenheit im Mund. Mein Magen spielt auf einmal verrückt, da landet die gesamte Mahlzeit in der Kloschüssel. Ich würge, bis nichts mehr da ist, dann spüle ich und setze mich erschöpft auf den Badewannenrand.

Was ist mit mir los? Hat mich eine Magen-Darm-Grippe erwischt? Aber bis eben fühlte ich mich doch noch ganz normal! Ich habe doch bloß Percy angeschaut, der gerade so was Nettes gesagt hat, das war ein schönes Gefühl. Es ist so anders mit Percy als mit Phil oder Tom oder Lenny oder Steffen, mit denen blödele ich einfach nur rum, wir sind cool, wir sind Freunde, wir haben Spaß, darum geht es, um nichts anderes. Wenn wir zusammen sind, bin ich einer von ihnen, ich denke nicht groß nach, ich gehöre dazu, Punkt. Nie habe ich das in Frage gestellt und sie auch nicht. Ich habe immer gespürt, diese Zeit läuft ab, je älter wir werden, je älter *ich* werde, es fing an mit Swaantje und Marie, aber irgendwie war es auch egal. Ich habe im Fernsehen mal eine Sendung über Transsexuelle[1] gesehen, heimlich, als meine Mutter mal wieder apathisch im Bett lag und mein Vater Spätschicht hatte, und ich hab gedacht, vielleicht bin ich das auch. Ein Junge im Mädchenkörper. Vielleicht lasse ich mich später mal umoperieren. So wie diese Stabhochspringerin, die jetzt ein gutaussehender Mann ist. Später halt. Vielleicht. Mir ging's ja gut so, im Großen und Ganzen ist alles geblieben, wie es war, ich bin jetzt fünfzehn und gehe immer noch als Junge durch. Das hat mir immer gereicht, es musste reichen, ich wollte nicht weiter darüber nachdenken und habe es auch nicht.

Aber jetzt das! Was ist das mit Percy? Fühlt sich so Verliebtsein

---

[1] *Der Begriff „Transsexuelle*r" wird heute von vielen Menschen aus der queeren Community abgelehnt. Dieses Buch spiegelt den Sprachgebrauch aus dem Jahr 2009 wider. Weitere Ausführungen dazu im Nachwort auf S. 257.*

an? Bin ich schwul? Ein schwuler Transsexueller? Gibt's das? Oder bin ich einfach doch bloß ein Mädchen? Ich? Ein Mädchen?

„Alles in Ordnung, Kind?" Meine Mutter steht vor der Badezimmertür und klopft.

„Jaja. Ich komme gleich." Ich stehe auf, spüle mir den Mund aus und wasche mir das Gesicht mit eiskaltem Wasser. Dann trockne ich es mir ab und schaue mich im Spiegel an, das Handtuch noch halb im Gesicht.

Meine Haut ist rosig von dem kalten Wasser oder vielleicht auch von dem Schweißausbruch. Mein Gesicht ist eingerahmt von meinen blonden Haaren, sie sind nicht so hell wie Percys, ich trage sie schon immer kurz, nicht ganz kurz, aber eindeutig eine Jungsfrisur, schon immer. Fransig geschnitten, ein bisschen wild, so wie ich es mag. Ich schaue meine Kleidung an, ein dunkler Sportpulli mit weißen Streifen auf den Ärmeln, darunter ein T-Shirt, außerdem eine Jeans, eine mit vielen Nähten, so wie Jungs sie tragen, ich habe schmale Hüften und bin groß. Ich trockne mein Gesicht fertig ab und lege das Handtuch beiseite und schaue mich noch mal im Spiegel an. Mir gegenüber steht ein Junge, ganz klar, das bin ich, Manu. Und in der Küche sitzt Percy, ein Schulfreund, nichts weiter.

Ich gehe zurück in die Küche, als sei nichts gewesen, ich kann mich beherrschen, ich lasse mich nicht gehen, ich bin stark. Ich trinke die Apfelschorle aus, ich brauche Flüssigkeit, und die zwei Kartoffeln, die noch auf meinem Teller sind, esse ich auch, obwohl sie inzwischen kalt sind.

Percy sieht mich von der Seite an, ich sehe es aus dem Augenwinkel, aber ich gucke nicht zu ihm, ich könnte ihn jetzt nicht angucken. Wenn sich unsere Blicke träfen, ich glaube, mir würde sofort wieder schlecht.

Meine Mutter redet zum Glück immer noch, sie merkt natürlich nichts, ist wie immer viel zu sehr mit sich selbst beschäftigt. Ich frage mich, was sie Percy inzwischen alles erzählt hat und wie viel davon stimmt, und was Percy denkt, er findet sie bestimmt furchtbar, er durchschaut sicher ihre Fassade, sie ist so übertrieben redselig und gut gelaunt heute, vollkommen unnatürlich.

Sie tischt noch ein Dessert auf, Vanillepudding mit Erdbeer-soße, ich nehme mir eine winzige Menge und brauche ewig dafür. Dann, endlich, sind wir fertig. Percy bietet noch an, beim Abdecken zu helfen, er ist anscheinend gut erzogen. Mir kribbelt es bis in die Fingerspitzen, als ich seine Stimme höre, aber meine Mutter lehnt dankend ab und entlässt uns in die Freiheit.

„Lass uns nach draußen gehen", sage ich zu Percy, „ich brauche frische Luft."

„Okay." Forschend sieht er mich an. Sicher hat er gemerkt, dass mit mir was nicht stimmt, aber ich weiche seinem Blick aus.

Ich öffne meine Zimmertür. „Du kannst deinen Rucksack in meinem Zimmer lassen."

Wie ich vor einer Woche Percys Zimmer betritt nun Percy meines und sieht sich interessiert um. Es ist ein Jungszimmer, Bett, Schreibtisch, Kleiderschrank, Bücherregal. Keine Pferdeposter, keine typischen Mädchenpopstar-Poster, ich höre gern Seeed, Peter Fox, Pink, aber ich habe sie nicht als Poster an der Wand. Meine Wände schmücken ein paar vergrößerte Fotos, eines von Wattvögeln, mit Tele aufgenommen und mit einem Containerschiff im Hintergrund, eines von den Leuchttürmen Mole 1 und Mole 2, auf dem Mole 1 riesig aussieht und Mole 2 winzig, außerdem einmal der Leuchtturm Mole 4 in einer Gischtwolke.

Percys Blick bleibt auch gleich an den Fotos hängen. Aber er fragt nichts, steht einfach nur davor und betrachtet sie.

Und ich stehe neben ihm und halte es kaum aus. Er und ich in einem Zimmer und plötzlich ist alle Luft zum Atmen weg.

„Die Fotos habe ich letztes Jahr im Herbst gemacht", sage ich schließlich, um die Stille im Raum wenigstens mit ein paar Worten zu füllen. „Wir hatten damals eine Projektwoche. Phil und ich waren in der Foto-Projektgruppe. Sie hieß ‚Kontraste'. Das war echt toll. Wir haben viel gelernt und sind drei Tage lang unterwegs gewesen, am Elbdeich, bei den Schleusen, bei den Chemiewerken, auch beim Atomkraftwerk." Ich könnte noch mehr erzählen, zum Beispiel von dem Foto, das ich von den Chemiewerken gemacht habe, mit einem Vogelschwarm und Schafen im Vordergrund, das ich nur nicht aufhängen mochte, weil die Chemiewerke keine schöne Stimmung verbreiten, aber ich komme mir schon vor wie meine Mutter, wenn ich so viel rede, deshalb sage ich es nicht.

„Und das hier?" Percy deutet auf das Bild mit der Gischtwolke. Offenbar hat er sofort erkannt, dass das Foto nicht aus einer Projektwochengruppe namens „Kontraste" stammen kann.

„Das ist nach der Projektwoche entstanden. Im November letztes Jahr, da war doch diese kleine Sturmflut. Ich bin damals extra zu den Leuchttürmen gefahren, um so ein Bild zu machen."

„Cool. Sieht echt gut aus."

„Danke."

„Bitte." Er grinst.

Ich muss wegschauen.

„Ich brauch echt frische Luft", sage ich. „Hast du was dagegen, wenn wir zum Deich gehen?"

Draußen jagen immer noch die Wolken über den Himmel. Gut, dass Regenjacken auch winddicht sind. Wir gehen nebeneinander durch die Straßen, immer geradeaus in Richtung Alter Fähranleger. Die frische Luft tut gut, die Sonne tut gut. Ich atme tief ein, immer wieder, versuche, dieses komische Gefühl wegzuatmen, aber es will mir nicht gelingen. Irgendwann wird mir schwindelig, zu viel Sauerstoff wahrscheinlich. Ich atme flacher, es wird besser, Gott sei Dank.

„Ist wirklich alles in Ordnung mit dir?", fragt Percy nach einer Weile. Ich glaube, es ist das erste Mal, dass er selbst ein Gespräch beginnt.

„Jaja, alles in Ordnung", lüge ich. Und dann füge ich hinzu: „Was meine Mutter dir erzählt hat, stimmt nur zum Teil. Sie ... Ich weiß gar nicht, ob sie das alles selber glaubt. Sie hat keine Bekannte getroffen, die ihr das mit dem Rotwein gesagt hat. Sie ist ..."

Ich halte erschrocken inne. Ich wollte von mir ablenken und erzähle beinahe zu viel über meine Mutter. Das muss Percy doch gar nicht wissen, das ist doch egal, ob sie nun eine Bekannte getroffen hat oder nicht.

„Schon okay", sagt Percy. „Du musst dich nicht für deine Mutter entschuldigen."

Er sagt es so, dass klar ist, ich muss nichts weiter sagen. Er wird keine neugierigen Fragen stellen, er wird mich auch nicht aufziehen wegen meiner Mutter, er wird mich nicht nach ihr beurteilen. Das ist seltsam, da ist so viel Unausgesprochenes zwischen uns, und doch bin ich mir manchmal sicher, genau zu wissen, was er denkt.

Als wir oben auf dem Deich angekommen sind, bleiben wir kurz stehen. Die Elbe ist sehr bewegt. Schaumkronen zieren die nicht mehr ganz kleinen Wellen. Windstärke 5, mindestens. Es ist ungefähr Hochflut, das Wasser steht bis zum Deichfuß und brandet gegen die Steine. Die kleinen Wellenbrecher, die rechtwinklig vom Deich ins Watt hineinragen, sind schon gar nicht mehr zu sehen.

Ich hab immer noch das Gefühl, nicht genug Luft zu bekommen, ich möchte gern nach oben auf die Brücke des ehemaligen Fähranlegers. Das ist verboten. Aufwändig gewickelter und gespannter Stacheldraht soll verhindern, dass jemand den Anleger betritt, aber Phil, Tom, Lenny, Steffen und ich waren früher öfter mal drauf. Wenn man weiß, wie, dann kommt man an der Absperrung vorbei. Das waren noch Zeiten, wir waren elf oder zwölf und haben die Abenteuer, die wir uns ausgedacht haben, manchmal beinahe selber geglaubt.

„Klettern wir auf den Fähranleger?", frage ich Percy.

„Warum nicht?"

Wir gehen zum hohen Tor, das die Straße, die mal auf den Fähranleger führte, jäh in ein Davor und in ein Dahinter teilt. Eigentlich ist das Tor zu allen Seiten mit dem Stacheldraht gesichert, aber an der linken Seite der Straße gibt es eine Stelle, die sie wohl vergessen haben. Wir klettern zuerst über den kleinen weißen Zaun, der die Straße auf der linken Seite begrenzt. Dort müssen wir uns vorsichtig von außen an dem Stacheldraht vorbeihangeln, danach wieder über den Zaun klettern, und dann sind wir auf dem Anleger.

Ich renne zu der Plattform, von der aus die Wendeltreppe nach oben zur Brücke führt. Percy folgt mir.

„Kommst du mit auf die Brücke?"

Percy schaut nach oben. Sein Blick bleibt an dem hohen Gitter hängen, das in luftiger Höhe die letzte Umdrehung der Wendeltreppe absperrt und deutlich über das Geländer hinweg nach außen ragt. Aber er sagt nichts.

„Man kommt vorbei, wenn man sich gut festhält und schwindelfrei ist", schiebe ich hinterher.

„Du hast also Erfahrung." Er grinst.

„Ja."

„Okay", sagt Percy. Kurz sehen wir einander in die Augen. Da ist keine Angst in seinem Blick und auch nichts Verschwörerisches oder Großspuriges. Da ist einfach nur er, der mit diesem Blick sein Einverständnis gibt, nicht mehr und nicht weniger. Und trotzdem oder vielleicht auch genau deswegen kriege ich schon wieder Schwierigkeiten mit dem Atmen, so sehr, dass ich mich abwenden und sofort losgehen muss.

Schnell steigen wir auf die Plattform und laufen anschließend die Metallstufen hoch. Nacheinander klettern wir an der Absperrung vorbei. Es tut gut, sich nur darauf zu konzentrieren, die Füße und Hände richtig zu platzieren und sich gut festzuhalten. Die Kraft meiner Muskeln und die Leichtigkeit meiner Bewegungen zu spüren.

Auch Percy überwindet das Hindernis ohne Schwierigkeiten. Oben angekommen lehnen wir uns über die Brüstung und schauen in Richtung Meer. Der Wind bläst uns ins Gesicht, unsere Regenjacken flattern wie verrückt. Die Elbe ist abwechselnd grau und hellblau gesprenkelt, auch das Hinterland hat dunkle Flecken, man kann von hier oben über den Deich gucken. Die Schatten ziehen wahnsinnig schnell über Land und Wasser.

„Schön hier, oder?", rufe ich zu Percy rüber. Er steht nur wenige Zentimeter von mir entfernt, aber der Wind ist so laut, dass ich fast schreien muss.

„Ja", schreit Percy zurück.

Ein kleines Boot fährt nicht weit von uns entfernt auf der Elbe. Es schaukelt ziemlich.

„Westwind", rufe ich. „Der drückt das Nordseewasser richtig rein in die Elbe."

„Ich weiß!"

Natürlich weiß er es.

„Kennst du das Gedicht ‚Trutz, Blanke Hans'?", fragt Percy.

Schon wieder fängt er von sich aus an zu reden.

„Ja", antworte ich. „Wir mussten es auswendig lernen bei Dr. Karl in der fünften oder sechsten Klasse."

„Tolles Gedicht, oder?"

„Ja."

Plötzlich kramt Percy etwas aus seiner Jackentasche. Einen mp3-Player. Er tippt darauf herum, dann gibt er mir wortlos die Kopfhörer.

Ich stecke sie mir in die Ohren. Die Musik hat schon begonnen. Ein kurzer, düsterer Instrumentalteil, dann eine tiefe Stimme: „Heut bin ich über Rungholt gefahren, die Stadt ging unter vor sechshundert Jahren ..." Es ist das Gedicht *Trutz blanke Hans*, von irgendwem sehr stimmungsvoll vertont. Ich drücke die Ohrstöpsel fest in meine Ohren, um trotz des Windes die Musik hören zu können. Den Text kenne ich immer noch fast auswendig, umso mehr lässt mir die Musik einen Schauer über den Rücken laufen. Es ist wirklich gut gemacht.

Mit Zeichen bedeutet mir Percy, dass er einen der Ohrstöpsel haben möchte. Ich gebe ihm den rechten. Dann stehen wir beide dicht nebeneinander an der Brüstung, jeder mit einem Ohrstöpsel und uns beide Ohren zuhaltend, und lauschen der Musik. Fast berühren wir einander. Mir wird schon wieder warm und alles kribbelt und mir ist schon wieder so komisch zumute. Aber ich schaue auf die Elbe und konzentriere mich auf den Text und die Musik, zwinge mich, ruhig zu atmen, da wird es besser.

In dem Gedicht geht es um Sturmfluten und den Hochmut der Menschen, eine reiche Stadt namens Rungholt wird schließlich vom Meer verschluckt. Das Meer wird als Ungeheuer personifiziert, das am Meeresgrund liegt und tief ein- und ausatmet. Die Rungholter bilden sich ein, das Meer besiegen zu können, sie gehen nachts hinaus auf den Deich und rufen „Wir trutzen dir, blanker Hans, Nordseeteich!" Aber der Mond belächelt sie nur, und noch in derselben Nacht rächt sich das Meer, „und rauschende, schwarze, langmähnige Wogen kommen wie rasende Rosse geflogen." Die Stelle gefällt mir am besten. Rasende Rosse, eine Alliteration, denke ich plötzlich, und die langmähnigen Wogen, ist das nicht eine Metapher? Phil und Tom würden mich für verrückt

erklären, wenn sie wüssten, dass ich in meiner Freizeit an Meta-
phern und Alliterationen denke. Percy nicht. Mit dem könnte ich
darüber reden. Aber ich lasse es trotzdem, höre lieber das Lied zu
Ende, zusammen mit Percy, der so wahnsinnig dicht neben mir
steht.

„Achim Reichel", ruft Percy, als die letzten Töne verklungen
sind. „Der hat einige Gedichte vertont."

Ich nehme den Ohrstöpsel aus dem Ohr und gebe ihn Percy
zurück. „Das gefällt mir. Die Stimmung passt gut zum Gedicht."

„Ja. Ich dachte mir, dass du was dafür übrighast."

„Warum?"

„Dachte ich halt." Er lächelt.

Ich muss auch lächeln.

Und dann wegschauen. Unbedingt.

Ich kann hier nicht länger bleiben. Nicht mit Percy. Nicht so
dicht. Ich muss mich bewegen, weg von hier.

„Gehn wir?", frage ich.

„Wohin?", schreit Percy.

„Weiß nicht. Runter."

„Okay."

Jetzt geht Percy voran, aber als er unten ist, geht er nicht zur
Absperrung zurück, sondern in die andere Richtung zum Ende des
Anlegers, auf die Rampe, wo früher die Fähren nach Cuxhaven an-
gelegt haben. Er bleibt erst stehen, als er ganz am Rand angekommen ist. Ich stelle mich neben ihn. Der Wind bläst von vorn, unter
uns wogt das Elbwasser auf und ab. Wenn jetzt der Wind wegbleibt, dann fallen wir ins Wasser. Ich weiß nicht, ob wir das überleben würden, die Strömung scheint mir echt stark zu sein. Wir
wären einfach weg, wir beide ...

Instinktiv greife ich nach Percys Arm und ziehe ihn zurück,
weg von der Kante.

„Angst?", fragt er.

Ich nicke. „Hab gerade darüber nachgedacht, was passieren
würde, wenn der Wind plötzlich wegbleibt."

„Wir würden ins Wasser stürzen." Percys Stimme klingt seltsam belegt. „Wir wären einfach weg ..."

Er versteht nicht nur sofort, was ich meine, er drückt es auch genauso aus wie ich. Ich hab schon wieder Mühe mit dem Atmen, und ich glaube nicht, dass das am Wind liegt.

„Ja", ist das Einzige, was ich noch herausbringe.

Eine ganze Weile stehen wir stumm nebeneinander, zwei Meter von der Kante weg, und starren auf die Elbe. Die Wellen sind groß und unruhig. Und böse, so wie in dem Gedicht. Ich stelle mir vor, wie eine der Wellen plötzlich anwächst zu ungeahnter Größe, so wie ein Ungeheuer, sie bäumt sich auf und wölbt sich über uns und verschlingt Percy und mich, einfach so.

Unwillkürlich mache ich noch einen Schritt zurück.

„Genug frische Luft geschnappt?", fragt Percy. Er guckt mich an, besorgt irgendwie, als würde er merken, dass es mir nicht gutgeht. Ich habe überhaupt nicht genug Luft, jetzt noch weniger, wo er mich so ansieht und da schon wieder so ein riesiges Gefühl in meinem Brustkorb tobt. Ich kann unmöglich hier noch weiter still neben Percy stehen und spüren, wie nahe wir uns sind, und die aufgewühlte Elbe unter uns gegen den Fähranleger branden hören.

„Glaube schon", sage ich.

Wir gehen zurück zur Absperrung und klettern über die Brüstung. Kurze Zeit später sind wir wieder am Deich und machen uns, ohne dass wir uns darüber verständigt hätten, auf den Rückweg.

Zwischen den Häusern ist der Wind schwächer, das macht das Atmen leichter, und wenn wir jetzt reden würden, müssten wir nicht mehr rufen. Aber wir schweigen, natürlich. Bloß jetzt kann ich die Stille echt schlecht ertragen. Ich sehe auf einmal Percy am Küchentisch vor mir, wie er seine Kartoffeln isst und wie ich ihn anschaue, mit diesem warmen Gefühl in mir, und dann wird mir wieder übel. Ich könnte mich übergeben, hier und jetzt, warum bloß, was ist los mit mir? Ich sehe mich im Badezimmer vor dem Spiegel stehen, ich habe einen Jungen gesehen, den Jungen, der ich immer war oder der ich sein wollte, und jetzt gehe ich hier neben Percy her und denke: *Ich mag ihn, verdammt, ich mag ihn so.* Das kann doch gar nicht sein, das darf nicht sein, er ist ein Schulfreund, mehr nicht, und ich bin sein Schulfreund, vielleicht, und mehr nicht. Was sollte ich sonst für ihn sein?

Ich muss mich zusammenreißen, an was anderes denken, was reden mit Percy. Irgendwas.

„Früher waren Phil, Tom, Lenny, Steffen und ich öfter auf dem Fähranleger", beginne ich schließlich zu erzählen. „Wir haben uns vorgestellt, das wäre unser Schiff, wir wären auf hoher See unterwegs und würden alle möglichen Abenteuer erleben. Stell dir vor, wir haben sogar all die Seemannslieder gesungen, die wir in der Grundschule gelernt haben, ganz laut, wir konnten die alle auswendig."

„Das hört sich an, als hättet ihr viel Spaß gehabt."

„Ja, das hatten wir. Immer." Und mir geht's gleich besser, jetzt, wo wir reden, wo wir über früher reden.

„Da kannst du dich glücklich schätzen."

„Ja, vermutlich."

„Du denkst oft an früher, oder?"

„Du nicht?"

„Doch. Leider. Viel zu oft. Wenn ich könnte, würd ich einfach alles auslöschen aus meinem Gedächtnis. Weißt du, die meisten Leute in unserem Alter, die blicken nach vorn. Die wollen endlich erwachsen werden."

Ich nicht. Ich will, dass alles so bleibt, wie es ist. Immer noch. Scheiße, mir wird schon wieder schlecht, und schwindelig ist mir auch, ich muss ruhig atmen, ich muss an irgendwas anderes denken ...

„Manu?" Percy klingt besorgt. „Was ist los, du bist plötzlich so blass?"

„Ich ... ich weiß auch nicht, ich glaub, ich werde krank ... Magen-Darm-Grippe oder so ..." Ich muss würgen, was ist das, ich kenne das gar nicht von mir, mir war nie schlecht, noch nicht einmal, als das mit der Vase passiert ist. Ich bin doch stark, ich kann mich beherrschen, aber ich muss jetzt kotzen, mir ist so übel ...

Ich trete an die Seite und beuge mich nach vorn, zum Glück ist da gerade eine Art Grünstreifen, und dann kommt mir alles wieder hoch, die zwei Kartoffeln und der Vanillepudding und die Apfelschorle, ich bekomme Schweißausbrüche, mein Gott, ist das peinlich, und Percy steht neben mir und kriegt das alles mit.

„'Tschuldigung", murmele ich, als sich mein Magen endlich beruhigt hat.

Percy hält mir ein Taschentuch hin.

„Schon okay", sagt er.

Ich nehme das Taschentuch und wische mir das Gesicht und den Mund ab.

„Danke. Tut mir leid. Hab mir wohl 'nen Virus eingefangen."

„Komm, wir gehen zu dir nach Hause. Ist ja nicht mehr weit."

Percy begleitet mich nach Hause. Wir gehen in mein Zimmer, da liegt ja noch sein Rucksack. Wenn ich mich jetzt nicht übergeben hätte, was wir wohl dann noch machen würden? Zusammen Musik hören vielleicht? Ob er Peter Fox mag? Oder Pink? Ich glaube, wenn wir wirklich zusammen Musik hören würden, das würde ich gar nicht aushalten. Dieses Gefühl in meinem Brustkorb, die Nähe zu Percy, dieses Kribbeln bis in die Fingerspitzen, nein, das könnte ich jetzt nicht ertragen. Es fängt sowieso schon wieder an, jetzt, wo Percy unschlüssig in der Tür steht und nicht so recht weiß, ob er gehen soll.

„Ich sollte mich wohl besser hinlegen", sage ich, damit er endlich geht.

„Ja, wahrscheinlich. Gute Besserung."

„Danke."

„Bis morgen."

„Ja, vermutlich."

Ich bringe Percy noch zur Wohnungstür.

Als ich sie hinter ihm schließe, fühle ich mich vollkommen leer. Wie mechanisch gehe ich in mein Zimmer, schließe auch diese Tür und lege mich aufs Bett.

Ich liege schon die halbe Nacht wach und wälze mich hin und her. Ich weiß nicht, ob ich jemals so schlecht geschlafen habe. Ich muss an alle schrecklichen Dinge denken, die ich erlebt habe, es ist wie ein Zwang. An das mit der Vase, an die vielen anderen Situationen, in denen meine Mutter die Beherrschung verloren und völlig hysterisch rumgeheult hat, so wie vor einer Woche, als ich von Percy nach Hause kam. Oder an das eine Mal, wo sie gesagt hat, sie wird sich noch mal umbringen vor Kummer, das war schlimm. Wir hatten uns gestritten, weil ich immer so spät nach Hause kam von unseren Abenteuern. Sie schrie, sie hätte so gern eine normale

Tochter, die im Kinderzimmer bleibt und mit Mädchen spielt und sich fürsorglich um ihre migränegeplagte Mutter kümmert, sie zerbreche noch daran, irgendwann bringe sie sich noch um deswegen. Ich habe sie angeschrien, ich war elf oder zwölf und vollkommen in Panik, dass sie sich was antut, ich bin die nächsten zwei Wochen nachmittags nicht mehr weggegangen, bis es ihr wieder besser ging.

Ich muss an die Zeit denken, als mein Vater seine Arbeitsstelle gewechselt hatte und zum ersten Mal so richtig mitbekam, was hier zu Hause oft los ist. Wie er fast noch hilfloser war als ich und wie er beinahe ausgezogen wäre, weil es einfach nie besser wurde mit Mama, egal, was er versucht hat. Ich habe damals eine wahnsinnige Angst gehabt, mich entscheiden zu müssen, bei wem ich leben will, bei meiner verrückten Mutter oder bei meinem Vater, der irgendwie immer strenger und unnahbarer wurde, je länger er richtig bei uns wohnte.

Aber nie ist es mir so schlecht gegangen wie in dieser Nacht. Immer habe ich gedacht, ich bin stark, ich komme klar, ich habe viele Freunde, das ist Mamas Problem und nicht meins, mir geht es doch eigentlich gut. Heute in der Nacht geht es mir auch noch einigermaßen, solange ich an alle diese Dinge denke. Aber wenn sich Percy in meine Gedanken drängt, Percy in seinem Garten letzte Woche Dienstag, Percy neben mir auf der kleinen Mauer beim Bäcker in der Stadt, Percy und ich in der Schule auf dem Gang, Percy an unserem Küchentisch mit einer Kartoffel auf der Gabel, Percy und ich auf dem Alten Fähranleger ... dann kann ich plötzlich nicht mehr still liegen, dann wird mir wieder übel, ich versuche, an etwas anderes zu denken, und kann es nicht.

Mittwoch, 30.09.2009

Irgendwann muss ich wohl doch eingeschlafen sein. Der Wecker klingelt viel zu früh. Am liebsten würde ich im Bett bleiben, aber ich reiße mich zusammen und stehe auf. Zum Frühstück quäle ich mir ein trockenes Toastbrot rein und trinke Pfefferminztee statt wie sonst Kakao, vielleicht habe ich ja doch nur eine Magen-Darm-Grippe, könnte ja sein.

96

Meine Mutter und mein Vater schlafen noch, ich stehle mich aus der Wohnung und gehe zur Schule. Das Wetter ist ganz passabel, immer noch windig, aber nicht mehr so sehr, dafür sind mehr Wolken da, aber auch blauer Himmel ist zu sehen. Ich komme viel zu früh in der Schule an, gehe am Fahrradständer vorbei. Percys Rad ist noch nicht da, schade – oder zum Glück?

Als endlich Phil und Steffen und später auch noch Tom kommen und wir uns wie immer unterhalten, atme ich auf, endlich auf andere Gedanken kommen, reden, scherzen, lachen. Lenny und Swaantje kommen dazu, Lenny redet über seine Geburtstagsparty übermorgen, er sagt, er hat die ganze Klasse eingeladen und dazu noch welche vom Handballverein und ein paar Freundinnen von Swaantje, es wird bestimmt eine tolle Fete.

„Echt, hast du wirklich alle eingeladen?", fragt Tom. „Auch Daniela und Fabienne – und Percy?" Er wirft einen prüfenden Blick in meine Richtung, will wohl abchecken, ob die Frage für mich noch OK ist, aber ich habe heute keine Kraft, auch nur irgendwie darauf zu reagieren.

„Ja natürlich, sollte ich die drei etwa ausschließen? Das wäre ja wohl ziemlich gemein." So ist Lenny. „Außerdem tun die doch niemandem was."

„Bestimmt kommen sie eh nicht", meint Phil.

„Das sieht man ja dann", gibt Lenny zurück. „Aber ihr kommt doch alle?"

„Klar", sagen wir fast gleichzeitig und nicken.

In Mathematik kriegen wir die Klassenarbeiten zurück. Eine knappe Zwei habe ich bekommen. Das geht in Ordnung, ich war ja irgendwie nicht so richtig bei der Sache, hab andauernd zu Percy rübergeguckt. Auch jetzt schaue ich ständig zu ihm rüber, was hat er wohl für eine Note? Herr Lange hat seine Arbeit vom USB-Stick anscheinend ausgedruckt und darauf die Zensur geschrieben, aber ich kann nichts erkennen. Percys Miene bleibt jedenfalls neutral, als er die Papiere entgegennimmt.

Die Besprechung der Klassenarbeit zieht sich endlos hin. Anscheinend gibt es einige Aufgaben, die kaum einer richtig gut konnte, und Lange kaut alles noch einmal durch. Es ist wahnsinnig langweilig. Zu dumm, dass mein Blick, wenn ich nicht absichtlich woanders hinschaue, immer auf Percy fällt. Wir haben heute noch kein Wort miteinander gewechselt, ich bin ihm ausgewichen, hab mich an Phil und die anderen geklammert, aber jetzt scheint er meinen Blick geradezu zu suchen, es ist unvermeidbar, dass seiner und meiner sich treffen. Geht's dir besser?, scheint er zu fragen. Bilde ich mir das nur ein, oder fragt er das wirklich? So ein Quatsch, das ist einfach naheliegend, dass er es fragt, das hat doch nichts mit irgendeiner Verbindung zu tun, die zwischen uns ist. Wenn mir doch bloß nicht das Toastbrot so unverdaut ganz oben im Magen liegen würde, dann könnte ich einfach zurücklächeln und damit sagen, dass alles in Ordnung ist. Aber es ist nichts in Ordnung. Ich fühle mich elend, hundeelend. Ich muss mich ablenken, unbedingt.

Ich drehe mich zu Phil und raune ihm ins Ohr:

„Käsekästchen?"

„Jetzt nicht", flüstert er zurück. Er hat nur eine Vier bekommen und will ausnahmsweise mal aufpassen.

Ich muss irgendwas tun, etwas Lustiges, ich brauche gute Laune, dann geht es mir bestimmt besser. Ich lasse meinen Blick im Klassenraum schweifen. Fast alle meine Mitschüler sehen gelangweilt aus. Manche schlafen gleich ein. Selbst die, die aufpassen, scheinen mit Müdigkeit zu kämpfen. Herr Lange hat das Temperament einer Wanderdüne.

Schräg gegenüber sitzt Sven. Er versucht gerade, möglichst geräuschlos sein Pausenbrot auszuwickeln. Percy dagegen guckt zur Decke und scheint zu träumen. Da kommt mir eine Idee:

Ich reiße eine kleine Ecke vom Löschblatt meines Mathehefts ab und schreibe darauf: „Wem zum Teufel gehört das Pausenbrot, das da an der Decke klebt?" Dann falte ich den Zettel zusammen, schreibe „Bitte lesen und dann weitergeben" darauf, knülle den Rest des Papiers und bringe es in den Mülleimer. Lange stört sich daran nicht, erklärt im gleichen einschläfernden Tonfall weiter. Auf dem Rückweg zu meinem Platz lege ich den zusammengefalteten Zettel unauffällig Lisa auf den Tisch, die ganz außen sitzt.

Danach ist es ein echter Spaß zu beobachten, was passiert. Einer nach dem anderen liest den Zettel, guckt sofort zur Decke, stellt dann fest, dass die Botschaft natürlich Unsinn ist, und muss sich ein Lachen verkneifen. Herrlich!

Lange merkt lange nichts, vielleicht ist sein Name Programm, der Zettel geht fast durch das komplette U unserer Sitzordnung durch. Da immer mehr eingeweiht sind, fällt es uns immer schwerer, das Kichern zu unterdrücken. Schließlich, als nur noch fünf Schüler fehlen, wird Lange misstrauisch.

„Was ist hier eigentlich los?", fragt er. „Wenn es etwas Lustiges gibt, wäre es eine freundliche Geste, wenn alle mitlachen dürften."

„Ach nichts", sagt Hannah scheinheilig, gibt dann aber auffällig unauffällig ihrer Sitznachbarin Elena den Zettel weiter.

Lange stürzt beinahe auf die beiden zu, greift nach dem Zettel, faltet ihn auseinander und liest. Vierundzwanzig Gesichter schauen ihn gespannt an. Auch er guckt zur Decke, bevor er begreift. Nun können wir nicht mehr an uns halten und prusten los.

„Sehr witzig", meint Lange dann. „Da hat jemand von Ihnen ja wirklich Humor und Kreativität bewiesen. Schade nur, dass nicht mehr von Ihnen ähnlich viel Energie in die Entwicklung eines mathematischen Verständnisses stecken." Er gibt Elena den Zettel und fügt hinzu: „Damit Sie auch mitlachen können."

Kompliment. Er kommt zwar nicht ganz ohne die moralische Keule aus, aber er reagiert doch einigermaßen souverän. Das hätte ich ihm gar nicht zugetraut.

Er ergänzt noch, dass die Stunde sowieso in wenigen Minuten um ist und wir morgen mit dem nächsten Thema beginnen, dann beendet er die Stunde.

„War der Zettel von dir?", fragt mich Phil leise.

Ich grinse. „Wie kommst du denn darauf?"

„Also ja. Sehr cool, echt."

„Musste mal sein. Ich glaube, ich wäre sonst eingeschlafen."

„Ja, ich hab manchmal das Gefühl, Lange hat mal einen Hypnosekurs gemacht, so wie der redet ..."

Wir lachen.

Das tut gut.

15. FAST.

-Percy-

Eine Magen-Darm-Grippe kann durch Viren,
Bakterien und sogar durch Einzeller ausgelöst
werden. Das Erbrechen wird durch eine
Abwehrreaktion des Körpers hervor
gerufen. Sie geht oft mit Fieber und Abge-
schlagenheit einher. Eine Magen-Darm-
Grippe heisst eigentlich Gastroenteritis
und ist nach spätestens einer Woche vorbei.
Worüber schreibe ich hier eigntlich!
10 Minuten. Ende.

100

Do., 1.10.

Magen-Darm-Grippen sind meistens hoch
Ansteckent. Phil ist nicht krank, Tom ist
nicht krank. Die hengen doch so dicht
auf einander. Die hengen noch dichter zusammen
als normal. Wie kann man sofiel herum albern?
Die ganse Seit! Als gäbe es einen Preis
dafür!
Ich habe irgendwas falsch gemacht. Wenn
ich nur wüste was! Fasst hette ich mir
eingebildet, Manu und ich Könnten Freunde
werden. Oder weren es schon.
Es tut Verdamt weh.
11 Minuten. Ende.

16. LANGMÄHNIGE WOGEN.

– Manu –

Donnerstag, 01.10.2009

Ich kann schon wieder nicht schlafen. Dabei bin ich doch so erschöpft. Um halb zehn bin ich völlig übermüdet ins Bett gegangen. Jetzt ist es zwei Uhr nachts, und ich glaube, ich habe noch keine Minute Schlaf gefunden. Ich bin gleichzeitig viel zu müde und hellwach. Unnatürlich wach. So unruhig. In meinem Kopf kreisen die Gedanken wie Brei in einer Schüssel, den jemand viel zu schnell umrührt, und es sind immer dieselben Bilder, die sich in den Vordergrund drängen: Bilder von Percy. Von Percy und mir. Von Percy am Küchentisch. Von mir im Bad, über dem Klo. Von mir vor dem Spiegel. Und dann wird mir schlecht.

Ich versuche, stattdessen an Phil und Tom und die anderen zu denken, an unsere Streifzüge durch die Stadt, an unsere Streiche, unsere Radtouren, unsere Abenteuer. Oder an die Schule, an die Sache mit dem Pausenbrot an der Decke, an Phils und meinen Lachanfall in der Musikstunde, wir haben alle angesteckt und sind schließlich rausgeflogen, an die Gruppenarbeit in Deutsch, bei der wir das Gedicht unglaublich komisch gefunden und mindestens doppelt so viel gelacht wie gearbeitet haben. Dr. Karl war nicht sonderlich begeistert von unserem Ergebnis, aber es hat so gutgetan zu lachen, zu denken, dass alles wie immer ist, Phil und Tom und Lenny und ich, vier Freunde, die sich bestens verstehen und die verrücktesten Einfälle haben.

Aber nichts hilft, die Bilder gehen immer wieder unter in der Breischüssel, irgendjemand rührt immer schneller, ich spüre ihn richtig, den Brei, er ist direkt in meinem Kopf, er spuckt andere Bilder aus, und darauf ist immer nur Percy. Wie ihm die Haare in die Stirn fallen. Wie er im Wind steht, bei sich zu Hause im Garten. Wie wir zusammen auf der Brücke des Alten Fähranlegers stehen. Trutz, blanke Hans. Ich höre das Lied in mir, Gedichtzeilen rauschen durch meinen Kopf, und neben mir ist Percy, ganz dicht, und ich kriege keine Luft mehr. Dann sind wir bei mir zu Hause, er steht in der Tür, ich sage, ich muss mich hinlegen, und er geht. Danach haben wir nicht mehr miteinander gesprochen, nur Blicke getauscht, aber ich konnte ja noch nicht mal zurücklächeln ... Heute sah Percy so missmutig aus, ich glaube, er hat den ganzen Tag so gut wie nichts gesagt, auch nicht bei der Gruppenarbeit mit Sven und Lisa und Elena, er hat einfach nur dagesessen und die anderen machen lassen. Manchmal hab ich hingeguckt, ich konnte nicht anders, obwohl es so witzig war mit Phil und den anderen, wir haben so viel gelacht, aber eigentlich war ich irgendwie traurig innendrin. Ich wollte die Traurigkeit weglachen, wir sind immer alberner geworden, aber geholfen hat es nicht.

Ich sehe uns, wie wir immer lauter lachen, ich höre es, unser Gelächter wabert gegen die Wände und schallt wieder zurück, hundertfach, tausendfach verstärkt. Unter uns liegt das Meer wie schwarzer Stahl, der geschliffen ist, und während wir einen Witz nach dem anderen reißen, zieht das Ungeheuer aus dem Gedicht leise seine Krallen aus dem Schlamm. Es will uns bestrafen, mich bestrafen, es hebt drohend seine Pranken aus dem Wasser, es lässt sich nicht weglachen, so sehr wir es auch versuchen, es ist vergeblich. Ich sehe sie schon, die langmähnigen Wogen, sie rasen auf uns zu, ich rufe noch: „Phil!", aber da werden er und Tom und Lenny von dem Ungeheuer verschluckt, sie gehen schreiend und gurgelnd in den Fluten unter. Nur ich habe es noch durch die Tür geschafft, ich bin gerannt, was das Zeug hielt. Draußen ist plötzlich Nacht und der Mond steht am Himmel, er lächelt fies, er belächelt mich, der auf dem Deich steht und denkt, dass er die Zeit anhalten und die Gedanken weglachen könnte. Dann ist auf einmal Percy neben mir, er steht da im Wind und streckt mir seine Hand entgegen. „Komm mit mir", sagt er und lächelt, in mir kribbelt es, als wären da Millionen Ameisen. Ich möchte nach Percys Hand greifen und mit ihm gehen, aber ich kann nicht, ich kann mich nicht bewegen. Plötzlich ist die Luft weg, der Wind hat sie weggeblasen, ich kann nicht mehr atmen, ich kann sehen, wie Percy weggeht, immer weiter weg, er dreht sich nicht einmal um, ich rufe ihn, er soll stehen bleiben, aber er hält nicht an.

Mein Herz rast und ich bin schweißgebadet, ich bin gar nicht auf dem Deich, ich liege im Bett, es ist stockdunkel, nur die Leuchtziffern meines Radioweckers sind zu erkennen. 2:24 Uhr. Mein Schlafanzugoberteil ist nass, mein Kopfkissen und ein Teil meiner Bettdecke sind es auch, ich muss Licht anmachen, ich muss was sehen, ich muss atmen.

Mein Zimmer sieht aus wie immer, aber ich fühle mich nicht wie immer, ich war noch nie so panisch, dabei war das doch nur ein Traum, ein alberner Traum. Ich stehe auf und suche mir aus dem Kleiderschrank einen neuen Schlafanzug heraus. Auf Zehenspitzen schleiche ich ins Bad, bloß nicht meine Eltern wecken, denen möchte ich jetzt nicht begegnen. Ich gehe aufs Klo und rubble mir den Nacken und die Haare mit dem Handtuch trocken. Mein Blick fällt in den Spiegel – auf *mich* im Spiegel. Ich bleibe einen Moment stehen, betrachte mich, wie ich da im Schlafanzug stehe; mir wird entsetzlich kalt. Ich muss den Schlafanzug ausziehen, er ist so nass, und plötzlich stehe ich nackt vor dem Spiegel. Ich wickle mir das Handtuch um die Taille und knote es fest, damit es hält, und dann schaue ich mich an. Nackt. Fast nackt. Ein gesunder, sportlicher Körper, durchtrainiert. Aber schlank, eher schmal. Ich winkle meine Arme an, balle meine Hände zu Fäusten; Bizeps und Trizeps zeichnen sich an meinen Oberarmen ab, ein wenig; es gefällt mir. Ich habe Brüste, kleine Brüste, sie würden nicht einmal Körbchengröße A füllen, aber es sind die Brüste einer jungen Frau, eindeutig. Und mein Gesicht ... ich versuche abwechselnd einen Jungen und ein Mädchen darin zu entdecken, ich sehe beides, ich könnte beides sein, jetzt, da ich keine Jungsklamotten anhabe, ich könnte wirklich beides sein. Ich habe mich noch nie so angeguckt, fast nackt, noch nie so lange jedenfalls und so genau. Bald werden auch die letzten Jungs in meinem Alter durch den Stimmbruch sein und ich werde auch älter; meine Stimme wird auffallen, außer, wenn ich Hormone nehmen würde, so wie die Transsexuellen in der Fernsehsendung. Mit Hormonen kann man die weibliche Pubertät unterdrücken und später die männliche künstlich einleiten, die ehemaligen Frauen oder Mädchen bekommen dann einen Stimmbruch und Barthaare und Körperbehaarung und Muskeln und alles, was einen Mann so ausmacht. Nur die Geschlechtsteile, die muss man operieren. Ich stelle mir vor, wie das wäre, wenn ich mich langsam zu einem Mann entwickeln würde. Tiefe Stimme, Bartwuchs, behaarte Beine, Brustbehaarung und später ... Die aus der Fernsehsendung wussten schon immer, dass sie im falschen Körper stecken, und sie wünschten sich schon immer nichts sehnlicher, als diese Laune der Natur zu korrigieren. Und ich?

Weißt du, die meisten Leute in unserem Alter, die blicken nach vorn. Die wollen endlich erwachsen werden. Percy sagt nicht viel. Aber das, was er sagt, hat's in sich. Ich, ich blicke nicht nach vorn. Ich kann mir nicht vorstellen, ein erwachsener Mann zu sein mit allem Drum und Dran. Ich starre auf mein Spiegelbild. Scheiße, ich kann's wirklich nicht. Aber ich war doch eigentlich immer ein Junge, ich hab mich nie als Mädchen gefühlt, wie passt denn das zusammen? Ich versuche, mir vorzustellen, wie ich als erwachsene Frau aussehen würde. Aber ich kann es nicht. Ich bin kein Mädchen, ich will keine Frau werden. Nie und nimmer könnte ich eine Frau sein. Ich kriege schon wieder keine Luft, mir wird schwindelig, warum kann man nicht einfach die Zeit anhalten, warum bin ich nicht einfach elf geblieben, dann wäre mir jetzt nicht so kalt und so übel, und ich würde mich nicht so elend fühlen. Ich werde noch krank, wenn das so weiter geht, ich muss mir den neuen Schlafanzug anziehen und ich sollte ins Bett gehen, dringend, und schlafen. Mir bleiben noch dreieinhalb Stunden, dann muss ich schon wieder aufstehen. Ich könnte mich morgen einfach krankmelden und ausschlafen, aber einmal ist vielleicht dann doch nicht keinmal, ich krieg das hin, ich lasse mich nicht hängen, ich bin nicht meine Mutter.

Als ich wieder im Bett liege, mit frischem Schlafanzug und umgedrehtem Bettzeug, fängt schon wieder der Brei an, in meinem Kopf zu kreisen. Trutz, blanke Hans und die ungeschauten Städter, Percy und meine Mutter, Phil und Tom, Lenny und Steffen, und dazwischen ich vor dem Spiegel, ich auf dem Klo, ich am Straßenrand, ich mit Percy auf dem Alten Fähranleger ... Ich lasse sie einfach kreisen und schaue ihnen zu, den Bildern, ich bin so erschöpft und müde, habe keine Kraft mehr, an was anderes zu denken, sollen sie doch auftauchen und abtauchen, die Bilder ...

17. ZIEMLICH ÜBERZEUGENDE VORSTELLUNG.

– Manu –

Freitag, 02.10.2009

Percys Fahrrad steht nicht am Fahrradständer. Dabei bin ich doch total spät dran. Ein paar Minuten habe ich noch, ich setze mich auf einen der unbenutzten Ständer und warte auf Percy. Ich möchte ihn sehen, mit ihm reden; nach dem schrecklichen Traum von heute Nacht habe ich das Bedürfnis, mich zu vergewissern, dass er noch da ist, dass wir noch Freunde sind, Ameisen hin oder her. Ich hätte ihm nicht so ausweichen dürfen in den letzten Tagen. Ich habe nur an mich gedacht und nicht an ihn, heute Morgen fiel mir das wie Schuppen von den Augen. Wann kommt er endlich, wo bleibt er nur?

Es ist kalt, von dem Stahl oder was das für ein Metall ist, auf dem ich sitze, aber auch sonst: Der Wind weht noch immer recht stark, und der Himmel ist reichlich mit Wolken bedeckt, die ziemlich schnell von Westen nach Osten treiben. Ich bin wahnsinnig müde, auch deshalb friere ich; nach der Schule werde ich mich erstmal hinlegen, ich möchte am Abend ja noch zu Lennards Party gehen.

Percy kommt nicht. Als ich das Klingeln höre, erhebe ich mich und gehe zum Klassenraum. Ich bin zu spät; Frau Löwenstein guckt mich streng an.

„Hab verschlafen", murmele ich als Entschuldigung. So wie ich aussehe, glaubt mir das bestimmt jeder.

Ich möchte wissen, wo Percy ist. Was mit ihm los ist. Dummerweise kann ich niemanden fragen. Denn außer zu mir hat er zu keinem näher Kontakt. Niemand könnte wissen, ob er bloß krank ist oder ob irgendwas nicht stimmt. Früher habe ich mich aufgeregt, dass mein Blick immer auf ihn fällt, wenn ich geradeaus gucke. Jetzt klafft da eine Lücke zwischen Sven und Maren, und es tut mir weh, dorthin zu schauen und Percy *nicht* zu sehen.

„Was ist los, Manu?" Phils Stimme klingt richtig besorgt, als er mich in der kleinen Pause anspricht. „Du bist so still und siehst echt nicht gut aus."

„Schlecht geschlafen", gebe ich knapp zurück.

„Schon wieder?"

Ich antworte nicht. Ich kann ihm ja wohl kaum erzählen, was ich gestern geträumt und worüber ich nachts im Bad nachgedacht habe.

Ich überstehe den Schultag kaum. Zu meiner Müdigkeit kommen die Sorgen und Selbstvorwürfe, die ich mir mache, weil Percy nicht da ist. Aber bestimmt ist das völlig übertrieben, er wird krank sein und nichts weiter.

Als ich nach Hause komme, ist der Vorhang vom Schlafzimmerfenster zugezogen. Auch das noch. Aber ich habe Glück. Es ist noch früh, mein Vater ist sicher eben erst aus dem Haus gegangen, und meine Mutter scheint zu schlafen.

Ich schiebe mir eine Pizza in den Ofen, die ich später zur Hälfte wegwerfe, weil ich einfach nicht mehr runterkriege, dann lege ich mich ins Bett und falle in einen tiefen Schlaf.

Ich komme spät zu Lennys Party, habe lange geschlafen am Nachmittag, das hat gutgetan. Er feiert bei sich im Keller, seine Eltern haben einen riesigen Partyraum dort unten. Es ist schon ziemlich voll, als ich komme, fast die ganze Klasse ist da und auch noch einige Leute, die ich nicht kenne.

„Hi, Manu, wieder fit?", begrüßt Phil mich, schlägt ein und umarmt mich kurz, aber herzlich. „Hatte schon Sorge, du kommst nicht."

Ich sage so was wie „Geht schon" und dass ich am Nachmittag geschlafen habe; wenig später stehen wir alle zusammen, trinken Bier oder Bowle oder beides, essen Frikadellen, Salate und Chips und unterhalten uns über alles Mögliche. Percy ist nicht da, wie ich feststelle, ich frage mich, ob er wohl gekommen wäre, wenn er nicht krank wäre. Falls er überhaupt krank ist. Aber ich schiebe den Gedanken beiseite, ich will jetzt nicht an Percy denken, ich will feiern, Spaß haben, Lennys Partys sind immer die besten.

Die Fete lässt sich an wie unsere ersten, irgendwann stellt jemand die Musik lauter und viele beginnen zu tanzen. Es ist gute Musik, schnelle Musik, Lady Gaga, Black Eyed Peas, Michael Jackson, Amy Winehouse, Pink, Robbie Williams' *Bodies* ... Als Peter Fox' *Haus am See* kommt, fangen auch Tom, Jan, Phil und ich an zu tanzen, wir tanzen wild und hören auch nicht auf, als die nächsten Lieder kommen. Wir tanzen immer weiter, machen zwischendurch nur mal kurz Pause, um unseren Durst zu löschen, mit Bier oder Bowle natürlich. Lennys große Schwester hat diese Bowle im letzten Jahr zum ersten Mal für uns gemacht, sie schmeckt echt super. Ich weiß noch, wie Maren letztes Jahr so getan hat, als sei sie besoffen gewesen, dabei hatte sie höchstens zwei Gläser getrunken, richtig albern war das. Mir steigt der Alkohol heute allerdings wirklich zu Kopf, ich hab schon zwei Bier getrunken und jetzt das dritte Glas Bowle, es fühlt sich komisch an, ich fühle mich so leicht, so locker, so ... unbekümmert. Alles wird plötzlich unwichtig, nur die Musik, der Rhythmus, die gleichförmigen Bewegungen der Tanzenden spielen noch eine Rolle, ich gehe darin auf, mir ist ein bisschen schwindelig, aber ich falle nicht. Gerade kommt *Stadtaffe*, dieser absolut geniale Song. Alle sind auf der Tanzfläche, wir mimen die Affen, singen lauthals mit: Phil, Tom, Lenny, Steffen, Jan, ich, wir alle kennen den Text in- und auswendig.

Wir schreien die Textzeilen, eine gelungene Party, wirklich, wir sind so ausgelassen, so fröhlich, wir sind die Affen, ich bin der Affe, der feiert, auch wenn er traurig ist, aber das ist mir heute egal, das ist mir so wunderbar egal, ich bin gar nicht mehr traurig. Hier sind meine Freunde, wir trinken Bier und feiern und tanzen, wir zusammen, alles ist wie immer und die Zeit bleibt stehen.

Inzwischen tanzen wir in einem großen Kreis, auch viele Mädchen sind gekommen, sie mögen und kennen Peter Fox anscheinend auch. Neben mir tanzt irgend so eine Freundin von Swaantje, oder ist sie vom Handball, ich kenne sie jedenfalls nicht. Und sie kennt mich nicht, sie hält mich offensichtlich für einen Jungen, sie guckt mich jedenfalls so an und tanzt so, als würde sie das. Alles blinkt, der Partyraum hat eine richtige kleine Discobeleuchtung, es leuchtet rot und blau und gelb, die Lichter ziehen in großen Kreisen über die Wände und den Boden und über uns, der Rhythmus verbindet uns alle, und dieses Mädel und ich, wir tanzen zusammen, nicht richtig zusammen, aber doch irgendwie aufeinander abgestimmt. Sie sieht sportlich aus, sie könnte wirklich vom Handball sein, sie trägt Jeans und Turnschuhe und hat einen Pferdeschwanz, eigentlich sieht sie nett aus, sie könnte mir sympathisch sein, vielleicht.

Stadtaffe klingt aus, der nächste Song beginnt, *So what* von Pink, wir tanzen weiter zusammen, sie tanzt auch wild, ganz anders als die meisten Mädchen, das gefällt mir. Sie ist auch nicht so albern geschminkt wie die Mädels aus meiner Klasse, gar nicht, glaube ich, und bei *So what, I'm still a rock star* wirft sie ihren Kopf nach vorn, so wie ich und Phil und Tom und die anderen, wir singen alle mit, jedenfalls soweit wir den Text verstehen, auch sie und ich. Als nächstes kommt *This Is The Life* von Amy MacDonald, ein etwas ruhigerer, aber sehr schöner und stimmungsvoller Song. Einige verlassen die Tanzfläche, aber das Mädchen mit dem Pferdeschwanz bleibt und ich bleibe auch. Sie kommt mir immer näher, wir tanzen nicht mehr so wild, langsamer, fließender, und die roten, blauen und gelben Lichter drehen sich um uns, über uns, unter uns, auf uns, es blinkt und mir ist immer noch ein bisschen schwindelig und ich fühle mich leicht und frei und cool und so wahnsinnig gegenwärtig, ausschließlich im Hier und Jetzt, als gäbe es nur dieses eine Lied, diese eine Tanzfläche, diesen einen Abend und kein Morgen, kein Später, kein Gleich.

Jetzt sind wir uns so nahe, dass wir uns berühren könnten, wenn wir wollten, das Lied klingt langsam aus, und sie beugt sich nach vorn an mein Ohr und fragt:

„Wie heißt du?"

„Manu, und du?" Meine Stimme klingt heiser, wie immer auf Partys.

„Johanna", sagt sie, „aber du kannst auch Jo sagen."

„Hallo, Jo." Ich grinse und komme mir sehr cool vor.

„Hallo, Manu." Sie lächelt.

Das nächste Lied beginnt, *Foot Of The Mountain* von A-ha, die Lieder werden ja immer ruhiger, wer hat denn das ausgesucht. Aber Jo bleibt auf der Tanzfläche, beginnt sich zu bewegen, ich bemerke plötzlich, dass nur noch Paare tanzen, Steffen und Marie, Lenny und Swaantje und noch ein paar andere, und ich steh hier mit Jo und sie kommt mir immer näher ...

Ich sehe im Augenwinkel, wie sich Lenny und Swaantje küssen, sie sind eng umschlungen, und auch Steffen und Marie werden zärtlich. Oh Gott, wenn Jo jetzt anfängt mich zu berühren, ich finde sie sympathisch und ich komme mir cool vor, aber wenn ich mir jetzt vorstelle, sie berührt mich oder sie küsst mich – ich kann jetzt nicht weitertanzen, nicht mit ihr, ich muss weg, alles dreht sich, mir ist schwindelig und schlecht. Wo ist der Ausgang, ich sehe nur noch die bunten Lichtpunkte auf dem Boden, sie drehen sich im Kreis, innen in kleinen Kreisen und weiter außen in größeren Bahnen, aber es gibt keine Richtung, ich muss hochsehen, um die Tür zu finden, alles dreht sich, nur nicht umfallen, bloß weg hier ...

Ich taumele zwischen den Tanzpaaren hindurch, weg von Jo, irgendwie nach draußen, da ist die Tür, ich kann sie sehen, warum ist es nur so schwierig, dahinzukommen, warum können die Lichtpunkte nicht aufhören, sich zu bewegen, ich muss kotzen ...

„Alles in Ordnung, Manu?"

Jetzt kommt sie mir auch noch hinterher, diese Jo, sie berührt mich sogar, legt mir ihre Hand auf den Rücken und hält mich am Arm fest, um mich zu stützen.

„Nee, gar nicht, sorry, die Bowle ...", stammele ich, während ich mich weiter zur Tür vorarbeite. Es sind doch nur ein paar Meter bis dahin, wie kann das denn so weit sein, ist denn wirklich die Zeit stehen geblieben? Plötzlich ist Phil da, ist herbeigesprungen, hält mich, schiebt mich, irgendwie komme ich die Treppe hoch.

„Ich brauche frische Luft", stoße ich hervor, wir gehen zur Haustür, Jo öffnet sie, und dann wäre ich fast die drei Stufen vor der Tür runtergefallen, im letzten Moment hält mich Phil fest und bugsiert mich auf die Bank, die bei Lennys Eltern im Vorgarten steht. Ich atme tief ein, wieder viel zu schnell, ich muss ruhiger atmen, hier ist genug Luft, es ist nicht wie in dem Traum, der Wind kann die Luft nicht wegblasen, Wind besteht doch aus Luft.

„Danke, Phil", bringe ich hervor. „Und Jo."

„Ich lass euch zwei dann mal allein, oder?" Phil klopft mir noch auf die Schulter, dann geht er, er deutet die Situation völlig falsch, aber egal, ich habe keine Kraft zu widersprechen, ich sitze einfach nur auf der Bank und atme.

Jo steht neben der Bank, schräg vor mir, ich muss irgendwas sagen, sie hält mich bestimmt für völlig bescheuert oder einfach nur für betrunken, keine Ahnung.

„Sorry", sage ich noch einmal.

„Schon okay", sagt sie. „Kann ja passieren. Die Früchte in der Bowle haben immer am meisten Alkohol."

„Ich weiß." Ich bin doch nicht blöd.

„Ist auf der Bank noch Platz für mich?"

Ich rücke ein bisschen zur Seite, obwohl ich am liebsten schon wieder fliehen würde, aber wenn ich jetzt aufstehe, kippe ich vermutlich um.

Sie setzt sich und bleibt zum Glück auf Abstand.

„Jo ...", beginne ich, obwohl ich gar nicht weiß, was ich danach sagen will, ich weiß nur, ich muss die Situation aufklären, irgendwie.

„Manu, mach dir keine Sorgen." Das klingt ja richtig lieb. Oh Mann, wenn sie jetzt noch näher kommt ...

„Jo, Manu steht für – Manuela. Ich ... ich bin nicht der, für den du mich hältst." Und für den *ich* mich halte. Ich schaffe es gerade noch, *das* nicht zu sagen.

„Manuela", wiederholt sie. Der Name kracht wie ein schweres Brett zwischen uns. Eins, das ganz gerade auf den Boden fällt und sofort liegenbleibt, mit einem einzigen lauten, flachen Knall, und genauso hart hat sie es ausgesprochen, so hart wie die Erkenntnis, die sie vermutlich gerade getroffen hat.

„Ja."

Sie bleibt sitzen. Vielleicht ist sie nur zu erschrocken, um irgendwas zu tun.

„Und du läufst immer so als Junge durch die Gegend." Sie sagt es langsam, als würde sie erst nach und nach verstehen, was los ist.

„Ja."

„Ziemlich überzeugende Vorstellung."

„Ja."

Ich komme mir total blöd vor, immer nur „ja" zu sagen, aber soll ich ihr jetzt meine ganze Lebensgeschichte erzählen? Ich kenne sie doch gar nicht.

„Man kann sich umoperieren lassen", sagt Jo. Mann, ist die direkt. Mir bleibt fast schon wieder die Luft weg.

„Ich weiß. Wenn man sich schon immer als Junge gefühlt hat und ein Mann werden will, dann schon."

„Und du?"

„Geht dich das irgendwas an?"

„Irgendwie schon, oder? Immerhin ... ich meine, ... ich fand dich ... echt süß, so als ... Junge."

Ich hab mich auch als Junge gefühlt, ganz sicher. Und es hat mir gefallen, dass sie offensichtlich auf mich stand. Bloß ... Scheiße, ich steh nicht auf sie. Ich steh nicht auf Mädchen. Ich steh auf ... vielleicht ... vielleicht mag ich – Percy.

Ich hätte nicht so viel Bier trinken sollen und Bowle. Wieso drängt sich schon wieder Percy in meine Gedanken? Neben mir sitzt immer noch Jo, sie wartet auf eine Antwort, irgendeine Reaktion von mir, aber was soll ich sagen?

„Sorry, Jo", ist das Einzige, was ich herausbringe.

Ich kann ihr doch nicht irgendwelches halbgares Zeug erzählen, ich weiß doch selber nicht, was mit mir los ist, und klar denken kann ich sowieso nicht. Ich muss weg hier, weg von Jo, aber zurück zur Party kann ich auch nicht, so wie Phil mir vorhin auf die Schulter geklopft hat, er wird bestimmt verschwörerisch gucken, dabei weiß er gar nichts, überhaupt nichts.

Ich stehe auf, meine Beine fühlen sich an wie Gummi, alles dreht sich, alles schwankt.

„Geht's?" Jo steht auch auf, hält mich fest.

„Lass mich", fahre ich sie an. Ich will nicht, dass sie mich berührt.

Sie lässt mich los. Scheiße, ich falle gleich um, wo ist die Bank, wie viel hab ich eigentlich getrunken, ich muss mich gleich übergeben ... Jo fasst mich an den Schultern und drückt mich auf die Bank zurück.

„Du bleibst hier sitzen", sagt sie, und dann ist sie plötzlich weg.

Es ist kalt und ich will nach Hause.

Ich werd noch krank.

Ich muss hier weg.

Wo ist Jo, ich bin ganz allein, ich kann doch nicht ewig hier auf der Bank bleiben ...

„Manu!"

Es ist Phil, er hastet auf mich zu und setzt sich neben mich.

„Phil."

„Dieses Mädel hat gesagt, du brauchst Hilfe?" Er legt mir seinen Arm um den Rücken.

„Phil, ich ... ich hab zu viel getrunken, glaub ich. Ich muss hier weg, nach Hause ..."

„Kannst du aufstehen?"

„Phil, alles dreht sich, mir geht's so schlecht ..."

„Das wird schon wieder. Warte. Ich hol deine Jacke. Und Tom. Wir bringen dich. Es ist ja nicht weit."

Nicht weit? In meinem Zustand dauern selbst die fünfhundert, sechshundert Meter eine Ewigkeit. Aber mit Phil und Tom ... wir können es versuchen. Wir müssen.

Es dauert nicht lange, dann ist Phil wieder da, mit Tom. Sie helfen mir in meine Jacke, sie helfen mir hoch, sie nehmen mich zwischen sich. Ich lege ihnen meine Arme um die Schultern. Sie halten mich. Wir gehen. Ich versuche zu ignorieren, dass die Straße schwankt wie ein Schiff auf hoher See und dass mir alle paar Schritte fast die Beine wegsacken.

„Mann, Mann, Manu, dir geht's aber echt dreckig, oder?", sagt Tom, als wir hundert oder zweihundert Meter geschafft haben.

„Das kannste laut sagen."

„Mann, Mann, Manu, dir geht's aber echt dreckig, oder?!", wiederholt Tom, diesmal so laut, dass die Leute in den umliegenden Häusern bestimmt sofort senkrecht in ihren Betten sitzen.

Normalerweise würde ich ihm jetzt einen Seitenhieb versetzen, aber ich bin zu schwach dazu. Ich protestiere noch nicht einmal. Es bereitet mir genug Mühe, einen Fuß vor den anderen zu setzen, mich aufrecht zu halten, mich nicht zu übergeben.

„Hat's dir die Sprache verschlagen, ja?", witzelt Phil. „Na ja, diese ... wie heißt sie noch mal?"

„Jo."

„Diese Jo, die hat dir wohl ganz schön den Kopf verdreht, was?"

„Nee, Phil. Echt nicht."

„Nee, is klar, Manu. Kommt alles bloß vom Alkohol."

Das wahrscheinlich nicht. Nicht nur. Doch so, wie Phil denkt, ist es eben auch nicht. Aber ich werde Phil jetzt nichts erklären, das ich selber nicht richtig verstehe. Auch wenn er mein Freund ist. Wenn er und Tom meine Freunde sind. Die sogar für eine Zeit von der Party wegbleiben, nur um mich nach Hause zu begleiten. *Ziemlich überzeugende Vorstellung.* Die Vorstellung ist sogar so überzeugend, dass Phil und Tom nichts dabei finden, mich zwischen sich zu nehmen und zu stützen. So überzeugend, dass Phil denkt, ich hätte mich ganz normal in Jo verguckt. So überzeugend, dass er das offensichtlich noch nicht mal komisch findet. Oder halt akzeptiert. Weil wir Freunde sind.

Jetzt müsste ich nur noch selber überzeugt sein.

Ich bin's aber nicht. Verdammt, ich bin's nicht.

Ich hab keine Ahnung, wie lange es gedauert hat, bis wir endlich bei mir zu Hause waren. Phil und Tom haben mich sogar bis zur Wohnungstür gebracht.

Bis zum Klo bin ich noch gekommen.

Ich habe ziemlich lange darüber gehangen, bis nichts mehr in mir drin war. Dann habe ich geduscht. Im Sitzen. Das tat gut.

Im Flur bin ich dann meinem Vater begegnet. Er ist aus dem Schlafzimmer gekommen, angelockt von den Geräuschen im Bad vermutlich.

„Wo kommst du denn jetzt her?"

„Von Lennys Geburtstagsparty." Ob er überhaupt weiß, wer Lenny ist? Er hat sich in den letzten Jahren nie besonders für meine Freunde interessiert.

„Wie alt ist er geworden?"

„Sechzehn."

„Das ist kein Alter, in dem man Alkohol auf einer Party anbieten darf." Die Stimme meines Vaters hat plötzlich einen scharfen Unterton. „Waren seine Eltern in der Nähe?"

„Ach, Papa, keine Ahnung. Ja, ich hab was getrunken und sicher auch zu viel. Aber ich hab echt gerade andere Sorgen. Lass mich einfach schlafen, okay?"

Ich kann wieder einigermaßen gerade gehen, jedenfalls das kurze Stück bis zu meiner Zimmertür, und lasse ihn einfach stehen.

Ich wanke in mein Bett und schlafe fast sofort ein.

18. ZU VIEL GEWOLLT.

-Percy-

Täglich 10 Minuten. Gestern nicht. Der Tag gestern eksistiert nicht. Freitag der 2. Oktober wird Ersatzlos gestrichen. Ein Nicht-Tag Nach einer Nicht-Nacht.
Ich hätte es nicht ertragen Manu zu begegnen. Ihr Lachen zu hören. Ihr Lachen. Oder seins. Eine Woche mit Mau. Mehr war es nicht. Aber es war schön, so lebendig. Gut. Ein Freund oder eine Freundin. Ich mag sie, ihn. Es hat sich gut angefühlt, richtig. Zum ersten Mal in meinem Leben.
Warum schreibe ich das alles? Ich habe kein Atout für gestern. Es ist sowieso vorbei. Changs verspielt. Beim ersten kleinen Hindernis aufgegeben. Da klapt die Tür zu. Mal wieder. Dr. Kaul lässt sie zufallen. Er meint, was er sagt und ich wusste das.
Scheisse. Dabei hat alles so gut angefangen. Die Klasse ist OK. Ich war sogar zu Lenis Party eingeladen. Und dann schmeiße ich alles hin. Und schreibe auch noch darüber. So ein nutsloser Quatsch.
10 Minuten. Genug.

Percy Claasen, 1,77 m, 15 Jahre und 6 Monate,
Vollidiot mit zu hohem I.Q. Schwenzt die Schule
blos wegen einer Enteuschung. Dabei müßte er
doch Enteuschungen gewöhnt sein. Schreibt in
diesem denslichen Heft weiter, obwol sowieso alles
vorbei ist.
Vielleicht weil ich nicht will das alles vorbei ist.
Weil alles so viel besser war in Brunsbüttel.
Weil ich ein Ziel hatte. Das Ziel hieß überleben.
Eine Handschrift endwickeln. Abitur machen.
Freunde finden gehörte nicht dazu. Vieleicht
war das zuviel gewollt.
Ich könnte Montag einfach wieder hingehen.
Mit Dr. Karl reden. Der schemist mich doch
nicht Raus nur wegen einem Fehltag. Das
kann er doch eigentlich nicht machen.
Menschen machen Feler. Menschen machen
Dumheiten.
17 Minuten. Ende.

19. Elend.

– Manu –

Montag, 05.10.2009

Das Wochenende war schrecklich. Den ganzen Samstag habe ich mich zwischen Bett und Klo hin- und herbewegt. Auch den Sonntag bin ich im Bett geblieben, bloß erholsam war es nicht, der Gedankenbrei drehte sich unaufhörlich, ich hab mich nur hin- und hergewälzt und konnte nicht schlafen. Ich habe meine alten Hörspiele gehört, um mich abzulenken, Drei Fragezeichen, TKKG, Fünf Freunde, so ist die Zeit einigermaßen vergangen.

Mein Vater hat mir ziemlich die Hölle heiß gemacht. Was mir einfiele, mich so zu betrinken, wohin das mit mir noch führen solle, ich solle mir endlich vernünftige Freunde suchen, oder Freundinnen, so wie andere Mädchen. Ich habe seine Tiraden über mich ergehen lassen, widerspruchslos, ich war zu schwach und es hätte eh nichts gebracht. Kaum war er draußen aus meinem Zimmer, musste ich mir anhören, wie er meiner Mutter Vorwürfe machte. Sie kümmere sich zu wenig um mich, da sei es ja kein Wunder, dass ich vollkommen betrunken von einer Party zurückkomme. Was sie bloß für eine Mutter sei, sie verbrächte ja mehr Zeit im Bett als mit ihrer Tochter. Richtig angebrüllt hat er sie. Natürlich hat sie sich nicht gewehrt. Dazu ist sie gar nicht in der Lage. Schon gar nicht, wenn sie angeschlagen ist. Es hat mir so wehgetan, sein Gebrüll und ihr leises Wimmern durch meine geschlossene Zimmertür zu hören. Und ich habe mich schrecklich feige gefühlt, dass ich nicht hingegangen bin und meine Mutter verteidigt habe. Aber ich hätte nicht gewusst, was ich sagen soll. Mit welchen Argumenten ich sie hätte in Schutz nehmen können. Dass mir schwindelig wurde, sobald ich die Waagerechte verließ, war außerdem eine gute Ausrede. Es wird wohl wieder einige Tage dauern, bis sie wieder auf dem Damm ist. Den Sonntag verbrachte sie im abgedunkelten Schlafzimmer.

Jetzt, am Montagmorgen, quäle ich mich aus dem Bett. Ich muss doch zur Schule, ich kann doch nicht noch länger im Bett bleiben, wo soll das noch hinführen? Im Badezimmerspiegel betrachte ich mich selbst. Ich sehe wirklich angeschlagen aus, egal, wie viel eiskaltes Wasser ich mir ins Gesicht kippe, aber in Jeans und Pulli fühlt es sich doch gleich besser an als im Schlafanzug. Ich richte mich auf, stecke die Hände in die Hosentaschen, versuche ein Lächeln. Wer guckt mich da an? Ein Junge oder ein Mädchen? Ich starre mich an, Auge in Auge mit meinem Spiegelbild, so lange, bis alles unscharf wird außer meinen Augen. Ich gucke direkt in mich hinein, aber da ist nichts, es ist nur dunkel, schwarz hinter meinen Pupillen.

Was bin ich, so in mir drin? So ganz ohne Hülle? Ein Junge? Ein Mädchen? Ein Nichtsvonbeidem?

Ewig stehe ich so da, und erst, als mir schwindelig wird, merke ich, dass ich offenbar die Luft angehalten habe. Ich wende den Blick von meinem Spiegelbild ab, schaue nach unten auf meine Hände, mit denen ich jetzt den Waschbeckenrand umklammere, und atme. Es ist genug Luft im Badezimmer, ich muss einfach nur einatmen und ausatmen, ganz ruhig, dann wird es schon wieder gehen. Es muss gehen, ich will in die Schule.

Ich setze mich an den Tisch in der Küche und versuche mir ein Toastbrot runterzuquälen, aber sobald ich das trockene Brot im Mund habe, stellt sich ein Brechreiz ein. Nach vier Bissen gebe ich auf und gehe Zähne putzen.

Bitte, bitte, lieber Gott, wenn es dich gibt, dann lass Percys Rad da stehen. Ich bin spät dran, mache aber trotzdem den kleinen Schlenker zum Fahrradständer. Doch Percys Rad ist nicht da. Verdammt.

Auf dem Weg zum Klassenraum mache ich mir Vorwürfe. Wenn ich am Mittwoch mit Percy geredet hätte. Oder am Donnerstag. Wenn ich mich auf der Party nicht so betrunken hätte. Dann wäre ich am Wochenende nicht so schlapp gewesen. Dann wäre ich vielleicht zu Percy gefahren. Dann wäre er jetzt vielleicht da.

Aber vielleicht bin ich ja auch total vermessen. Vielleicht ist er bloß krank. Und ob ich mit ihm geredet habe oder nicht, spielt gar keine Rolle. Vielleicht bin ich ihm gar nicht so wichtig wie er mir. Vielleicht, vielleicht. Was für ein merkwürdiges Wort. Wie das wohl entstanden ist? Was hat die heutige Bedeutung mit „viel" und „leicht" zu tun?

Ich habe Glück und komme noch vor dem Klingeln im Klassenzimmer an.

„Na, alles wieder okay?", fragt Phil.

„Geht so. Das Wochenende war schrecklich. Aber ich hab's überstanden, denke ich." Was rede ich da? Nichts habe ich überstanden, ich fühle mich noch immer elend, bin bloß heute Morgen aufgestanden, weil Schule ist und weil ich dachte, das bringt mich auf andere Gedanken. Und weil ich gehofft habe, Percy zu sehen, aber er ist nicht da, wo ist er bloß, was ist mit ihm, ich mache mir Sorgen.

„Wieviel hattest du eigentlich intus?", will Tom wissen.

„Keine Ahnung. Jede Menge jedenfalls."

Unsere Französischlehrerin betritt den Klassenraum. Wir gehen alle an unsere Plätze. Percys bleibt leer.

In der ersten großen Pause stehe ich wie immer mit Phil und Tom zusammen. Lenny, Jan und Steffen leisten uns Gesellschaft. Ich versuche so zu tun, als wäre ich wie immer. Aber es geht nicht. Es geht einfach nicht. Mir ist nicht danach, rumzualbern. Wenn mir doch bloß nicht so elendig zumute wäre. In meinem Kopf tummeln sich Bilder und Stimmungen von der Party, aus meinem Alptraum, von meinem nächtlichen Aufenthalt im Bad ... Ich denke an Jo und an Percy und daran, wie Phil und Tom mich Freitagnacht in ihre Mitte genommen haben, so, als wäre ich einer von ihnen, ich war froh, dass sie da waren, aber jetzt fühlt es sich seltsam an, nicht richtig. Ich fühle mich plötzlich so unsicher, meiner selbst nicht mehr sicher, da ist kein fester Boden mehr unter mir. Manchmal denke ich, ich bin immer noch betrunken, weil der Boden zu schwanken scheint, aber ich sage mir immer, das ist Quatsch, reiß dich zusammen, der Boden ist fest.

„Manu, du bist so still." Es fällt Tom auf, natürlich.

Ich zucke mit den Achseln. „Mir geht's nicht so besonders."

„Immer noch nicht von der Party erholt?" Jan grinst.

Natürlich haben sie alle mitgekriegt, dass ich die Party flucht-artig verlassen habe und dann nicht mehr wiedergekommen bin. Und natürlich denkt sich jeder von ihnen seinen Teil. Wenn die wüssten.

Ein cooler Spruch wäre jetzt gut. Aber ich fühle mich nicht cool. Überhaupt nicht.

„So ähnlich", antworte ich schließlich.

„Weißt du eigentlich was von Percy?", fragt Lenny. „Der fehlt doch schon seit Freitag, oder?"

„Nee, ich hab keine Ahnung", sage ich und hoffe, niemand be-merkt, wie plötzlich der Boden unter mir das letzte bisschen Fes-tigkeit verloren hat und ich beinahe darin versunken wäre. „Viel-leicht ist er einfach krank."

Nach der Pause schreiben wir den Deutschaufsatz. Gedichtinter-pretation und Stellungnahme. Ich habe mich richtig erschrocken, als ich gesehen habe, wie irritiert Dr. Karl geguckt hat, als er Percys Fehlen bemerkt hat. Es war nur ein klitzekleiner Moment, aber ich bin mir sicher, dass er nicht weiß, was mit ihm los ist. Und dass er sich auch Sorgen macht.

Es fällt mir schwer, mich auf das Gedicht zu konzentrieren. „Der Gott der Stadt" von Georg Heym. Unter dem Gedicht sind ein paar Hilfen angegeben, normalerweise müssten sich in meinem Kopf sofort Assoziationen bilden, sich wie Puzzleteile zusammen-fügen; wir haben viele ähnliche Gedichte interpretiert und sind gut vorbereitet. Aber ich muss immer an Percy denken, der nicht da ist, der jetzt die Klassenarbeit versäumt. Er hätte bestimmt eine gute Note bekommen in der Arbeit. Er hat doch die „Städter" so gekonnt interpretiert. Dieses Gedicht ist vermutlich ähnlich, the-matisch jedenfalls. Ich weiß gar nicht, was schlimmer ist: Dass ich mich so elend fühle oder meine Sorgen wegen Percy. Beides zu-sammen jedenfalls ist mehr, als ich aushalten kann. Ich hab das Gefühl, der Brei in meinem Kopf wird immer dicker. Und dreht sich trotzdem immer schneller. Mir wird schwindelig. Ich muss doch das Gedicht interpretieren. Ich kann das doch. Ich versuche zu lesen.

Auf einem Häuserblocke sitzt er breit.
Die Winde lagern schwarz um seine Stirn.
Percy fielen seine Haare in die Stirn, am Mittagstisch letzte Woche. Sie sind blond, nicht schwarz.

Das Gedicht, ich muss das Gedicht lesen. Ich bin nicht bei der Sache.

Er schaut voll Wut, wo fern in Einsamkeit
die letzten Häuser in das Land verirrn.
Was für letzte Häuser, was für eine Wut, ich versteh gar nichts. Die Städter sind einsam, Percy ist einsam, unberührt und ungeschaut, er hat das Gedicht so gut interpretiert, er könnte dieses Gedicht auch gut interpretieren, bestimmt, aber da drüben ist nur ein leerer Platz, kein Laptop, kein Percy, und ich bin schuld. Weil ich mit mir selbst nicht klarkomme, hab ich ihm die kalte Schulter gezeigt. Das hat er nicht verdient, ich mag ihn doch. Und er hat doch schlechte Erfahrungen gemacht, er ist so verletzlich, ich hätte wissen müssen, dass ihn das fertigmacht, wenn ich mich so blöd verhalte. Das Gedicht, ich muss das Gedicht lesen, wo war ich eben, ich muss von vorn anfangen, warum verschwimmen die Gedichtzeilen, ich kann keinen klaren Gedanken fassen, bin ich überhaupt wach oder träume ich, bloß nicht wieder so ein Alptraum, ich bin doch hier in der Schule, ich bin wirklich in der Schule, und ich muss eine Klassenarbeit schreiben ... Wenn mir nur nicht so schlecht wäre, ich muss mich übergeben, aber ich habe doch nichts gegessen, seit der Party hab ich kaum was gegessen, es ist Quatsch, mir kann nichts hochkommen, ich muss mich beruhigen, das Gedicht ...

„Dr. Karl, irgendwas stimmt nicht mit Manu ...“

War das Phil, der da eben gesprochen hat? Ich habe es kaum gehört, er scheint so weit weg zu sein, aber er legt mir die Hand auf die Schulter, schon wieder berührt er mich, so wie Freitagnacht, er berührt mich wie ein Freund, ich bin ja auch sein Freund, oder ich war es, ich weiß nicht, was ich bin, ich weiß nur, nichts ist mehr, wie es war.

„Manu, hören Sie mich?“ Dr. Karl steht vor mir, ich hab gar nicht gemerkt, wie er nähergekommen ist, ich sehe auf, dabei wird mir schwindelig.

„Ja." Das klingt so dünn, so weinerlich. Das ist nicht meine Stimme, ich bin nicht schwach.

Ich höre Dr. Karl, wie er mit Phil spricht, er klingt, als wäre er irgendwo in einem anderen Raum, dabei steht er immer noch direkt vor mir. Die Arbeit könne Phil später weiterschreiben, jetzt solle er mich ins Sekretariat bringen, womöglich bräuchte ich sogar einen Krankenwagen, Frau Wagenbach würde das entscheiden ... Ich stehe auf, irgendwie, Phil stützt mich, ich lasse mich von ihm führen, aus dem Klassenzimmer, durch den Gang, die Treppe runter, ins Sekretariat ... Dort steht eine Liege hinter einem Vorhang, die Sekretärin kommt, sie ist auch ganz besorgt. Phil bringt mich zu der Liege, ich lege mich hin und alles dreht sich noch immer. Was ist bloß los mit mir, das ist doch nicht normal, werde ich verrückt wie meine Mutter?

Frau Wagenbach sagt etwas von Krankenwagen, sie telefoniert, und neben mir sitzt Phil, sein Hintern an meinem Unterschenkel, sie berühren sich, und seine Hand liegt auf meinem Knie, er hält mich einfach, er ist bei mir.

„Manu, Frau Wagenbach ruft einen Krankenwagen. Deine Mutter geht nicht ans Telefon. Du siehst echt nicht gut aus, kann ich irgendwas für dich tun?"

Ja, nimm deine Hand von meinem Knie, denke ich, aber ich bringe es nicht heraus, er ist doch mein Freund, ich könnte es ihm jetzt nicht erklären, er würde sich wundern oder wäre sogar irritiert. Ich schüttele den Kopf, langsam, sonst wird mir noch mehr übel, und sage nichts. Phil bleibt da sitzen, einfach so, und während die Zeit verstreicht, nimmt das Gedankenkarussell wieder Fahrt auf, viel zu schnell und viel zu durcheinander, ich möchte es anhalten, aber es geht nicht.

Irgendwann kommen zwei Sanitäter, sie messen meinen Blutdruck, sie schauen in meinen Hals, sie hören mich ab, sie reden mit mir, aber ich weiß doch auch nicht, was mit mir ist. Ja, ich hab was getrunken, aber das war Freitagnacht, davon kann das doch nicht sein, nein, ich habe kaum was gegessen, ja, ich habe schlecht geschlafen, seit Tagen schon, ich hab das Gefühl, mein Gehirn läuft heiß, ich kann Ihnen auch nicht sagen, was los ist.

Sie helfen mir auf die Trage, sie wollen mich mitnehmen, aber ich bin doch ganz allein, Mama ist mal wieder ein Totalausfall, ich will nicht allein sein ...

„Phil!"

„Manu."

„Phil, ich hab Angst. Kannst du mitkommen?" Ich glaube, ich weine und schreie zugleich, völlig panisch.

„Frau Wagenbach?"

„Gehen Sie nur mit, Philipp. Ich glaube, das ist das Beste. Ich sage Dr. Karl Bescheid."

Phil kommt mit mir mit, er lässt die Klassenarbeit sausen, ich bin so froh, ich bin so dankbar. Ich muss weinen, ich muss so fürchterlich weinen, es hört die ganze Fahrt im Krankenwagen nicht auf, und Phil sitzt neben mir und hat die Hand auf meine Schulter gelegt. Der Druck seiner Hand tut gut, es ist okay.

Sie machen tausend Untersuchungen mit mir, aber sie finden nichts. Schließlich nehmen sie an, dass es noch Spätfolgen von meinem Alkoholexzess sind, ein Kreislaufkollaps, weil ich so lange praktisch nichts gegessen habe. Irgendwann kommen meine Eltern zu Besuch, meine Mutter sieht schlecht aus, aber immerhin ist sie gekommen. Mein Vater schafft es sogar, sich alle Vorwürfe zu sparen. Aber sie sind keine Hilfe, beide nicht, sie sind doch meine Eltern, wie können sie so fern bleiben, so ratlos?

Dann kommt noch mal der behandelnde Arzt, er sagt, meine Eltern können mich mitnehmen, ich soll mich ins Bett legen und erstmal ordentlich schlafen. Die Krankenschwester nimmt die Kanüle aus meiner Armbeuge, sie hatten mich an einen Tropf mit Nährlösung angeschlossen, vielleicht war ich ja wirklich bloß vollkommen erschöpft und unterzuckert, ich fühle mich jetzt wieder klar im Kopf, endlich.

Wir essen zusammen zu Abend, meine Mutter reißt sich zusammen. Sogar die Ringe unter den Augen hat sie sich weggeschminkt, vielleicht wegen des Besuchs im Krankenhaus. Sie hat extra gekocht, Spinat mit Kartoffeln und Spiegelei, das lässt sich gut essen.

Mein Vater versucht Konversation zu machen, er erzählt von der Arbeit und fragt nach der Schule, aber ich kann nicht über die

Schule reden, egal was, alles erinnert mich an Percy. Um irgendwas zu sagen, berichte ich vom Sportunterricht und dass Jan gesagt hat, ich solle doch Handball spielen, ich wäre begabt. Ich erzähle von Jo, sage, ich hätte sie auf der Party kennen gelernt, sie spiele auch Handball, ich denke daran, wie sympathisch sie mir war, ich könnte es ja wirklich mal mit Handball versuchen.

„Warum nicht?", meint mein Vater, und auch meine Mutter nickt.

„Vielleicht lernst du da ja auch mal ein paar nette Mädchen kennen", fügt meine Mutter hinzu.

Ja, vielleicht. Erstaunt stelle ich fest, dass mich ihre Äußerung heute gar nicht wütend macht. Vielleicht bin ich einfach noch zu schwach. Oder vielleicht habe ich es selber gedacht. Ich werde morgen Lenny mal fragen, wann die Mädels Training haben.

20. WOZU?

-Percy-

Nov. 18.

Ich bin ein Feigling!
Heute morgen hätte ich vielleicht noch
eine Chance gehabt.
Vielleicht hätte W. mir was zugehört
Vielleicht hätte er mich verstanden.
Aber ich bin keiner, der sich so leicht
öffnet und sich innerlich auch
aufgeben kann.
Jetzt also gehe ich ins Bett.
Und warte.
Und warte.
Und gehe doch zurück.
Rechtzeitig.
Warum? Wozu? Warum zahre ich
überhaupt noch?
Scheiß drauf!

21. FARBE.

– Manu –

Dienstag, 06.10.2009

Als ich in die Schule komme, begrüßen mich alle, als wäre ich von einer schweren Krankheit genesen und dem Tode gerade noch entronnen. Ob es mir besser gehe, was ich denn gehabt hätte. Kreislaufkollaps, sage ich, geht schon wieder. Vielleicht wegen dem vielen Alkohol auf der Party. Es kommt cool rüber, wie ich das sage, „sie sagen doch immer: ‚Kenn dein Limit', ich glaub', ich kenn's jetzt", füge ich noch hinzu, und alle lachen.

Es ist kein guter Tag. Percy fehlt noch immer. Ich muss mit Dr. Karl sprechen, jetzt, sofort, ich kann nicht bis zur sechsten Stunde damit warten. Frau Löwenstein lässt mich gehen, ich hab sie so gefragt, dass sie denken muss, ich hätte bereits einen Termin mit Karl, hoffentlich ist er da und hat Zeit.

Ich habe Glück, Dr. Karl ist allein in seinem Büro und die Tür steht offen. Ich klopfe am Türrahmen.

„Dr. Karl?

„Manu. Das ist aber schön, Sie schon gleich heute wieder zu sehen. Geht es Ihnen besser?"

Er hat mich schon immer Manu genannt. Damals, in der fünften Klasse, als einige anfingen, darüber Witze zu machen, dass ich in Wirklichkeit ein Mädchen war, hat er mit uns über die Verschiedenheit der Menschen gesprochen, über Toleranz, Gruppendruck und Unabhängigkeit und darüber, dass jeder das Recht hat, so sein zu dürfen, wie er ist, solange er damit nicht die Rechte der anderen verletzt. Ich hab wahrscheinlich ein Riesenglück gehabt, ausgerechnet in seiner Klasse zu landen. Er ist streng, aber korrekt und immer fair. Und er findet Worte, die auch diejenigen zum Nachdenken bringen, die es mit dem Nachdenken eigentlich nicht so haben.

„Ja, danke, es geht wieder. Dürfte ich kurz mit Ihnen sprechen?"

Karl guckt mich forschend an. „Bitte, kommen Sie rein." Er macht eine einladende Bewegung und deutet auf den runden Tisch, der in seinem Büro steht. Ich bin schon zweimal hier drin gewesen. Einmal wegen dem misslungenen Betrugsversuch bei dem Erdkundetest kurz vor den Sommerferien. Das andere Mal muss in der sechsten Klasse gewesen sein. Damals hatte ich mich mit einem Jungen aus der Parallelklasse geprügelt; er hatte mich aus dem Mädchenklo kommen sehen und zusammen mit einigen anderen fiese Sprüche gemacht. Er hörte nicht auf, auch nicht, als ich mich drohend vor ihm aufbaute; am Ende blutete er aus der Nase und hat nie wieder einen blöden Spruch in meine Richtung abgelassen. Dr. Karl bestrafte uns beide.

Ich setze mich an den runden Tisch. Karl beendet noch irgendeine Tätigkeit am PC. Während ich warte, fällt mir das Bild auf, das gegenüber an der Wand hängt. Unsere Klasse, ein Gruppenbild von unserem Wandertag am Ende des fünften Schuljahres. Dr. Karl hat nach den zwei Jahren mit uns nie wieder eine Klasse geführt, es war ein Experiment, hat er am Ende gesagt, ein sehr schönes, aber letztlich zu schwer mit dem Amt des Schulleiters unter einen Hut zu bringen.

Er arbeitet noch zwei, drei Minuten, dann setzt er sich zu mir.

„Was kann ich für Sie tun?", fragt er.

„Es geht um Percy. Ich mache mir Sorgen, weil er fehlt."

„Sie machen sich Sorgen um Percy?" Er scheint überrascht. Wahrscheinlich hat er gedacht, ich eröffne ihm irgendetwas, das mich betrifft. Nach dem, was gestern passiert ist, wäre das ja auch naheliegend.

„Ja."

„Warum?"

„Wir ... haben uns in der letzten Zeit ... sozusagen ein bisschen angefreundet. Er hat angedeutet, dass er an seiner alten Schule ziemlich viele Probleme hatte. Und er hat von seiner Akte gesprochen, die Sie kennen."

„Sie erwarten jetzt aber nicht, dass ich Ihnen Details aus seiner Akte verrate."

„Nein, natürlich nicht. Ich habe bloß gerade selbst ... ein paar Probleme, die ... weswegen ... also ... hm ... es könnte sein, dass ich schuld bin, dass Percy fehlt. Ich habe Ihren Blick gestern so gedeutet, dass Percy nicht krank und normal entschuldigt ist."

„Und was erhoffen Sie sich jetzt von diesem Gespräch?"

„Dass Sie mich beruhigen und sagen, dass er einfach krank ist. Nur, wenn es stimmt, natürlich."

„Das tut mir leid, Manu, aber damit kann ich nicht dienen."

„Sch... Das ist schlecht."

„Manu, wenn ich mir dazu eine Stellungnahme erlauben darf: Jeder ist für sein Verhalten selbst verantwortlich. Man kann Fehler machen und man kann sie wiedergutmachen. Und manchmal kann man jemandem helfen, die Verantwortung für sich wieder zu übernehmen. Bloß abnehmen kann einem die Verantwortung niemand."

Er sieht mich lange an, als ob er prüfen will, wie seine Worte bei mir ankommen. Ob oder wie ich sie verstehe. Ich halte seinem Blick stand, und mir gelingt ein schwaches Lächeln.

„Danke", sage ich.

„Gern geschehen", antwortet Karl. Auch er lächelt.

„Auf Wiedersehen, Dr. Karl."

„Auf Wiedersehen, Manu."

Fast fluchtartig verlasse ich sein Büro. Ich habe seine Worte verstanden. Ich habe sie so sehr verstanden, dass mir beinahe die Tränen kommen. Nicht schon wieder. Ich blinzele sie weg. Irgendwie bin ich erleichtert, ohne zu wissen, warum. Vielleicht, weil ich jetzt weiß, was ich tun muss. *Dass* ich es tun muss. Und dass ich es tun *werde*. Heute noch.

Ich könnte zu Percy joggen, aber ich fühle mich noch zu schwach. Deshalb nehme ich mein Fahrrad. Ich habe nach der Schule noch schnell eine Tiefkühlpizza gegessen, na ja, eine halbe nur, aber immerhin. Meine Mutter lag noch immer im Bett, anscheinend schlief sie. Ich habe ihr einen Zettel hingelegt: „Bin bei Percy. Kann spät werden. Hab das Handy dabei."

Der Himmel ist bedeckt, aber es ist kaum windig und einigermaßen warm. Auf der Fahrt zermartere ich mir den Kopf darüber, wie ich anfangen soll, wenn ich Percy begegne. Soll ich mich entschuldigen? Soll ich ihm die Wahrheit sagen, warum ich mich von ihm ferngehalten habe? Das kann ich wohl kaum tun. Wenn ich für ihn einfach ein Freund bin, und mehr nicht. Wenn er wie Jo einfach einen Jungen in mir sieht. Außerdem: Was ist überhaupt die Wahrheit? Ich habe ja selber keinen Überblick in dem ganzen Chaos, das da plötzlich herrscht.

Vielleicht sollte ich gar nicht groß über mich reden. Soll ich ihm sagen, dass ich mir Sorgen mache, weil er nicht in der Schule war? Unterstelle ich ihm damit nicht, dass er geschwänzt hat? Dass er vor irgendwelchen Problemen davonläuft? Ich erinnere mich noch gut daran, wie er reagiert hat, als ich ihn wegen der Sechs im Vokabeltest gefragt hatte. *Ich komm schon klar, okay?* Das klang eindeutig wie: Misch dich nicht ein.

Ich komme zu keinem Ergebnis. Ich muss die Dinge dem Zufall überlassen. Darauf hoffen, dass mir im richtigen Moment das Richtige einfällt.

Percys Rad steht im Garten, aber als ich klingele, macht niemand auf. Ob er wirklich nicht da ist? Eine Weile stehe ich unschlüssig vor der Haustür, klingele noch ein paar Mal, ohne Erfolg. Gerade, als ich zu überlegen beginne, ob es Sinn machen würde, zum Deich zu gehen und nach ihm Ausschau zu halten, öffnet er doch die Haustür.

„Ach, du bist's." Ich kann nicht in seinem Gesicht lesen, ob er sich freut, mich zu sehen. Er steht in der Tür, die er nur halb geöffnet hat, und schaut mich an. Er trägt Jeans und ein dunkles Sweatshirt und sieht nicht krank aus. Aber schlecht drauf, ohne Frage. Unsicher. Farblos irgendwie.

„Hallo. Ich ... wollte dir die Hausaufgaben bringen." Was rede ich da für einen Quatsch? Ich hab doch gar nichts dabei.

„Die du gefaltet in der Jackentasche hast, oder wie?" Er ist nicht blöd, ich wusste es doch. Aber warum klingt seine Frage fast feindlich? Warum guckt er mich direkt misstrauisch an?

Ich brauche ein, zwei Sekunden zu lange, bevor mir endlich eine gute Antwort einfällt. „Nee, im Kopf. Ungefaltet, natürlich."

Er lächelt, ein bisschen nur. Wahrscheinlich hat er mich durchschaut. Aber meine Antwort gefällt ihm anscheinend.

Immerhin. Er öffnet die Haustür weiter, lässt mich eintreten.

Ich gehe an ihm vorbei in den Flur und weiß nicht, ob ich die Schuhe ausziehen soll. Ich will mich nicht so selbstverständlich aufdrängen.

„Willst du was trinken?" Seine raue Stimme klingt unsicher und sein Blick ist es auch.

„Ja, gern." Jetzt ziehe ich doch meine Schuhe aus, dann folge ich ihm in die Küche. Er hat die Apfelsaftflasche schon in der Hand, dazu zwei Gläser, und stellt sie auf den Küchentisch. Im Stehen schenkt er uns ein, dann drückt er mir eines der Gläser in die Hand.

„Du siehst irgendwie nicht gut aus", bemerkt er.

„Ich war krank, das ganze Wochenende."

„Doch Magen-Darm-Grippe?"

Jetzt könnte ich es ihm erklären. Das ist doch *die* Gelegenheit.

„Ich weiß nicht. Hab auf Lennys Party zu viel Bowle getrunken. Vielleicht lag's auch daran."

Ich bin so ein Idiot.

Percy geht zum Kühlschrank und stellt die Flasche zurück.

„Gehn wir hoch?" Er sieht mich nicht an, während er es fragt.

„Ja, okay."

In seinem Zimmer angekommen, stellt er sein Glas auf dem Schreibtisch ab und setzt sich auf den Schreibtischstuhl. Ich steh wie Falschgeld mitten im Raum, das Glas in der Hand, und weiß weder, was ich sagen, noch, was ich tun soll. Ich hab schon wieder tausend Ameisen in mir. Wohin soll ich mit dem Glas? Und dann, was soll ich dann tun? Mich neben ihn setzen? Oder aufs Bett? Ich kann hier nicht länger rumstehen, warum sagt Percy nichts, er könnte doch wenigstens „Setz dich" sagen oder so.

„Die Hausaufgaben", sagt er, endlich. „Du wolltest sie mir mitteilen."

„Kann ich mich setzen?"

„Ja, natürlich."

Ich stelle das Glas auf den Schreibtisch, hole mir den Stuhl aus der Zimmerecke und stelle ihn neben den Schreibtisch, aber auf Abstand zu Percy. Eineinhalb Meter ungefähr, ich kann ihm jetzt nicht näherkommen, ich halte das sowieso schon kaum aus hier mit ihm in einem Zimmer.

„In Geschichte sollen wir die Quellen über die Kuba-Krise lesen und dazu eine detaillierte Zeitleiste machen", beginne ich. „Mit ‚detailliert' meinte Grieger, dass wir, soweit vorhanden, auch Uhrzeiten oder Tageszeiten angeben sollen. Im Buch ist das, glaube ich, Seite 34 bis 36."

Percy sieht mich einfach an, schreibt sich nichts auf, holt kein Buch raus, sagt nichts.

„In Französisch müssen wir die Lektüre weiterlesen, bis zum Ende des vierten Kapitels", fahre ich etwas unsicher fort. „Und selber die Vokabeln nachschlagen, die wir brauchen. In Chemie sollen wir alles wiederholen, da schreiben wir am Freitag eine Arbeit. Und in …" – Eigentlich wollte ich mit Englisch weitermachen, aber es irritiert mich zu sehr, dass Percy einfach nur dasitzt und sich das anhört, ohne Nachfragen, ohne Kommentare, ohne Notizen. „Sag mal, interessiert dich eigentlich, was ich dir erzähle?"

„Ja."

„Aber du schreibst nichts auf, du guckst nicht in die Bücher, du fragst gar nichts nach."

„Ich merk mir das so. Und Fragen hab ich keine."

„Bist du sicher?"

„Hör mal, wenn ich dir *sage*, ich merk mir das so, dann *ist* das auch so, klar?" Seine Stimme überschlägt sich fast, obwohl er sich offensichtlich große Mühe gibt, seine plötzlich aufbrandende Aggressivität im Zaum zu halten. „Du hast das doch auch alles im Kopf, frage ich da etwa nach, ob du dich nicht vielleicht irgendwo irrst? Ich bin *nicht blöd*, kapiert?"

„Das weiß ich. Das ist ja nicht zu übersehen."

„Wenn du wüsstest."

„Wenn ich was wüsste?"

Er sieht plötzlich weg, nimmt seinen Apfelsaft und trinkt einen Schluck. Seine Lippe zittert, als er das Glas ansetzt. Er merkt es, stellt das Glas wieder ab und sagt leise:

„Ach, vergiss es."

Ich kann nichts vergessen, was ich nicht weiß, liegt mir auf der Zunge, aber für einen blöden Witz ist jetzt wohl kaum der richtige Zeitpunkt. Also sage ich nichts, warte einfach ab. Wir schweigen lange, eine Minute, zwei Minuten bestimmt. Percy sitzt die ganze Zeit auf seinem Drehstuhl, der jetzt mehr dem Schreibtisch als mir zugewandt ist. Ein Bein hat Percy angewinkelt, er sitzt halb auf seinem linken Fuß; mit dem linken Arm stützt er sich auf die Armlehne. Er hat den Kragen seines Sweatshirts bis oben geschlossen und sein Kinn darin vergraben, spielt nervös mit dem Reißverschluss.

Irgendwann hebt er den Blick und sieht mich aus schmalen Augen an. „Warum bist du eigentlich wirklich gekommen?"

Weil ich dich mag. Weil ich mir Sorgen mache. Weil ich ein schlechtes Gewissen habe. Aber das kann ich doch nicht sagen. „Um dich zu sehen", sage ich schließlich.

„Und warum wolltest du mich am Mittwoch und am Donnerstag nicht sehen?" Wieder dieser feindliche Unterton.

Gelegenheit Nummer zwei. Vielleicht ist heute doch ein guter Tag. Ich muss Farbe bekennen, wenigstens zum Teil, ich muss. Deshalb bin ich doch hier. Aber es ist so schwer, ich habe Angst, ich weiß gar nicht genau, wovor.

„Weil du hier nicht der Einzige im Raum bist, der Probleme hat", fange ich schließlich an. „Und ich hab gerade Probleme, von denen ich bisher gar nicht wusste, dass ich sie habe. Die auf einmal alles in Frage stellen, was ich von mir gedacht habe. Alles. Da ist plötzlich kein Boden mehr unter mir, seit Dienstagmittag, ich hab versucht, den Boden wiederzufinden, die Zeit zurückzudrehen, aber es hat nichts geholfen. Mir ging es noch nie so schlecht. Mir ist übel, ich kann nichts essen, schlafe kaum und wenn, dann habe ich schlimme Albträume. Auf Lennys Party habe ich mir die Kante gegeben, ich weiß auch nicht, warum, das ist sonst nicht meine Art. Und gestern in der Schule, als wir die Deutscharbeit geschrieben haben, habe ich eine Art Zusammenbruch gehabt. Sie haben mich ins Krankenhaus gebracht, aber die haben nichts gefunden."

Percy sieht mich einfach an. Forschend, abwartend, vielleicht noch immer misstrauisch. Kein Wunder, denn wie soll er verstehen, was das, was ich gesagt habe, damit zu tun hat, dass ich mich von ihm ferngehalten habe? Aber ich kann doch nicht einfach so weiterreden. Ich weiß doch gar nicht, was Percy in mir sieht. Wie steh ich denn vor ihm da, wenn er nichts weiter für mich empfindet als vielleicht eine Ahnung von Freundschaft? Aber er guckt mich weiter an, er gibt sich nicht zufrieden, ich muss was sagen.

„Was bin ich für dich?", frage ich schließlich. Und merke, dass ich, kaum dass ich es ausgesprochen habe, plötzlich wahnsinnig nervös werde. Vor allem, weil Percy nicht sofort antwortet. Aber sein Blick ändert sich, das Misstrauen ist weg, es ist fast so wie letzten Dienstag, als wir uns auf dem Weg zu meiner Mutter in die Augen gesehen haben. Nur, dass ich diesmal das Gefühl habe, dass *er* in *mich* hineinschaut.

Er lächelt. Es vergeht eine Ewigkeit. In mir macht sich schon wieder ein Kribbeln breit, überall, weil er lächelt, mein Brustkorb fühlt sich an, als würde er gleich zerspringen, so sehr erfüllt mich plötzlich dieses ... *Gefühl.* Ich weiß gar nicht, wohin damit.

„Ich verstehe", sagt er. Wie kann das sein, er sagt nur diese zwei Worte und sieht mich dabei an, und ich bin mir sicher, dass er wirklich versteht. „Beides, Manu. Oder irgendwas dazwischen. Weißt du, es gibt nicht nur schwarz und weiß. Es gibt auch Grautöne. Jede Menge. Ich hab das gelesen. Männlich und weiblich, das sind nur die beiden Enden von einem Kontinuum. Die meisten Menschen befinden sich an einem dieser beiden Enden. Aber man kann auch irgendwo in der Mitte sein. Oder auf zwei Drittel. Oder sieben Achtel. Oder irgendwo sonst. Das ist wahrscheinlich Veranlagung, Manu. Man wird so geboren. Niemand kann es beeinflussen. Die Menschen sind verschieden. Und jeder ist okay, so wie er ist."

„Du hast das gelesen?!", bringe ich hervor, während mein Herz in meiner Brust wummert, dass ich es bis in den Hals spüren kann. Weswegen liest er sowas? Etwa meinetwegen?

„Ich lese viel." Es sagt es ganz lapidar, als wäre es nicht weiter erwähnenswert.

„Wann hast du das gelesen?"

Er hebt die Schultern. „Vor ein paar Tagen oder so."

Warum?, möchte ich fragen. Aber ich traue mich nicht. Ich traue mich einfach nicht. Ich gucke Percy nur an, und er sieht mich an, er hat graugrüne Augen und sein Blick ist so klar und so gerade und so direkt, dass ich denke, er muss das sehen, wie es in mir aussieht, er muss dieses Gefühl sehen, mein Herzklopfen, meine Angst.

Sekunden vergehen.

Dann sagt Percy: „Du bist mir wichtig, Manu. Verdammt wichtig. So wie du bist."

Jetzt muss ich wegsehen. Und blinzeln.

„Du bist mir auch sehr wichtig, Percy." Mehr bringe ich nicht heraus. Ich kann gerade noch verhindern, in Tränen auszubrechen. Ich schaue nach unten. Die letzten Tage hab ich genug geweint, ich bin doch keine Heulsuse. Ich sitze im Schneidersitz auf dem Stuhl und spiele mit einem Ziehfaden des abgestoßenen Saums meiner Jeans und spüre Percys Blick auf mir. Aber ich brauche ein paar Sekunden, bis ich die Tränen weggeblinzelt habe und wieder aufschauen kann.

Ich sehe direkt in Percys Augen.

Sein Blick ist warm.

Entspannt.

Erleichtert, vielleicht.

Sonst nichts.

„Du warst nicht krank, oder?", wage ich zu fragen.

Er schüttelt den Kopf.

„Kriegst du jetzt Schwierigkeiten?" Ich muss an Dr. Karls Blick denken.

„Ich hab einen Vertrag unterschreiben müssen. Kein einziger unentschuldigter Fehltag, sonst bin ich weg vom Fenster."

„Und du hast keine Entschuldigung."

Er schüttelt wieder den Kopf.

„Dr. Karl ist kein Unmensch. Rede mit ihm."

„Vielleicht." Es klingt vage, schwach.

„Donnerstag ist unser Referat. Du hast gesagt, ich kann mich auf dich verlassen."

Er sagt nichts.

Ich sage auch nichts. *Bloß abnehmen kann einem die Verantwortung niemand.* Vermutlich ist es dieser Satz, der mich davon abhält, Percy weiter zu bedrängen.

Wir sitzen eine Weile da und schweigen. Percy blinzelt mehrmals. Dann springt er plötzlich auf, guckt auf die Uhr und sagt:

„Scheiße, ich muss los."

„Wohin?"

„Zum Bus. Er fährt in zehn Minuten. Ich muss nach Itzehoe. Ich muss."

Er kramt hektisch in seiner Schreibtischschublade, holt ein Heft hervor und wirft es in seinen Rucksack. Ich stehe auch auf, unschlüssig, weiß nicht, was ich tun oder sagen soll.

„Nach Itzehoe", wiederhole ich schließlich, völlig sinnlos.

Er antwortet nicht, sondern verlässt das Zimmer und hastet die Treppe runter. Ich folge ihm.

Wir ziehen uns eilig die Schuhe an.

„Kann ich mitkommen?", frage ich, ohne dass ich vorher bewusst beschlossen hätte, das zu fragen.

„Nach Itzehoe", sagt er ironisch. So, als wäre es völlig abwegig mitzukommen.

„Ja. Ich ... hab dir noch gar nicht alle Hausaufgaben gesagt." Schon wieder diese blöde Ausrede. Sie könnte direkt zu einem geflügelten Wort werden.

„Klar. Die Hausaufgaben." Er grinst. „Die sind ja auch ungemein wichtig."

„Eben."

Es tut so gut, ihn grinsen zu sehen. Auch wenn das dieses *Gefühl* in mir verstärkt. Wir ziehen uns unsere Jacken über, dann verlassen wir das Haus. Während Percy die Haustür abschließt, sagt er:

„Dann komm halt mit." Er dreht sich zu mir um und lächelt, schon wieder. So, als wäre er froh, dass ich mitkommen will.

Ohne ein weiteres Wort rennen wir zur Bushaltestelle. Kaum sind wir da, kommt auch schon der Bus.

Wir lösen einen Fahrschein, ganz schön teuer, die Hin- und Rückfahrt. Das Geld, das ich dabeihabe, reicht gerade so. Wir gehen zu einer Vierersitzgruppe und nehmen einander gegenüber Platz. Mein linkes Knie berührt fast das von Percy, ich rücke ein bisschen zur Seite. Wahnsinn, was für ein Tag. Erst das Gespräch mit Dr. Karl, dann der Fast-Streit mit Percy, und dann wieder diese unglaubliche Verbundenheit zwischen uns. Und jetzt sitzen wir hier zusammen im Bus, ich weiß gar nicht, was er in Itzehoe will, aber ich fahre mit ihm. Das ist doch eigentlich verrückt. Wie er da so sitzt, das rechte Bein auf den Radkasten unter meiner Sitzbank gestützt, das Kinn wieder im Kragen des Sweatshirts vergraben, fühle ich mich schon wieder fast überwältigt von dieser Enge in meinem Brustkorb, oder der Weite, beides gleichzeitig. Da ist nur ein Gedanke, nur ein Gefühl in mir: *Ich mag ihn, ich mag ihn so.* Ich hab verzweifelt den Boden gesucht, ich hab ihn bei Phil und Tom gesucht, ich hab versucht, das Gefühl wegzulachen und im Alkohol zu ertränken, aber vielleicht ist hier der Boden, hier bei Percy. Ich bin beides für ihn, hat er gesagt. Oder irgendwas dazwischen. Es ist ihm egal. Ich bin ihm wichtig, so wie ich bin. Das reicht doch, erstmal jedenfalls, das reicht doch.

In Marne müssen wir umsteigen. Die zehn oder elf Minuten Fahrt bis dorthin haben wir nichts gesprochen. Als wir ausgestiegen sind, sagt Percy, dass wir als Nächstes den Bus nach Sankt Michaelisdonn nehmen müssen und dass der erst in zwanzig Minuten losfährt. Wir setzen uns nebeneinander auf eine Bank am ZOB und warten. Gerade scheint sogar ein wenig die Sonne. Sie wärmt uns.

„Das ist ja ziemlich aufwendig", finde ich. „Musst du öfter nach Itzehoe?"

„Im Moment ein- bis zweimal pro Woche."

Ich könnte jetzt fragen, was er da macht. Aber dass mich das interessiert, wird er auch so wissen. Wenn er es mir erzählen will, wird er es tun.

Ein oder zwei Minuten vergehen, dann sagt er: „Das stand auch in dem Vertrag. Dass ich eine Therapie mache. Um endlich richtig schreiben zu lernen. Mit fünfzehn. Erbärmlich, oder?" Es klingt bitter, wie er das sagt. Unsicher sieht er mich von der Seite an.

„Warum kannst du es nicht?"

„Da kommt wohl ziemlich viel zusammen. Das lässt sich nicht einfach so mit zwei, drei Sätzen erklären."

„Ich würd dir auch zuhören, wenn es länger dauert. Falls du es erzählen magst. Wir hätten ja Zeit jetzt."

Er schweigt. Er scheint sich unsicher zu sein, was er von sich preisgeben will. Ich warte ab, will ihn nicht drängen. Es ist seine Entscheidung.

„Willst du's wirklich wissen?", fragt er irgendwann.

„Wenn du's wirklich erzählen willst, ja."

Ich weiß nicht, wie viel Zeit vergeht. Ein Bus fährt ein, aber es ist nicht unserer, er hält an einem anderen Bussteig. Nur wenige Leute steigen aus. Sie zerstreuen sich schnell. Der Bus bleibt stehen, die Anzeige wechselt, er wird nach Meldorf fahren. Aber anscheinend wird das noch dauern, denn der Fahrer verlässt den Bus, schließt ab und geht davon.

„Ich konnte schon lesen, da war ich gerade mal fünf", sagt Percy schließlich. „Ich hab Kindersachbücher gelesen, über Vulkane, über Haie, über Vögel, über das Wetter, über die Feuerwehr, über alles. Ich konnte bis 100 rechnen, bevor ich in die Schule kam. Aber das hat plötzlich niemanden mehr interessiert. Ich war bloß immer der Junge, der nicht schreiben konnte. Der nicht malen konnte. Der keinen Spaß daran hatte, Bilderbücher wie das von dem karierten Elefanten Elmar vorgelesen zu bekommen und dann eine Elefantenschablone mit bunten Vierecken auszumalen. Der die Schablone zerrissen hat, damit niemand sieht, dass er als Einziger nicht in der Lage ist, nicht über den Kästchenrand zu malen. Der nicht mit den anderen Kindern spielen konnte, weil er einfach nicht zu ihnen passte. Sie haben mich in einen Förderkurs mit Kindern gesteckt, die nicht mal einfache Wörter entziffern konnten, und dann wollten sie mich zwingen, Fs und Us und Ts und As und Rs in die Linien zu schreiben, du musst üben, Percy, du musst üben, du bist zu ungeschickt, wenn du dich nicht so sperren würdest, könntest du es schon viel besser. Aber ich wollte das nicht üben, ich wollte das *können*. Dass ich lesen und rechnen konnte, was ich alles wusste, das zählte nicht für sie. Nur, was ich nicht konnte, war wichtig. Nur das haben sie gesehen."

Während er spricht, sehe ich den kleinen Percy genau vor mir. Wie er zu schreiben versucht und anschließend wütend die Seite zerreißt. Ich hab seine Zahlen gesehen auf den Ausdrucken für das Referat, und er ist jetzt fünfzehn. Er muss es damals praktisch überhaupt nicht gekonnt haben. Das muss schrecklich gewesen sein, zu wissen, man ist schlau, aber alle doktern nur an den Schwächen rum.

„Das klingt furchtbar", bringe ich nur heraus.

„Es *ist* furchtbar", sagt Percy.

„War denn da niemand, der dir eine Therapie verordnet hat? Es gibt doch Ergotherapie und so."

Er schnaubt verächtlich. „Eine? Ich wurde von einer Therapie in die nächste geschleppt. Ergotherapie, psychomotorisches Turnen, Sozialtraining ... Ich kenne wahrscheinlich mehr Therapeuten und Psychologen als jeder andere."

„Und das hat nicht geholfen?"

„Ach, komm, vergiss es. Die machen dir Hoffnungen, die alle wie Seifenblasen zerplatzen. Oder verlangen von dir, dass du alberne Spiele spielst. Stecken dich in eine Gruppe mit Kindern, die es wahnsinnig toll finden, in einer Netzschaukel zu liegen und mit schweren Kissen bedeckt zu sein. Halten es für eine gute Idee, dass du die erste Klasse wiederholst. Um noch mal neu anfangen zu können. Und du denkst, vielleicht ist das wirklich eine Chance, aber du kriegst es wieder nicht hin, und du musst wieder dieselben Geschichten hören, wieder Wörter sammeln, die mit dem Buchstaben M anfangen, wieder dämliche Rechenaufgaben lösen. Die Lehrerin spricht mit dir, als wärst du vollkommen verblödet, du hast doch schon ein Schuljahr hinter dir, du musst das doch jetzt können, gib dir doch wenigstens Mühe, du machst das doch mit Absicht, komm her, so geht das, das ist doch ganz leicht, hier, ich hab dir extra ein Arbeitsblatt zum Üben gemacht, guck doch mal, der Timo, der kriegt das auch hin, der hat fleißig geübt und sich schon so schön verbessert ... Und du wirst wütend, du wirst so wütend, du zerreißt das Blatt, du schreist die Lehrerin an, du rennst weg und nimmst dir vor, nie wieder einen Stift anzufassen, und in die blöde Therapie gehst du auch nicht mehr, das bringt doch eh alles nichts."

Er ereifert sich richtig, während er spricht, wird immer lauter, schreit am Ende fast. Er schaut mich gar nicht richtig an, sein Blick ist nach vorn und unten gerichtet, so, als erzählte er es mehr sich selbst als mir. Auf einmal hält er inne, als würde er sich dessen bewusst werden, und sieht mich an. Seine Augen wirken dunkel und sind, wenn ich das richtig sehe, randvoll mit Tränen, aber er weint nicht.

„Tut mir leid", sagt er, plötzlich ganz leise. „Ich ... wollte das alles eigentlich gar nicht so ausführlich erzählen."

„Dir muss nichts leidtun." Mehr kann ich nicht sagen, was auch? Alles, was mir einfallen würde, würde lächerlich klingen, albern, hilflos. Meine eigenen Probleme kommen mir plötzlich geradezu unwichtig vor. Ich ahnte ja, dass Percy eine schwierige Geschichte hat, aber so, wie er es jetzt erzählt ... Es muss die Hölle gewesen sein. Die Erwachsenen haben ihn bestimmt für schwer gestört gehalten. Wahrscheinlich hat er sich auch so benommen.

Unser Bus kommt. Wir stehen auf, zeigen dem Busfahrer unsere Fahrscheine und nehmen wieder auf zwei einander gegenüber liegenden Sitzbänken im Bus Platz. Es dauert noch ein paar Minuten, bis der Bus losfährt. Ich überlege die ganze Zeit, was ich sagen könnte. Ich hab tausend Fragen im Kopf. Wie es weiterging mit Percy. Ob seine Eltern ihm irgendwie helfen konnten. Warum er mit fünfzehn in der zehnten Klasse ist wie wir alle, obwohl er doch die erste wiederholt hat. Aber Percy sieht so verschlossen aus. Als würde er bereuen, mir so viel erzählt zu haben. Ich möchte ihm gern etwas sagen, etwas, das ihm hilft, dass er weiß, es ist okay für mich, aber was?

Der Bus fährt los. Außer uns sind nur noch wenige andere Fahrgäste darin, zwei ältere Damen und vier Jugendliche, dreizehn, vierzehn Jahre alt wahrscheinlich, sie sitzen in der letzten Reihe und machen einen ziemlichen Lärm.

„Wann sind wir eigentlich in Itzehoe?", frage ich schließlich, nur um das Schweigen zwischen uns zu durchbrechen.

„Um halb sechs", antwortet Percy. „Insgesamt drei Stunden Hin- und Rückfahrt für eine Dreiviertelstunde Therapie, Wahnsinn, oder?"

„Wenn's hilft ..."

Er zuckt mit den Schultern. „Muss halt."

„Ich war noch nie in Itzehoe", sage ich.

„Ach, deshalb wolltest du mit." Er grinst. Es ist ein unsicheres, ein schüchternes Grinsen.

„Ja, genau. Und wegen der Hausaufgaben." Ich grinse zurück. Wir schauen einander in die Augen, einen Moment nur, bevor er den Blick wieder abwendet und aus dem Busfenster guckt.

Von Sankt Michaelisdonn bis Itzehoe müssen wir den Zug nehmen. Die Fahrt dauert eine halbe Stunde. Percy hat einige Schulbücher dabei, sie waren noch im Rucksack und er hatte keine Zeit mehr, sie auszupacken. Ich schlage vor, dass wir die Bahnfahrt nutzen, um die Hausaufgaben zu machen.

Es ist aufregend und schön, direkt neben Percy zu sitzen und mit ihm ins gleiche Buch zu schauen. Unsere Arme berühren sich. Das heißt, eigentlich berühren sich unsere Pullover. Aber egal. Ich muss mich auf den Text konzentrieren. Gut, dass die Kuba-Krise wenigstens ein spannendes Thema ist.

Die Zeitleiste können wir nicht machen, weil Percy keine Schreibsachen in seiner Tasche hat. Abgesehen von dem Heft, aber das will er dafür nicht nehmen. Ich frage nicht nach, warum nicht, denn Percy sieht plötzlich so merkwürdig aus, als ich das Heft erwähne, beinahe ängstlich.

„Ich kann in Itzehoe ja was kaufen", schlage ich stattdessen vor. Für einen Block und einen Stift wird mein Geld wohl noch reichen.

„Gute Idee", sagt Percy.

Den Rest der Zugfahrt fragen wir uns gegenseitig die Englischvokabeln ab und lesen den Text über die Rassenprobleme in den USA. Morgen werden wir darüber eine Art Debatte machen. Das wird bestimmt interessant.

Ich habe eine gute Stunde Zeit, mir Itzehoe anzugucken. Percy nimmt mich mit zur Kreuzung Viktoriastraße/Kirchenstraße, von dort aus ist es bis zum Beginn der Einkaufsstraße nicht mehr weit.

Ich staune, als ich die vielen Geschäfte sehe. Itzehoe hat etwas über 30000 Einwohner, aber die Stadt kommt mir größer vor. Dagegen ist die Koogstraße von Brunsbüttel ja armselig. Es gibt sogar ein großes Einkaufszentrum, Holstein-Center heißt es. Dort kaufe ich erst einmal einen Collegeblock und einen Kugelschreiber. Das Geld reicht sogar noch für ein Lineal. Direkt neben dem Schreibwarengeschäft ist ein Klamottenladen. Erst stehe ich eine Zeitlang unschlüssig vor dem Eingang herum, und dann bin ich auf einmal im Laden.

Links ist die Herren- und rechts befindet sich die Damenmode-Abteilung. Ich weiß, Lisa und die anderen Mädchen in meiner

Klasse, die kaufen ihre Sachen bei *S.Oliver, Esprit, New Yorker* und so. Die fahren öfter mal am Samstag nach Itzehoe zum Shoppen. Ich komme mir dagegen wie ein Außerirdischer vor, als ich durch die Damen-Abteilung streife. Blusen, lange Strickjacken mit angewachsenen Woll-Gürteln, taillierte Hemden ... Gibt's nicht irgendwo auch was Sportlicheres?

„Kann ich Ihnen weiterhelfen?", spricht mich eine Verkäuferin an. „Suchen Sie etwas für Ihre Freundin?"

„Äh, nein, danke, ich ... guck mich nur um", sage ich schnell. Meine Ohren sind heiß und leuchten wahrscheinlich wie sonstwas.

Ein Glück, die Verkäuferin geht wieder.

Ich bleibe noch zwei, drei Minuten im Geschäft, dann halte ich es nicht mehr aus und gehe.

Niemals könnte ich so was anziehen. Nie im Leben.

Wie magisch ziehen mich die Modegeschäfte an. *New Yorker, C&A, mister*lady,* ... ich fühle mich so unwohl zwischen den Blusen, Strickjacken, Röcken, ich gehöre hier nicht hin, und doch bleibe ich jeweils so lange in den Damen-Abteilungen, bis ich angesprochen werde. Dann werde ich jedes Mal rot, bekomme Schweißausbrüche, würde am liebsten im Boden versinken, aber beim nächsten Modegeschäft kann ich dann doch nicht vorbeigehen. Es gibt sie, die sportlicheren Kleidungsstücke. Auch für Frauen. Aber man muss sie suchen, echt. Etwas davon anzuprobieren, das traue ich mich nicht. Ich hab ja sowieso kein Geld dabei. Und überhaupt: Wie sähe das denn aus, wenn ich plötzlich mit einem Damenpulli in der Umkleide verschwinden würde ...

Ich bin froh, als die Zeit rum ist und ich wieder zur Kreuzung zurück muss, um Percy zu treffen. Er wartet schon auf mich.

Er sieht entspannt aus, ganz im Gegensatz zu mir. Ich hab das Gefühl, er müsste mir ansehen, wo ich war. Mir ist schon wieder ein bisschen übel, außerdem habe ich geschwitzt. Mir ist immer noch heiß.

„Alles in Ordnung?", fragt Percy auch noch.

„Ja, ja", murmele ich.

„Schöne Stadt, oder?"

„Ja. Größer, als ich dachte."

„Du warst wirklich nie hier?"

„Nein."

„Und wo kauft ihr Klamotten ein, deine Eltern und du?"

Ich weiß gar nicht, wann meine Eltern und ich das letzte Mal zusammen Klamotten kaufen waren. Früher sind wir ein paarmal gemeinsam in Hamburg gewesen. In der Weihnachtszeit. Aber das ist eine Weile her. Das war noch zu Zeiten, als mein Vater nur selten zu Hause war. Wenn er dann kam, haben wir uns öfter eine schöne Zeit gemacht und auch mal was zusammen unternommen. Jetzt gehen wir höchstens noch in Brunsbüttel spazieren, weil meine Mutter sich zu nichts anderem aufraffen kann. Seit mein Vater bei den Chemiewerken arbeitet, geht es ihr nicht besser, sondern schlechter. Die Phasen, in denen sie zu müde ist, um aufzustehen, und die Zeiten, in denen sie über Kopfschmerzen klagt, sind häufiger statt seltener geworden und sie dauern länger anstatt kürzer. Und ihre verrückten Heulanfälle waren früher auch seltener. Dabei hat sie doch damals alles darangesetzt, dass er seinen Arbeitsplatz wechselt.

„In Brunsbüttel. Oder in Hamburg", sage ich. Den Rest behalte ich für mich.

Zurück geht es mit dem Bus über Brunsbüttel. Eine Stunde braucht der Überlandbus bis zum ZOB. Wir machen zusammen die Zeitleiste für Geschichte, was schnell geht, weil wir beide ein gutes Gedächtnis und die Daten und Zusammenhänge schnell parat haben. Für die Französisch-Lektüre dagegen brauchen wir ewig. Percy scheint echt schlecht in Französisch zu sein. Ihm fehlen haufenweise Vokabeln, und in der Grammatik hat er höchstens Grundkenntnisse.

Zwischendurch ruft mein Vater auf dem Handy an. Wo ich denn bliebe, schimpft er, es sei schon spät, ob ich mir nicht denken könne, dass sie sich Sorgen machten, gerade nach dem, was gestern passiert ist. Meine Mutter sei schon hysterisch. Ich hätte doch geschrieben, ich sei auf dem Handy erreichbar, sage ich. Kein Grund zur Sorge, spätestens um halb neun sei ich zu Hause. Dann lege ich auf, bevor mein Vater überhaupt anfangen kann, mir weitere Vorwürfe zu machen.

„Hört sich nach Stress an", meint Percy.

Ich zucke mit den Achseln. „Normalzustand."

Wir besprechen uns, dass ich direkt vom ZOB zu Fuß nach Hause gehe, während Percy mit dem Bus nach Neufeld fährt. Mein Fahrrad kann ich ja morgen abholen oder so.

Kurze Zeit später hält der Bus in Brunsbüttel am ZOB, und wir steigen aus.

Ich warte noch zusammen mit Percy auf seinen Bus. Es ist schon dunkel. Wir stehen nebeneinander am Bussteig im fahlen Licht der Straßenlaternen und schweigen.

„Danke, dass du gekommen bist", sagt Percy, als der Bus einfährt.

„Sehen wir uns morgen in der Schule?", frage ich.

„Ja." Er sieht mich an und lächelt nicht.

„Bis morgen", sage ich.

„Ja. Bis morgen."

Wir schlagen nicht ein, umarmen uns nicht, geben einander nicht die Hand. Er wendet sich ab und steigt in den Bus.

Ich warte nicht, bis er abfährt, sondern setze mich sofort in Bewegung.

Mir geht's wieder gut, seid doch froh darüber, werde ich sagen, wenn meine Eltern sich beschweren. Und wenn mein Vater dann schimpft, ich sei schuld, dass es meiner Mutter schon wieder so schlecht geht, dann werde ich ihn fest ansehen und sagen: *So ein Quatsch, ihr geht's schlecht, weil du sie am Samstag so fertiggemacht hast.* Genau das werde ich sagen, ganz sicher.

Meine Mutter sitzt am Küchentisch, den Kopf in die Hände gestützt, die Augen geschlossen. Mein Vater steht daneben und sieht mich mit vorwurfsvollem Blick an.

„Da bin ich", gebe ich mich unbekümmert, obwohl mein Herz pocht, weil ich ahne, was nun bevorsteht.

Meine Mutter hebt den Blick. Ihre Augen sind gerötet. Sie sieht fertig aus, vollkommen fertig. „Kind!"

„Was fällt dir eigentlich ein?", schimpft mein Vater. „Gestern noch müssen wir dich aus dem Klinikum abholen, und heute bist du bis in die Puppen auf Achse, ohne uns mehr als einen kleinen Zettel zu hinterlassen! Kannst du dir nicht denken, dass sich deine Mutter sorgt?"

„Nein, das kann ich mir nicht denken", gebe ich zurück. „Ich hab schließlich auf den Zettel geschrieben, dass es spät werden kann. Was wollt ihr denn noch? Ich bin keine zwölf mehr. Seid doch froh, dass es mir wieder besser geht. Oder hättet ihr es lieber, wenn ich immer noch im Bett liegen würde?!"

„Guck dir doch deine Mutter an!" Mein Vater zeigt mit der geöffneten Hand auf sie. Bilde ich mir das ein, oder macht sich Mama gerade noch kleiner? „Sie ist vollkommen aufgelöst deinetwegen. Erst deine Alkoholeskapaden, dann dein Zusammenbruch in der Schule und jetzt das! Kein Wunder, dass es ihr schlecht geht. Vielleicht denkst du zur Abwechslung auch mal an sie und nicht immer nur an dich."

Ich stehe ganz aufrecht da und sehe meinem Vater gerade in die Augen. „Nee, Papa, das ist nicht der Grund dafür, dass es Mama schlecht geht. Fass dir doch mal an die eigene Nase! Wer hat Mama denn am Samstag angeschrien? Richtig fertiggemacht hast du sie. Oder hast du das schon vergessen?"

„Kind ...", haucht meine Mutter. Sie hängt völlig kraftlos auf dem Stuhl, gleich geht es wieder los, sie wird gleich weinen und sich vor und zurückwiegen, ich sehe es ihr an, ich sehe es kommen.

„Wie redest du mit mir?!", herrscht mich mein Vater an. Sein Gesicht ist rot geworden. Plötzlich sehe ich Schweißperlen auf seiner Stirn. Waren die eben auch schon da? „Ich bin dein *Vater*, Manuela, vergiss das nicht. Du nimmst sofort zurück, was du gerade gesagt hast!"

„Gar nichts nehme ich zurück!", brülle ich. „Ich habe die Wahrheit gesagt, nichts als die Wahrheit! Und wenn du noch der Papa von damals wärst, der von früher, als ich klein war, dann würdest du das auch kapieren. *Ich* bin hier nicht das Problem, *ich nicht!*"

Ich mache auf dem Absatz kehrt, gehe in mein Zimmer und knalle die Tür zu. Mein Herz rast wie verrückt. Wie betäubt lehne ich mich an den Schrank, stehe einfach nur da und versuche, meinen Atem wieder zu beruhigen. Ich habe das gesagt, was ich mir vorgenommen habe. Aber war das jetzt gut? War das richtig? Ich habe den Blick meiner Mutter gesehen. Sie hat entsetzt geguckt, erschrocken, panisch, als ich davon sprach, wie mein Vater sie am Samstag fertiggemacht hat. Ich wollte doch nur wiedergutmachen, was ich am Samstag versäumt habe, weil ich zu feige war. Aber vielleicht habe ich damit nur alles noch schlimmer gemacht.

Ich kann durch die geschlossene Zimmertür hören, wie sie weint. Bestimmt sitzt sie immer noch am Küchentisch und wiegt sich vor und zurück.

„Bin ich denn nur noch von Verrückten umgeben?", höre ich meinen Vater sagen. Noch eine Tür knallt, kurz danach geht der Fernseher an.

Minutenlang lausche ich den Geräuschen. Irgendeine Serie, viel zu laut, dazu das leise Gewimmer meiner Mutter. Nein, das kann ich nicht ertragen. Das hat sie nicht verdient.

„Mama ..."

Sie sitzt wirklich noch in unveränderter Haltung in der Küche. Wie lange würde sie hier noch sitzen, wenn ich nicht gekommen wäre?

„Kind ..."

Sie hält mit ihrem Geschaukel inne und guckt mich an. Wie rot ihre Augen sind! Wie tief die Augenringe! Wie eingefallen ihr Gesicht! Ist das noch meine Mutter? Oder nur noch ein Schatten ihrer selbst? Früher, als mein Vater noch zur See fuhr, da hatte sie auch ihre schlechten Phasen. Aber sah sie da so schlecht aus? So ... erbärmlich?

Ich fühle mich so hilflos. Es gibt nichts, was ich tun kann, um irgendwas wiedergutzumachen. Eine ganze Weile stehe ich vor ihr, ringe nach Worten.

„Komm, Mama, ich bring dich ins Bett, okay?", sage ich schließlich. „Oder willst du noch was essen? Wir könnten uns noch Käsebrote und Kamillentee machen, wenn du willst."

Sie sieht mich dankbar an.

„Käsebrot und Kamillentee." Ihre Stimme ist dünn.

Ein paar Minuten später sitzen wir schweigend einander

gegenüber, quälen uns Käsebrote runter und spülen mit Kamillentee nach. Aus dem Wohnzimmer dringen melodramatische Serienmusik und billige Dialoge zu uns herüber. Was ist nur aus meinem Vater geworden? Ich kann kaum glauben, dass er derselbe Papa ist, dessen Heimkehr immer ein kleines Fest für mich gewesen ist. Der dafür gesorgt hat, dass die Welt in Ordnung war, auch bei uns zu Hause. Dass wir gelacht haben. Dass wir was unternommen haben. Dass es was zum Drauf-Freuen gab.

Hoffentlich kommt Percy morgen zur Schule. Wenn das mit Percy auch noch ... das würde ich nicht aushalten. *Das* nicht.

22. HOFFENTLICH.

-Percy-

Di., 6.10.

Die Hausaufgaben. Ich hätte nicht gedacht, dass
ich mal froh sein könnte, dass es sie gibt.
Auch wenn das natürlich eine Ausrede war.
Mann. Sie ist gekommen. Sie. Oder er. Mal denke ich
sie und mal denke ich er. Aber keins von beiden
passt richtig.
Morgen gehe ich zur Schule. Wirklich. Ich halte
mein Wort. Und ich habe sogar Wildmuths
schreiben. Mann hat gesagt, Karl ist kein Unmensch.
Sie - er kent ihn schon lange.
Er - sie wird es wissen.
Hofentlich.
11 Minuten. Ende.

23. GLÜCK.

– Manu –

Als ich am nächsten Morgen einen Schwenk beim Fahrradständer vorbei mache, steht Percys Rad schon da. Mir fällt ein riesiger Felsbrocken vom Herzen. Ich könnte fast schon wieder weinen, so erleichtert bin ich.

Vor dem Haupteingang treffe ich auf Phil und Tom. Wir stehen bis zum Klingeln zu dritt zusammen, es ist nur scheinbar wie immer. Wir reden über irgendwelches belangloses Zeug, es interessiert mich nicht wirklich. Da sind so viele andere Dinge, die mich beschäftigen, aber damit kann ich jetzt nicht anfangen. Während wir reden, denke ich plötzlich: Die beiden wissen eigentlich nichts von mir. Nichts, was wirklich wichtig ist. Dabei sind wir Freunde. Phil ist mit mir ins Krankenhaus gekommen. Er und Tom haben mich von der Party nach Hause gebracht. Früher war ich immer bei Phil, wenn es zu Hause nicht auszuhalten war. Er war immer für mich da, aber er weiß gar nicht, wie wichtig er für mich war und ist. Ich würde es ihm so gerne sagen, jetzt und hier. Aber das wäre wohl vollkommen unpassend.

Percy kommt anscheinend später, bestimmt ist er noch bei Dr. Karl. Ich hoffe, Karl gibt ihm noch eine Chance. Percy hat sie verdient.

Grieger guckt streng, als Percy fünfundzwanzig Minuten nach Unterrichtsbeginn den Klassenraum betritt.

„Schön, dass Sie uns auch mal wieder beehren", sagt er sarkastisch.

Wortlos legt Percy Grieger einen Zettel aufs Pult und setzt sich. Grieger überfliegt kurz das Papier und nickt Percy zu, fast freundlich sogar.

Ich bin erleichtert. Dann scheint ja alles wieder in Ordnung zu sein. Jedenfalls soweit überhaupt irgendwas in Ordnung sein kann. Ich schaue zu Percy rüber. Er lächelt. Ich lächele zurück.

Nach der Schule wartet er auf mich. Einfach so steht er da in der Tür und schließt sich mir an, als ich hindurchgehe. Zusammen verlassen wir das Schulgebäude. Es fühlt sich wundervoll an, neben Percy herzugehen, vor allem, weil er es ist, der auf mich gewartet hat. Ich könnte hüpfen, aber ich gehe einfach normal neben ihm her. Wir gehören jetzt zusammen, irgendwie.

Wir gehen gemeinsam in die Stadt, was essen beim Pizzaservice.

„Was ist mit deiner Mutter, wartet die nicht?", fragt Percy, aber ich habe keine Lust, darauf zu antworten. Ich habe überhaupt keine Lust, nach Hause zu gehen. Meine Mutter wird sowieso nicht gekocht haben, sie wird apathisch im Bett liegen. Ich hab doch mein Handy, wenn sie sich Sorgen macht, soll sie halt anrufen.

„Mein Vater ist da", sage ich schließlich, und dann beiße ich ein Stück von meiner Pizza ab.

Es ist so schön, mit Percy durch die Stadt zu streifen, wir gehen bis zu den Schleusen, setzen uns dort auf eine Bank und sehen dem Schleusenbetrieb zu. Die Schiffe kommen und gehen, große und kleine, und wir sitzen einfach nebeneinander und schweigen. Ich neben Percy und Percy neben mir. Keine fünf Zentimeter sind zwischen uns. In mir macht sich schon wieder dieses Gefühl breit, aber ich glaube langsam, ich kann mich daran gewöhnen, es angenehm zu finden. Ich würde am liebsten ewig hier mit ihm sitzen, nie wieder nach Hause gehen. Wenn mein Vater Frühschicht hat, ist es zu Hause sowieso am schlimmsten. Und nach gestern Abend ... Besser, ich denke erst gar nicht weiter daran.

Irgendwann wird uns kühl, wir stehen auf. Keiner von uns sagt etwas. Was sollen wir jetzt machen? Zur Schule zurückgehen?

„Dein Fahrrad", sagt Percy schließlich. „Es steht noch bei mir."

„Ja."

„Wann willst du es abholen?"

„Jetzt?"

„Gehen wir zu Fuß oder nehmen wir den Bus?"

„Zu Fuß, am Deich entlang?" Das dauert bestimmt zwei Stunden, aber je länger, desto besser.

Percy ist einverstanden. Wir gehen los. Percy schiebt sein Rad. In der Stadt kaufen wir uns noch ein Eis. Ich hab schon bald die Hälfte meines Taschengeldes für diesen Monat ausgegeben, und das in zwei Tagen.

Von der Stadt zum Deich gehen wir im Zickzack durch das Wohngebiet. Wir kommen am Spielplatz in der Amrumer Straße vorbei. Der ist gerade vollkommen verwaist. Mittagszeit.

„Komm, lass uns schaukeln", schlage ich vor. Wir schaukeln, ganz hoch, es macht Spaß, und wir lachen, obwohl da eine Traurigkeit drunter ist unter dem Lachen, es tut trotzdem gut.

„Phil, Tom und ich haben hier früher immer Schaukelweitsprung gemacht", rufe ich Percy zu. „Traust du dich?"

„Klar", ruft er zurück. „Aber du zuerst!"

Ich schaukele so hoch es geht und springe ab.

„Nicht schlecht!", meint Percy, dann springt auch er.

„Gewonnen!", sage ich. Ich bin mindestens einen Meter weiter geflogen als er.

„Glückwunsch", sagt Percy.

Ich laufe zurück zur Schaukel und setze mich wieder. „Weißt du, was wir noch gemacht haben?"

Percy setzt sich auf die andere Schaukel. „Rhetorische Fragen werden vom Redner selbst beantwortet." Er grinst.

„Ha ha. Also gut, ich zeig's dir." Ich drehe mich auf der Schaukel um meine eigene Achse, bis die Bänder sich so weit eingedreht haben, dass ich mit den Füßen den Boden fast nicht mehr berühren kann. „Du auch", sage ich.

Percy guckt mich belustigt an. „Das ist ja echt was ganz Neues."

„Wart's ab."

Percy dreht sich ebenfalls ein.

„Okay. Jetzt lassen wir uns ausdrehen. Wer zuerst ausgedreht ist, rennt weg, der andere ist der Fänger. Es gilt das ganze Spielplatzgelände, okay?"

„Okay ..." Percy bleibt skeptisch.

„Los!", rufe ich.

Kurze Zeit später torkeln wir lachend über den Spielplatz. Ich muss Percy fangen, aber ich hab so einen Drehwurm, ich kann ihm nicht richtig folgen. Außerdem wechselt auch er ständig seine Richtung ...

Wir spielen ein paar Runden, mal muss ich Percy fangen, mal er mich. Wir kreischen wie kleine Kinder. Beim vierten oder fünften Mal müssen wir so lachen, dass wir überhaupt keine Luft mehr kriegen, ich gebe schließlich auf, bleibe einfach stehen, aber Percy, der nicht damit gerechnet hat, läuft direkt in mich hinein. Weil uns gleichzeitig so schwindelig ist, stürzen wir in den Sand, Percy fällt fast auf mich, er kann sich gerade noch abfangen und sinkt dicht neben mir zu Boden.

Wir lachen noch immer, können gar nicht aufhören, ich bin auf einmal so glücklich, so unglaublich glücklich, ich weiß gar nicht wohin mit dem ganzen Glück. Zwei, drei Minuten brauchen wir, um uns zu beruhigen, wir liegen nebeneinander im Sand und atmen noch immer schnell. Irgendwann hört die Welt auf, sich zu drehen, und mein Atem wird ruhiger. Ich wende meinen Kopf zur Seite, zu Percy, wir schauen einander an, eine Ewigkeit lang, und das Glück füllt mich bis in die Haarspitzen aus.

„Das war schön", sagt Percy nach einer Weile.

„Ja."

Dann setzt Percy sich auf. Ich tue es ihm gleich. Percy beginnt, sich den Sand von seiner Jacke zu klopfen.

„Ich glaub, ich hab noch nie so gelacht", sagt er.

„Und ich war noch nie so glücklich", sage ich.

Und wenn ich noch länger hier sitzen bleibe, platze ich vor Glück. Ich stehe auf und klopfe mir den Sand von meiner Hose. Auch Percy erhebt sich und bearbeitet seine Jeans. Er hat Sand am Rücken. Bei Phil oder Tom würde ich jetzt einfach hingehen und es ihnen abklopfen. Mit Percy ist das was anderes. Der Sand wird schon abfallen, ganz von allein.

Wir schlagen und zupfen auch noch an unseren Klamotten herum, als da schon gar kein Sand mehr dran ist. Als mir bewusst wird, wie bescheuert das ist, richte ich mich auf. Sekundenlang stehen wir einander gegenüber und schweigen.

„Gehn wir weiter?", frage ich schließlich.

„Ja", sagt Percy.

Jetzt ist es nicht mehr weit bis zum Deich. Als wir ihn überqueren, weht uns eine leichte Brise entgegen. Der Himmel ist inzwischen aufgerissen, die Sonne scheint. Wir reden nicht viel, meistens sind es nur kurze Gespräche:

„Wie fandest du die Deutscharbeit?", frage ich. In der fünften und sechsten Stunde haben Phil, Percy und ich die Klassenarbeit nachgeschrieben. Ein anderes Gedicht, natürlich, aber es ging auch um die Wahrnehmung von Großstädten im frühen zwanzigsten Jahrhundert.

„Ganz okay. Und du?"

„Ganz gut. Mit den Hilfen unter dem Text war das Gedicht gut zu verstehen, findest du nicht?"

„Ja."

„Und dein Gespräch mit Karl?"

Er antwortet nicht.

Okay, geht mich ja auch nichts an. Aber das Ergebnis, das geht mich schon was an, finde ich.

„Du darfst aber bleiben, oder?"

Er nickt.

„Das freut mich", sage ich.

„Mich auch."

Kurz sehen wir einander an. Da ist ein kleines verlegenes Lächeln in seinem Gesicht. Und in meinem wahrscheinlich auch.

Dann gucken wir wieder geradeaus und schweigen, eine Ewigkeit lang, und ich versuche, irgendwie mit dem Kribbeln klarzukommen, das mich komplett ausfüllt und das so heftig ist, dass mir kein weiteres Gesprächsthema einfallen will.

Wir sind schon lange an der Elbe unterwegs und haben fast den Anfang der Salzwiesen erreicht, als Percy von sich aus etwas sagt:

„Wie hast du das eigentlich gemacht, so beliebt zu sein?"

Ich schaue ihn überrascht an. „Ich bin doch gar nicht besonders beliebt. Ich hab ein paar gute Freunde unter den Jungs und komme ansonsten mit allen ganz gut aus, das ist alles."

„Wurdest du nie geärgert?"

„Du meinst, weil ich ... eigentlich ... ein ... Mädchen bin?" Ich muss mich richtig zwingen, es so zu sagen. In mir sträubt sich alles gegen dieses Wort. Ich sehe mich plötzlich wieder in der Damen-

Abteilung zwischen den Strickjacken und Blusen.

„Ja."

„Ich kenne Phil schon seit dem Kindergarten. Wir waren fast wie Geschwister. Ich hab ganz oft bei ihm zu Abend gegessen, manchmal auch übernachtet, wenn meine Mutter mal wieder ... ihre ... Phase hatte. Tom und die anderen sind etwas später dazu gekommen, aber irgendwie haben sie mich immer genommen, als wäre ich einer von ihnen. Die haben das nie hinterfragt, vielleicht, weil ich es auch nie hinterfragt habe. Ich hab schon im Kindergarten bei den Vater-Mutter-Kind-Spielen immer den Vater gespielt. Ich hab da nie drüber nachgedacht früher, das war einfach so, und für meine Freunde spielte es anscheinend auch nie eine Rolle."

„Und jetzt, wo ihr älter seid, verbinden euch noch immer die gemeinsamen Erlebnisse aus der Kindheit, ja?"

„Ja, ich denke schon."

„Und die anderen? Mitschüler oder Leute aus anderen Klassen?"

„Letztens hab ich mal gedacht, ich hatte damals in der fünften und sechsten Klasse echt Glück, in Dr. Karls Klasse gelandet zu sein. Da gab es wirklich mal eine Zeit, in der mich welche geärgert haben. Aber Dr. Karl hat dann irgendwie auf eine Art und Weise mit uns gesprochen, dass das wieder aufgehört und nie wieder angefangen hat. Dass alle Menschen verschieden sind und dass das gut so ist. Dass man ein Recht darauf hat, so sein zu dürfen, wie man ist, solange man nicht die Rechte der anderen verletzt. Er hat so eine Art zu reden, dass es jeder versteht. Dass man darüber nachdenkt und merkt, dass er Recht hat."

Percy sagt nichts darauf. Ich mache meine Jacke ein bisschen weiter zu, der Wind ist doch sehr kühl. Ein paar Möwen kreisen am Himmel, ihr Gekreische verkündet einen Sturm. Jedenfalls hat mein Vater das mal erzählt, vor sieben oder acht Jahren oder so, wenn die Möwen so schreien, dann gibt es einen Sturm, hat er gesagt. Damals, als er nur selten da war und wir uns noch so richtig gut miteinander verstanden.

„Mich *haben* sie geärgert", beginnt Percy irgendwann. „Die anderen Kinder waren so fies zu mir, immer und jeden Tag. Einmal zum Beispiel, das war in der dritten Klasse, da haben sie nach dem

Sportunterricht meine Gummistiefel mit der Öffnung nach unten ins Klo getan und mich gezwungen, einen Bittbrief zu schreiben, damit ich sie wiederbekomme. Sie haben mich ausgelacht, natürlich, sie haben meinen Brief herumgezeigt und sich totgelacht, und dann bin ich vollkommen ausgerastet und habe um mich geschlagen, aber sie sind einfach weggerannt, nach Hause. Es war die letzte Stunde, und ich musste die Gummistiefel selber aus dem Klo holen und abwaschen und in klatschnassen Stiefeln nach Hause gehen. Und das war nur ein Vorfall in einer langen Reihe von ähnlichen Demütigungen, es war die Hölle. Die wussten genau, dass ich wie eine Rakete hochgehe, wenn sie mich reizen, und sie hatten ihren Spaß daran. Die Lehrerin hat immer nur gesagt, Percy, du musst dich mehr anpassen, sei nicht so neunmalklug im Unterricht und lerne endlich schreiben, dann kommst du auch besser mit den anderen Kindern klar."

„Na super." Mir tut es richtig weh, allein die Vorstellung, die sich in mir bildet, während Percy erzählt. „Wie hast du das nur ausgehalten?"

„Hab ich nicht. Ich bin total durchgedreht. Ich hab gar nichts mehr geschrieben, und wenn die Lehrerin mich dann zwingen wollte, hab ich sie angeschrien, ich müsste das nicht aufschreiben, ich könnte das so, und dann hab ich alles runtergebetet, egal was, den Aufsatz, den wir gerade schreiben mussten, die Ergebnisse der Matheaufgaben oder was auch immer es für eine Aufgabe war. Und im Unterrichtsgespräch hab ich alle Antworten reingerufen, sie konnte überhaupt keinen Unterricht mehr machen, ich hab die abstrusesten Fragen gestellt, die sie nicht beantworten konnte, nur um sie vorzuführen. Ich wusste, dass mich das noch unbeliebter machen würde, aber es war wie ein Zwang, ich hab es wieder gemacht und wieder und immer wieder."

„Du wolltest halt irgendwie die Oberhand behalten."

Er sieht mich an. Richtig komisch sieht er mich an, ich weiß nicht, traurig und froh zugleich, und warm vielleicht, ja, vor allem warm.

„Ja", sagt er nur. Und dann, nach einer ganzen Weile: „Du verstehst mich. Ich glaube, du verstehst mich wirklich. Das ... tut gut, Manu, das tut verdammt gut."

Ich weiß nicht, was ich darauf sagen soll. Natürlich verstehe ich ihn, würde das nicht jeder andere auch? Bestimmt hat er es einfach noch nie jemandem so erzählt. Er redet ja mit niemandem. Bis gestern hat er ja eigentlich auch mit mir nicht geredet.

Während ich noch überlege, was ich antworten soll, wird Percy neben mir plötzlich ganz hektisch und steigt auf sein Rad.

„Sorry, ich ... ich warte da vorne auf dich." Seine Stimme klingt gepresst, fast erstickt. Und dann ist er weg, rast wie ein Verrückter davon.

Was ist das denn jetzt? Verunsichert sehe ich ihm nach. Hätte ich was sagen sollen? Hab ich was falsch gemacht? Er fährt ewig weiter, fast bis zur Biegung kurz vor Neufeld, er ist kaum noch größer als ein Punkt, als er anscheinend vom Rad springt, den Deich raufrennt und sich dort hinsetzt. Toll, ich brauche bestimmt zwanzig Minuten, bis ich da bin, soll ich ihm jetzt hinterhersprinten? Ich könnte ja wirklich mal wieder laufen, ich bin ja wieder fit, aber wie sieht das denn aus?

Schließlich entscheide ich mich für zügiges Gehen. Wenigstens bleibt Percy da sitzen, auch als ich mich mehr und mehr nähere. Während ich da so allein am Deichfuß entlanggehe und die kreischenden Möwen beobachte, denke ich über das zurückliegende Gespräch nach. Du wolltest halt die Oberhand behalten, habe ich gesagt. Und Percy sagte, du verstehst mich, das tut gut, Manu, das tut verdammt gut. Er hat mich auch verstanden, als ich ihn gestern gefragt habe, was ich für ihn bin. Ich hab fast heulen müssen vor Erleichterung. Nur gerade so konnte ich es abwenden, vor ihm in Tränen auszubrechen.

Vielleicht ist es jetzt umgekehrt. Vielleicht ist er erleichtert, überwältigt. Vielleicht bin ich wirklich der ... oder die ... Erste, der ihn versteht. Dem ... der er sich öffnet. Vielleicht sitzt er jetzt kurz unterhalb der Deichkrone und heult.

Es stimmt: Ich verstehe ihn. Ich verstehe sogar, warum er plötzlich geflohen ist. Und bin selber überwältigt. Von allem. Davon, dass wir uns begegnet sind, Percy und ich. Dass es mit ihm so anders ist. Dass ich ihn so mag. Dass wir irgendwie miteinander verbunden sind. Dass wir einander so wichtig sind. Auf so eine besondere Art wichtig. Ich könnte rennen, ich könnte schreien, ich könnte fliegen, ich könnte zerspringen, ich bin so ausgefüllt, über-füllt von diesem wahnsinnigen Gefühl, von diesem unbegreifli-chen Etwas, das mich erfasst hat, und ich möchte es teilen, mit Percy teilen, ich möchte seine Hand nehmen und mit ihm zusam-men rennen, schreien, fliegen. Fühlst du das auch, möchte ich ihn fragen, platzt du auch gleich, komm, lass uns rennen, lass uns zu-sammen irgendwo hinrennen und einander nie mehr loslassen.

Aber ich bin noch immer mehrere hundert Meter von Percy entfernt, und wenn ich bei ihm angekommen bin, werde ich nicht seine Hand nehmen und ihn das fragen. Denn wenn er nein sagen würde, nein, ich fühle das nicht, Manu, ich bin bloß froh, endlich einen Freund zu haben, das würde ich nicht aushalten.

Ach, scheiße, warum ist er so weit geflohen, jetzt ist dieses Ge-fühl plötzlich weg, nun bin ich auf einmal so unsicher, jetzt, wo ich ihm näherkomme und fast da bin. Er sitzt immer noch auf dem Deich, einfach so im Gras, die Beine etwas angewinkelt und die Arme hinter sich aufgestützt. Vorhin hat er anders gesessen, so-weit ich es erkennen konnte, wahrscheinlich hat er wirklich ge-weint, aber jetzt hat er sich anscheinend gefangen, er sieht eigent-lich ganz entspannt aus, wie er dasitzt.

Ich gehe zu ihm hoch und setze mich neben ihn.

Stumm blicken wir beide auf den hier noch schmalen Streifen Salzwiesen und die weiten Wattflächen vor uns. Außer dem Mö-wengeschrei dringen Kiebitz-Rufe zu uns rüber, kiu-witt, kiu-witt, die Kiebitze laufen in den Salzwiesen umher, in größeren Schwärmen wie so oft. Auf der Elbe begegnen sich zwei Contai-nerriesen. Der Himmel über uns ist zerrissen, ich glaube, es ist wirklich windiger geworden, vielleicht gibt es ja tatsächlich bald einen Sturm.

„Danke", sagt Percy irgendwann.

Das Komische ist, dass ich mir sicher bin zu wissen, wie er das meint. Deshalb frage ich nicht: Wofür? Und ich sage auch nicht: Bitte. Oder: Gern geschehen. Ich schaue ihn einfach an und lä-chele.

Er lächelt zurück.

Als wir in Neufeld angekommen sind, beschließen wir, zum Hafen zu gehen. Percy stellt sein Rad ab, und dann gehen wir über die Salzwiesen in Richtung Watt. Percy kennt den Tidenkalender auswendig, Niedrigwasser ist in einer knappen Stunde. Es sieht toll aus, wenn das Wasser kommt, hat er gesagt, ich war schon oft da draußen und hab mir das angesehen, hast du Lust?

Natürlich hab ich Lust. Es ist beschwerlich, durch den hohen und manchmal struppigen Bewuchs zu gehen. Wir trampeln möglichst mitten auf die Pflanzen drauf, damit wir nicht in den nassen Schlick treten müssen. Als wir das Watt erreicht haben, ziehen wir die Schuhe aus und krempeln die Hosenbeine hoch. Zuerst ist es ziemlich kalt an den Füßen, aber nach kurzer Zeit habe ich mich daran gewöhnt. Wir sinken meist bis zu den Knöcheln ein, der Schlick glitscht bei jedem Schritt zwischen den Zehen, und die vielen Muscheln, die die oberen Wattschichten bevölkern, bohren sich kratzend halb angenehm, halb unangenehm in die Fußsohlen.

Wir gehen immer weiter raus, an einem Priel entlang, der jetzt bei ablaufend Wasser die Salzwiesen entwässert und in die Fahrrinne zur Neufelder Hafeneinfahrt mündet. Als wir die Fahrrinne erreicht haben, liegen noch immer achthundert, neunhundert Meter Elbwatt vor uns, so weit ist das Wasser jetzt bei Ebbe von uns entfernt.

„Hast du keine Angst?", frage ich Percy.

Ich hab nämlich welche. Man soll doch nicht allein ins Watt gehen, schon gar nicht, wenn gleich Niedrigwasser ist. Das Wasser kommt schneller, als man denkt, die Priele laufen zu und schneiden einem den Rückweg ab. Und es gibt Stellen, da kann man einsinken. Ich bin nicht das erste Mal im Watt, aber das erste Mal ohne Wattführer.

„Nein", sagt Percy. „Ich war schon mindestens hundertmal hier draußen. Ich kenn mich aus. Ich weiß, wie schnell das Wasser kommt und wo wir langgehen müssen."

„Hundertmal? Warum so oft?"

„Weil's schön ist. Faszinierend. Ruhig. Gewaltig. Friedlich. Immer gleich. Du wirst sehen."

Okay, denke ich, wenn du meinst.

Wir gehen bis zu einem kleinen seitlichen Priel, dann hält Percy an.

„Hier bleiben wir stehen", sagt Percy. „Wir haben Westwind, da kommt das Wasser schneller."

„Und wie lange dauert es noch?"

Er schaut auf seine Armbanduhr. „Ich denke, in zehn Minuten geht's los."

Wir stehen einfach da und warten. Der Wind bläst uns ins Gesicht und spielt mit unserem Haar. Man hört das leichte Flattern unserer Jacken, das Geschrei der Vögel und das leise Plätschern des Priels vor unseren Füßen. Noch immer rinnt das Wasser in Richtung Fahrrinne. Der Priel müsste doch irgendwann leer sein, so viel Wasser enthält er doch gar nicht, aber irgendwo kommt immer neues Wasser her, wahrscheinlich aus dem Wattboden selbst.

Vor uns liegen noch mehrere hundert Meter Watt; dahinter erkenne ich die Elbe. Am Horizont sieht man das gegenüberliegende Ufer, dazwischen Schiffe.

„Achte auf das Elbwasser, auf die Kante", sagt Percy und zeigt auf die Grenze zwischen Watt und Elbe, ungefähr dorthin, wo die Fahrrinne der Hafenzufahrt in die Elbe mündet. „Es geht bald los."

Und dann geht es wirklich los. Es *ist* faszinierend. Es sieht ein bisschen so aus, als würde die Elbe überlaufen. Ich kann es sehen, obwohl das Wasser noch so weit weg ist. Ziemlich schnell wird der Fluss breiter, verliert das Watt an Boden. Aber lange, bevor das Wasser bei uns ist, hat die Flut die Fahrrinne erreicht. Ganz leise und doch hörbar und vor allem schnell arbeitet sich eine kleine, etwa fünf Zentimeter hohe Flutwelle in unsere Richtung vor. Schneller als man rennen könnte. Aber die Fahrrinne liegt tiefer als der Wattboden, noch ist das Wasser nicht bei uns. Jetzt hat sich die Flut schon etwa die Hälfte des Watts zwischen uns und der Niedrigwasser-Wasserkante geholt. Je näher sie kommt, umso besser erkenne ich den Flutsaum, sehe, wie er zwei, drei Zentimeter höher ist als der Wattboden, wie er auf uns zukommt, geräuschlos, aber unaufhörlich.

„Das ist wirklich ein tolles Schauspiel", sage ich zu Percy. Er steht ganz dicht neben mir. Ich könnte seine Hand nehmen. Aber ich tu's nicht.

„Ich dachte mir, dass es dir gefällt."

„Und du hast das wirklich schon hundertmal gemacht?"

„Wenn ich's doch sage."

„Woher nimmst du nur die Zeit dafür?"

„Ich war die letzten Jahre nicht gerade regelmäßig in der Schule. Und nachmittags ... Außer dir war noch nie jemand mit mir hier draußen."

Seine Stimme klingt rau.

Er sieht mich nicht an.

Er wählt seine Worte immer mit Bedacht, wenn er was von sich preisgibt. Aber zwischen diesen Worten ist noch so viel mehr. Er müsste kaputt sein. Zerbrochen. Doch er ist es nicht. Es weht eine steife Brise, aber er steht hier neben mir im Watt, er ist ein bisschen größer als ich und hat breitere Schultern, als ich dachte.

Er hat mich mitgenommen an *seinen* Platz. Er hat gewusst, dass es mir gefällt.

Ich nehme seine Hand.

Sie ist warm.

Er zieht sie nicht weg.

Wir rennen nicht, wir schreien nicht, wir fliegen nicht. Aber ich zerspringe fast. Und ich wüsste so gern, ob er auch fast zerspringt.

Zu unseren Füßen strömt das Wasser des kleinen Priels in Richtung Fahrrinne. Es ist immer noch das gleiche leise fließende und ein bisschen plätschernde Geräusch. Wann sich wohl die Fließrichtung umkehrt?

Leider nicht, bevor wir gehen. Ich schätze, der Flutsaum ist noch etwa hundert Meter von uns entfernt, als Percy sagt:

„Wir sollten gehen. Komm."

Er lässt meine Hand los. Wir gehen zügig zurück. Es bleibt kaum Zeit, sich nochmal umzudrehen. Als wir beim Priel ankommen, an dem wir vorhin entlanggegangen sind, hat die Flutwelle ihn schon erreicht. Er ist fast randvoll.

Erst als wir auf dem höher gelegenen Teil der Salzwiesen sind, bleibt Percy stehen. Wir blicken uns noch einmal um und sehen, wie die Flut auch das letzte Stückchen Wattboden vereinnahmt.

24. GROSS.

-Percy-

Ohne Worte.
Dafür gibt es nämlich keine.
Echt nicht.
Kein Adjektiv könnte dem gerecht werden.
Kein Satz. Nicht mal ein Roman.
Worüber schreibe ich also? Ich weis kein Thema.
Ich habe gerade nur eins und das ist fiel (zu groß
für Worte.
Fiel zu groß.
Viel.
Mann schreibt es mit v.
Viel zu groß

Viel

zu

Groß.

10 Minuten. Ende.

25. ANGST.

– Manu –

Fängt das jetzt etwa schon wieder an? Die Leuchtziffern meines Radioweckers zeigen 1:23 Uhr, und unerbittlich springt die Anzeige jede Minute eine Zahl weiter. Ich muss doch schlafen. Aber ich bin so aufgedreht. Die Bilder und diesmal auch die Geräusche und die Worte, sie drängen schon wieder in meinen Kopf, sie ziehen hindurch wie Bänder, sie kommen von rechts, von links, von oben, von unten, von vorn, von hinten, sie kreisen durch mein Gehirn, sie fliegen umeinander und verquirlen sich zu einem Knäuel.

Wenn es wenigstens nur Bilder und Worte von Percy wären, das ginge ja noch, das wäre vielleicht sogar schön, irgendwie jedenfalls. Auch wenn ich heute Abend lange im Bad vor dem Spiegel gestanden und mich angeschaut habe. Meine Haare, meine Kleidung, mein Gesicht. Was könnte ich für Percy sein? Beides, sagt er, aber was soll das bedeuten? Und was bin ich, wenn ich es doch selber nicht weiß. Als Mädchen geboren und doch immer ein Junge gewesen, aber nun werde ich erwachsen, langsam wird es ernst, und jetzt auch noch das mit Percy ...

Ich habe seine Hand genommen, ich bin fast zersprungen, ist das Liebe? Fühlt sich das so an, wenn man verliebt ist? Er hat seine Hand nicht weggezogen, aber was heißt das schon? Ich bin kein Mädchen, jedenfalls kein richtiges, ich könnte mich nie schminken oder Blusen tragen oder diese ... Tops oder wie auch immer sie die nennen. Ich könnte mich auch nie mädchenhaft benehmen oder bewegen. Aber ein Mann will ich auch nicht werden, das ist mir klar geworden in der Nacht von Donnerstag auf Freitag und in der Nacht danach auf der Bank vor Lennys Haus. Scheiße. Selbst wenn Percy auf Jungs stehen sollte, ich werde nie ein Mann sein, ich werde immer irgendwie dazwischen sein. Irgendwo in der Mitte auf diesem beschissenen Kontinuum, von dem Percy gesprochen hat. Wie soll er da etwas anderes für mich empfinden als Freundschaft? Vielleicht hat er seine Hand nur nicht weggezogen, weil er mich nicht enttäuschen wollte.

Und vor allem nicht verlieren.

Seinen einzigen Freund.

Wir sind zusammen zurückgegangen, haben am Hafen unsere Füße gewaschen und sind dann gemeinsam so lange über den Holzsteg gelaufen, bis sie getrocknet waren. Es war schon Abend, die Sonne stand ziemlich tief und schimmerte blass durch die dünne Wolkenschicht, die am späten Nachmittag aufgezogen war. Wir waren ganz alleine da in dem kleinen Hafen von Neufeld, man hat nur uns gehört, unsere Schritte, das Flattern der Jacken im Wind, das leichte Pfeifen des Windes und das metallische Klappern in den Masten und Seilen der kleinen Segelboote. Als unsere Füße trocken waren, haben wir uns nebeneinander auf das Holz gesetzt, Percy und ich, und unsere Socken und Schuhe angezogen. Es war so schön mit ihm, wir haben wenig geredet und doch waren wir uns so verbunden, nah irgendwie, und wir sind noch ein bisschen nebeneinander sitzen geblieben und haben dem Wind zugehört, so, als hätte auch Percy den Abschied noch ein bisschen hinauszögern wollen.

Schließlich sind wir in seinen Garten gegangen, er hat sein Fahrrad abgestellt und ich hab meins aufgeschlossen. Ich musste nach Hause, dringend, es war schon viel zu spät, wir haben trotzdem noch kurz zusammengestanden, ohne wirklich etwas zu sagen: es war schön, sehr schön, fand ich auch, bis morgen, so was halt, und dann bin ich gefahren.

Als ich zu Hause ankam, war es nach acht Uhr. Mama lag im Bett und mein Vater sah fern, irgend so eine Tatortwiederholung, er hat gar nicht weiter mit mir gesprochen und mich kaum angeguckt. Ich fragte mich, ob er mit meiner Mutter geredet hat, irgendwann am Nachmittag, haben sie zusammen gegessen oder so, aber in der Küche waren keine Spuren von warmem Essen, nur Brotkrümel auf den Tellern und Butterreste an den Messern, das war alles.

Ich bin zu meiner Mutter ins Zimmer gegangen, obwohl mich der Geruch angewidert hat, und hab mich zu ihr ans Bett gesetzt.

Wie geht's dir, Mama, hab ich gefragt, aber sie hat nur eine Art Wimmern von sich gegeben, das hat mir so weh getan, warum ist sie nur immer so unglücklich. Mama, du liegst zu viel im Bett, habe ich gesagt, Mama, ich mach mir wirklich Sorgen. Ich hab sogar über ihre Decke gestreichelt, da, wo ihre Schultern waren. Da hat sie angefangen zu weinen, und ich musste daran denken, wie gut es mir getan hat zu heulen, am Montag, als ich ins Krankenhaus gebracht wurde. Da hat Phil einfach neben mir gesessen, seine Hand war auf meiner Schulter, er war einfach für mich da. Ich hab meine Mutter etwas fester gestreichelt, wein nur, Mama, hab ich gesagt, wein einfach, das tut gut, glaub mir.

Ich habe keine Kraft mehr, Kind, ich schaff das alles nicht mehr, manchmal denke ich, es ginge euch besser ohne mich. Ihre Stimme klang schrecklich und ihre Worte waren noch viel schlimmer. Nein, Mama, das darfst du nicht sagen, das darfst du nicht denken, hab ich gesagt, ich brauch dich doch, ich hab dich doch lieb.

Sie hat mich angeguckt, als wüsste sie es besser, und ich hab gedacht, vielleicht hat sie Recht, brauche ich sie wirklich? Und dann habe ich mich erschrocken, natürlich brauche ich sie, sie ist meine Mutter und Kinder brauchen ihre Mütter, ich darf so was nicht denken, ich will so was nicht denken, das geht gar nicht. Ich bin noch ein paar Minuten bei ihr geblieben und dann bin ich in die Küche gegangen, was essen, aber ich hab kaum was runtergekriegt.

Ich bin immer noch erschrocken, die ganze Zeit, ich hab irgendwie Angst, wahrscheinlich bin ich deswegen so rastlos. Ich wälze mich im Bett hin und her, 1:47 Uhr, das ist einfach alles zu viel für mich, das mit Percy, das mit mir und auch noch das mit meiner Mutter. Alles dreht sich, die Gedankenbänder fliegen immer schneller, ich bin im Watt mit Percy und halte seine Hand, wir liegen auf dem Spielplatz im Sand und lachen, und hier zu Hause liegt meine Mutter im Bett und weint. Ich hab noch nie so gelacht, sagt Percy. Das tut gut, verdammt gut, sagt er. Kind, ich schaff das alles nicht mehr, mischt sich meine Mutter ein, wo kommt denn jetzt ihre Stimme her, ich will an was Schönes denken, ich will an Percy denken, ich muss jetzt endlich einschlafen, ich muss.

Ich bin gerade dabei, mein Fahrrad am Fahrradständer vor der Schule anzuschließen, als Percy mit seinem Rad um die Ecke biegt.

„Hi", sagt er.

„Hi", sage auch ich.

Percy steigt ab und schiebt sein Rad in den Ständer. Aus seinem Rucksack ragt eine lange Papprolle. Ich muss zugeben, ich bin erleichtert. Dass er gekommen ist. Und dass er das Poster dabeihat. Ein bisschen Angst hatte ich doch, dass er sich vor dem Referat drücken könnte.

„Heute auch mit dem Rad?", fragt er.

„Ja, ich war spät dran."

Ich warte auf ihn, bis er sein Rad abgeschlossen hat, dann gehen wir zusammen zum Haupteingang.

„Du siehst müde aus", meint Percy.

„Hab kaum geschlafen."

„Ich auch." Er grinst.

Wenn er wüsste. Vielleicht erzähle ich ihm mal von meiner Mutter. Irgendwann.

Als es zur ersten großen Pause klingelt, bleiben Phil und Tom demonstrativ bei mir. Ich muss mit ihnen in die Pause gehen. Dabei ist doch gleich Percys und mein Referat, vielleicht hätten wir uns noch absprechen wollen, vielleicht wäre es ja auch wichtig für Percy gewesen, ich weiß, dass er nervös ist, er hat irgendwie Angst, vor den anderen vermutlich.

Aber Phil und Tom weichen nicht von meiner Seite, wir gehen zusammen auf den Hof, wie immer, wie früher. Es ist sehr windig, wir haben die Jacken bis obenhin zugemacht und stehen mit hochgezogenen Schultern und den Händen in den Hosentaschen zu dritt zusammen.

Ich weiß nicht, worüber ich reden soll. Komisch, das Problem kenne ich sonst gar nicht. Wir haben doch immer irgendwas zum Reden, zum Rumblödeln, aber heute ist nur Percy in meinem Kopf, und meine Mutter, die auch, die beiden blockieren alles.

„Du hängst ja nur noch mit Percy ab", eröffnet schließlich Tom das Gespräch.

„Was dagegen?"

„Nicht direkt", sagt Phil. „Du scheinst nur ... irgendwie verändert seitdem."

„Ach, Quatsch." Ich hoffe, es klingt entschiedener, als es sich anfühlt. „Alles bestens. Machen wir mal wieder was zusammen?"

Ich weiß nicht, warum ich das gefragt habe. Ob aus Pflichtgefühl oder um vom Thema abzulenken oder weil ich mich wirklich mit ihnen treffen will. Vielleicht will ich das ja. Um mich zu vergewissern, dass wir noch zusammengehören. Ich weiß es nicht. Ich weiß es echt nicht. Ich weiß nur: Es hat sich nicht gut angefühlt, das zu sagen. Ich fühle mich überhaupt nicht gut.

„Klar", sagt Phil, und Tom nickt.

Aber keiner von uns schlägt was vor.

Wir stehen einfach zusammen und schweigen. Bald ist die Pause schon wieder vorbei. Gott sei Dank.

„Neuerdings so schweigsam?", sagt Tom kurz vorm Klingeln. „Hast dich wohl angesteckt bei Percy, was?"

„Arschloch." Am liebsten würde ich ihm eine knallen. Mitten ins Gesicht.

Stattdessen drehe ich mich um und gehe.

„He, Manu, sorry ...", ruft Tom mir hinterher. „War nicht so gemeint, sei doch nicht so empfindlich!"

Ich *bin* aber gerade empfindlich. Ich kann noch nicht mal etwas antworten. Ich kann nur weitergehen, gegen diese verdammten Tränen ankämpfen, die schon wieder kommen wollen, und zusehen, dass es wieder geht, bis ich im Klassenraum bin.

Ausgerechnet jetzt müssen wir unser Referat halten.

Ich war nie nervös bei Referaten.

Heute bin ich nur ein Schatten meiner selbst. Wenn überhaupt. Ich hab tausend Gedanken im Kopf, da ist kein Platz mehr für Äthiopien.

Percy und ich hängen das Plakat auf und legen unsere Ausdrucke bereit. Percys Hände zittern dabei. Er bemerkt, dass ich es gesehen habe. Unsere Blicke treffen sich. Ich würde ihn so gern aufmunternd angucken, aber mir geht's doch genauso schlecht wie ihm, mindestens.

Die Klasse sieht uns erwartungsvoll an. Ich mag gar nicht zurückgucken, schon gar nicht in Toms Richtung.

„Sie können beginnen", sagt Grieger.

Wir haben so eine geniale Einleitung. Sie ist mein Part, so haben wir es ausgemacht.

Aber mein Kopf ist leer. Oder übervoll. Die Einleitung ... sie ist weg. Ich muss mir noch mal den Ausdruck ansehen, ich muss die Stichpunkte noch mal überfliegen.

Mit dem Referat hat alles angefangen. Hätte ich vor zweieinhalb Wochen nicht diese idiotische Anwandlung gehabt ... alles wäre noch beim Alten. Ich würde mit Phil und Tom herumalbern und hätte Spaß. Wir würden ein mittelmäßiges Referat präsentieren und ich wäre dabei selbstsicher und entspannt.

„Hey", sagt Percy leise. Es klingt richtig lieb.

„'Tschuldigung", murmele ich.

Die Einleitung. Ich überfliege sie, aber mein Gehirn kann nichts davon aufnehmen.

„Soll ich ...?", flüstert Percy.

„Ja, bitte ..."

Ich könnte heulen.

Hier und jetzt und auf der Stelle.

Percy beginnt.

Der Zettel wackelt in seiner Hand.

Er merkt es und legt ihn weg.

„Äthiopien", sagt er. „Jeder von uns hat Bilder im Kopf, wenn er an dieses Land denkt." Seine Stimme ist unsicher, er stottert sogar ein bisschen, er muss wahnsinnig nervös sein. Aber immerhin, im Gegensatz zu mir bringt er was heraus, er kämpft sich durch, und er fährt fort: „Was fällt euch ein, wenn ihr ‚Äthiopien' hört?"

„Hungerbäuche", sagt Lenny.

„Eins der ärmsten Länder der Welt", weiß Elena.

Percy stößt mich an.

„Könntest du bitte ...?", sagt er leise.

Natürlich. Oh, Mann, ich bin so ein Idiot.

Ich nehme ein Stück Kreide und schreibe an die linke Tafelseite die Wörter „Hunger" und „sehr arm".

„Marathonläufer", sagt Jan. „Haile Gebrselassie."

Ich schreibe „Marathonläufer" an die Tafel.

„Sie exportieren viel Kaffee", sagt Lisa.

Ich schreibe: „Kaffee-Export".

Dann melden sich nur noch wenige.

„Okay", sagt Percy, „lassen wir es bei diesen vier Assoziationen, denn, ehrlich gesagt, passen sie uns ganz gut in den Kram."

Einige lachen verhalten. Es ist ein freundliches Lachen. Percy hat die Klasse gewonnen, zumindest für den Moment. Und mich. Ich weiß, er hat Angst, ich weiß, er ist nervös. Aber jetzt, wo ich ausfalle, ist er da. Und er hat sogar noch Humor in dieser Situation. In mir breitet sich eine unglaubliche Wärme aus, bis in die Fingerspitzen, hab ich wirklich eben noch den Tag verflucht, an dem ich gesagt habe, wir machen das Referat zusammen?

Inzwischen hat Percy erklärt, dass wir bei der Vorbereitung des Referats gewettet haben, welche Assoziationen als Erstes kommen, und dass diese vier typisch sind für das, was die Menschen über dieses Land wissen. Er ist sicherer geworden, spricht jetzt flüssiger und deutlicher.

„Natürlich stimmen diese vier Schlagwörter", übernehme ich auf einmal ganz automatisch. „Äthiopien ist von knapp 190 Ländern auf Rang 171 im sogenannten Human Development Index, das heißt, es ist tatsächlich eines der unterentwickeltsten Länder der Welt. In den achtziger Jahren des vergangenen Jahrhunderts herrschte dort eine Hungersnot, der bis zu eine Million Menschen zum Opfer fielen. Wir in Europa haben vor allem Berührung mit Äthiopien, wenn wir den dort angebauten Kaffee trinken oder wenn wir im Fernsehen Leichtathletik gucken, denn aus Äthiopien kommen einige sehr starke Ausdauerläufer. Den berühmtesten hat uns Jan natürlich schon richtig genannt."

Alles ist wieder da, sämtliche Infos, der ganze Text, wie kann das sein? Während ich kurz innehalte und durchatme, macht Percy weiter. Er spricht davon, dass Äthiopien, wenn man sich mal näher damit beschäftigt, auch ganz andere Seiten hat, dass es vor allem eigentlich ein fruchtbares und kulturell interessantes Land ist, dass es als einziger afrikanischer Staat nie kolonialisiert war ... Ich schreibe wie abgesprochen um die vier Stichwörter vom Anfang die neuen dazu, am Ende umrahmen die elf neuen Stichpunkte, die unseren Gliederungspunkten entsprechen, die anderen, und unsere Einleitung ist beendet.

Der Rest des Referats läuft wie von selbst. Percy und ich wechseln uns ab, berichten von der geschichtlichen Entwicklung, den Religionen und dem äthiopischen Kalender und kommen schließlich zu Klima und Wirtschaft und dazu, warum Äthiopien so ein armes Land ist. Ich bin plötzlich wieder selbstsicher, schaue meine Mitschüler an, sie gucken freundlich und wirklich interessiert. Und ein bisschen überrascht vielleicht, schließlich fällt Percy gerade vollkommen aus seiner Rolle des stillen und verschlossenen Laptop-Freaks. Auch er hat anscheinend gemerkt, dass die Klasse wohlwollend ist, er wirkt souveräner, je länger das Referat dauert.

Als wir fertig sind, klatscht die Klasse spontan, sogar Tom stimmt vorsichtig in den Applaus mit ein.

Percy und ich gucken einander kurz an. Wir lächeln, erleichtert, froh. Aber hinter Percys Lächeln, in seinen Augen, da ist die Angst nicht ganz verschwunden. Ich bin mir sicher, sie sehen zu können, obwohl ich mich gleichzeitig frage, wie das sein kann, ich weiß doch gar nicht, wie das aussieht, Angst in den Augen.

In der obligatorischen anschließenden Fragerunde scheinen einige der Mitschüler wirklich interessiert, sonst würden sie nicht solche Fragen stellen. Und auch Grieger hat noch zwei, er stellt eine mir und eine Percy, sie sind ziemlich anspruchsvoll, aber wir können sie beantworten.

Danach lobt uns Grieger sehr, das sei eins der besten Referate gewesen, die er in seinen mehr als zwanzig Dienstjahren gehört habe, selbst wenn man es mit denen in Oberstufenkursen vergleiche, und er gibt uns beiden eine Eins.

Ich freue mich und schaue zu Percy rüber, aber er guckt zu Boden und schluckt.

Ich fange an, unser Plakat abzubauen, in der Klasse beginnt ein Tuscheln und Murmeln. Percy kommt zu mir, hilft mir, dann gehen wir zusammen zur Pinnwand an der Seite des Klassenzimmers und hängen das Plakat zu denen von den anderen Referaten, die unserem vorausgingen.

Grieger ist inzwischen nach vorn gegangen und hat das Wort übernommen, er fasst noch mal die zentralen Aussagen unseres

Referats zusammen und verlangt von der Klasse, sie zu dem in Beziehung zu setzen, was wir über Entwicklungsländer gelernt haben. Natürlich hat das Getuschel sofort aufgehört, denn Grieger duldet keine Seitengespräche.

„Hey, alles in Ordnung?", flüstere ich trotzdem leise Percy zu", er sieht irgendwie komisch aus, angespannt, dabei ist das Referat doch jetzt vorbei.

Er hebt nur die Schultern.

Es gibt keinen Grund mehr, noch neben Percy stehen zu bleiben, jetzt, wo das Plakat hängt. Wir gehen beide zu unseren Plätzen und setzen uns.

„Glückwunsch", sagt Phil leise zu mir – und erntet sofort einen strengen Blick von Grieger.

Tom würdigt mich keines Blickes.

Die Stunde dauert nur noch ein paar Minuten, dann klingelt es zur kleinen Pause.

„Da hast du ja voll abgesahnt, Manu", sagt Tom, als Grieger weg ist. „'Ne glatte Eins ... die hättest du mit uns sicher nicht geschafft. Wer hätte gedacht, dass –"

„Untersteh dich, auch nur ein Wort weiterzureden", herrsche ich ihn an. Er ist neidisch, wird mir plötzlich klar, er ist neidisch auf unseren Erfolg, und eifersüchtig auf Percy ist er vielleicht auch.

Tom sagt nichts mehr. Stattdessen wendet er sich seiner Schultasche zu, packt die Erdkundesachen hinein und steht auf.

Wir haben gleich Bio im Bioraum. Ich hab keine Lust, mit Tom zusammen zu gehen und auch nicht mit Phil, auch wenn sein „Glückwunsch" vielleicht ein Friedensangebot sein sollte. Ich gehe einfach so, mehr oder weniger allein, ein paar meiner Mitschüler sind vor mir, andere hinter mir. Weiter vorn ist Percy. Lenny geht neben ihm. Sie reden miteinander, aber ich kann nicht verstehen, worüber. Dafür verstehe ich einige der Gesprächsfetzen aus den Unterhaltungen um mich rum. Hättest du das gedacht ... so ein gutes Referat ... dabei sagt der doch sonst nichts ... war aber echt gut, finde ich ... stimmt schon ... Grieger war ja voll begeistert ... Messlatte ganz schön hoch jetzt ... für jemand anderen ist da jetzt bestimmt keine Eins mehr drin ... ach, Quatsch ... dieser Percy ist echt ein komischer Typ ... freut sich noch nicht mal ... von Manu war ich auch überrascht ... sonst immer so cool ... beide total nervös ... so was Albernes, bei 'ner Eins so nervös zu sein ... voll die Streber, die beiden ... Ach, bist du etwa neidisch, oder was? ...

Das Letzte, das war Steffen. Glaube ich. Ich bin mir nicht sicher. Ich sollte nicht mehr hinhören. Die meisten Kommentare sind nicht gerade sehr freundlich. Die haben doch keine Ahnung. Die wissen nichts, gar nichts. Aber ich, ich begreife gerade eine ganze Menge, glaube ich.

Warum wolltest du nicht vorlesen?, hab ich Percy letzten Dienstag gefragt.

Schlechte Erfahrungen, hat er geantwortet.

Und vorhin die Angst in seinen Augen.

Das, was ich eben belauscht habe, ist sicher nur ein harmloser Abklatsch von Percys schlechten Erfahrungen. Und selbst das hat wehgetan.

„He, Manu, tolles Referat!" Jan hat sich mir von hinten genähert und schlägt mir anerkennend auf die Schulter.

„Danke." Ich freue mich. „Hat sogar Spaß gemacht."

„Ja, Äthiopien ist anscheinend ein echt spannendes Land."

„Stimmt."

„Und Percy ... in dem steckt mehr, als man so denkt, oder?"

„Stimmt auch." Wenigstens einer, der sich anscheinend ungetrübt mit uns oder für uns freut.

Wir gehen den Rest des Weges zusammen.

Während der Biostunde ist wieder alles beim Alten. Als hätte jemand einen Schalter umgelegt. Percy sitzt da, meldet sich nicht ein einziges Mal, obwohl er sicherlich was weiß. Wahrscheinlich weiß er alles, er könnte sich immer melden, er könnte den kompletten Unterricht sprengen. Aber das hat er sich wahrscheinlich irgendwann abgewöhnt. So ein Besserwisser-Image ist ja auch wirklich nicht erstrebenswert.

Percy schweigt, wie immer, und ich bin wieder so merkwürdig nervös, fast so wie vor dem Referat. Es hat damit angefangen, dass ich überlegt habe, Jan nach dem Handballtraining der Mädels zu fragen. Ich hab nämlich Lenny immer noch nicht deswegen angesprochen. Aber ich hab auch Jan nicht gefragt, ich konnte mich nicht überwinden, die ganze Zeit nicht, bis Frau Dr. Hansen endlich kam. Jan hat mir doch auf die Schulter geklopft, wie er das nur bei einem Jungen tun würde, da konnte ich mich doch nicht nach dem Mädchentraining erkundigen ... Da war plötzlich alles wieder da, diese Unruhe, diese Unsicherheit, dieses Gefühl, dass der Boden weg ist. Dass ich einfach nicht weiß, was ich will. Wer ich bin. *Was* ich bin.

Und dann ist mir auch noch meine Mutter wieder eingefallen, sie liegt bestimmt immer noch im Bett, ich glaube, sie weiß schon gar nicht mehr, wie sich fester Boden unter den Füßen anfühlt. Denn entweder sitzt sie in einem tiefen Loch oder sie schwebt zehn Meter über dem Boden, so wie letzten Dienstag, als sie Percy vollgequatscht hat wie ein Wasserfall. Vielleicht würde sie noch immer schweben, wenn ich nicht betrunken nach Hause gekommen wäre, wenn mein Vater sie nicht so fertiggemacht hätte, seitdem sitzt sie wieder in ihrem Loch, aus dem sie auch noch alles Licht aussperrt. Ich hab keine Kraft mehr, Kind, manchmal denke ich, es ginge euch besser ohne mich. Scheiße, ich hab Angst. Ich hab eine Scheiß-Angst. Wie sie mich angeguckt hat. Ich brauch dich doch, ich hab dich lieb, meine Worte waren so verzweifelt wie leer. Und sie wusste es. Verdammt, sie wusste es.

„Manu?"

Frau Dr. Hansen hat mich anscheinend drangenommen.

Ich hab keine Ahnung, worum es überhaupt geht.

„Ich ... hab ... nicht aufgepasst", stammele ich. „Entschuldigung. Darf ich ... darf ich mal rausgehen? Mir geht's nicht gut."

„Bitte."

Die Benutzung von Handys ist in der Schule eigentlich verboten. Ich wähle trotzdem die Nummer von zu Hause, als ich auf dem Schulhof in einer schwer einsehbaren Ecke angekommen bin.

Ich lasse es ewig klingeln.

Nichts passiert.

Mama, geh doch bitte ran! Bitte!

Warum geht sie nicht ran? Schafft sie es nicht mal bis zum Telefon? Schläft sie so tief? Ist sie auf dem Klo? Oder hat sie etwa ...

Ich hab noch ganze zwei Stunden vor der Mittagspause.

Soll ich etwa einfach zurück in den Unterricht gehen und zur

Tagesordnung übergehen? Was ist, wenn ...

Meine Finger zittern, als ich die Wahlwiederholungstaste drücke. Ich lasse es noch mal klingeln, zehnmal, elfmal, ...

Bitte, Mama, bitte geh ran!

„Andresen.“

„Mama.“

„Kind. Warum rufst du aus der Schule an?“ Sie klingt müde, schwach, aber um Haltung bemüht.

„Ich ... wollte mal hören, wie es dir geht.“

„Ach, Kind, das ist aber lieb von dir. Du musst dir keine Sorgen machen. Das wird schon wieder.“

„Soll ich zum Essen kommen?“

„Wie du möchtest, Kind. Es ist noch Brot da ...“

Eine schöne Umschreibung für: Ich werde aber nicht kochen. Nicht schon wieder Brot. Womöglich mit Kamillentee. Nein, danke.

„Ich ess was hier in der Schule, Mama, okay?“

„Ist gut, Kind. Bleib ruhig in der Schule, da bist du unter deinen Freunden, das ist bestimmt besser für dich.“

Ach Quatsch, Mama, mit dir zu essen ist doch auch schön, das will sie bestimmt hören. Aber diesen Gefallen tue ich ihr nicht. Heute nicht.

„Bis später, Mama“, ist alles, was ich herausbringe.

Wie betäubt lege ich auf.

Sie lebt noch.

Sie sagt, ich muss mir keine Sorgen machen.

Hab ich aber. Die ganze Nacht und den ganzen Morgen. Und eben, als sie so ewig nicht ans Telefon gegangen ist.

Aber gut, sie ist einverstanden, dass ich nicht komme. Umso besser. Ich schalte das Handy aus und gehe zurück in den Biounterricht.

Ich gehe tatsächlich nicht nach Hause in der Mittagspause. Stattdessen fahre ich mit Percy zu McDonald's. Er hat mich eingeladen zu Hamburger und Pommes, zur Feier des Tages, wie er gesagt hat. Es war so schön, wie er nach der Schule auf mich gewartet hat, wir haben uns angelächelt und sind zusammen zu den Fahrradständern gegangen, wir zwei zusammen im Wind, und als wir fast da waren, hat er mich gefragt. Mit einem vorsichtigen Lächeln, so, als hätte er Angst, ich könnte nein sagen.

Sowas Abwegiges.

Während wir bei McDonald's sitzen und zusammen essen, schweigen wir die meiste Zeit. Manchmal sehen wir uns an und lächeln. Manchmal schauen wir aus dem Fenster. Manchmal gucken wir aufs Tablett. Manchmal gucken wir die anderen Gäste an. Irgendwohin muss man ja gucken.

„Danke für die Einladung", sage ich irgendwann, als ich das Schweigen nicht mehr aushalte. Das, was ich eigentlich sagen möchte, bleibt in mir eingeschlossen.

„Bitte, gern geschehen."

Wieder sein unsicheres Lächeln, das ich so mag.

Wieder dieses unbändige Glücksgefühl in mir, das stärker ist als alles andere. Das mir fast die Tränen in die Augen treibt und keinen Platz lässt für irgendwas anderes, noch nicht mal richtig für den Hamburger und die Pommes, die ich irgendwie kaum runterkriege.

Ich schaue weg, aus dem Fenster. Es ist ziemlich windig. Heute Morgen haben sie im Radio eine Sturmflutwarnung für das Wochenende herausgegeben. Der Sturm komme aus Westen und baue sich langsam auf, haben sie gesagt, über mehrere Tage, es werden stark erhöhte Pegel in der Elbe erwartet.

„Es soll eine Sturmflut geben, in der Nacht von Samstag auf Sonntag", sage ich.

„Ja, hab ich auch gehört."

„Die Elbe sieht schwarz und böse aus bei Nacht, wenn Sturm ist."

„Ich weiß."

Selbstverständlich weiß er das. Wer sich ständig im Watt rumtreibt, geht bestimmt auch nachts bei Sturmflut raus auf den Deich. Ich würde so gern mit ihm zusammen zur Elbe gehen, heute Nacht und morgen Nacht und am Wochenende natürlich auch. Ich würde sowieso am liebsten bei ihm bleiben, jetzt und nachher und morgen und immer.

„Was machst du heute Nachmittag?"

„Ich muss nach Itzehoe, gleich nach Sport."

„Kann ich ... mitkommen?"

„Die Stadt hat's dir wohl angetan?"

„Ja, total."

„Dann komm halt mit."

Er sagt es genauso wie vorgestern, im gleichen Tonfall. Aber diesmal nicht mit einem unsicheren Lächeln, sondern mit einem wissenden Grinsen.

Das ist überhaupt das Beste an Percy. Dass wir uns verstehen, ohne viele Worte zu machen. Einfach so.

26. NICHT IN ROSA, ODER?

– Manu –

Percy und ich zusammen im Bus, wir sitzen einander schräg gegenüber, wie vor zwei Tagen, nur andersrum, ich sitze in Fahrtrichtung und er über dem Radkasten. Unsere Knie berühren einander, an der Außenseite, ein bisschen nur. Keiner von uns beiden rückt zur Seite, wir lassen es so, eine ganze Weile. Es ist nur eine Berührung unserer Hosen und doch ... fühlt es sich an nach mehr. Nach Wärme. Nach Nähe. Nach Zusammengehörigkeit.

In Itzehoe gehe ich diesmal durch die Fußgängerzone. Von Klamottengeschäften halte ich mich lieber fern. Schon die Schaufenster der Schuhgeschäfte geben mir fast den Rest. Und sofort verflüchtigt sich die Wärme, die ich eben noch verspürt habe, als ich neben Percy herging, als sich alles irgendwie gut anfühlte; stattdessen ist die Unsicherheit wieder da, die Angst. Was empfindet Percy für mich? Was bin ich für ihn? Was werde ich sein, wenn ich erwachsen bin? Eine ganz normale Frau bestimmt nicht. Niemals könnte ich in Pumps rumlaufen. Oder in Ballerinas. Oder in Riemchen-Sandaletten ... Und eine Handtasche tragen ...

Ich schaue mich um, es sind ziemlich viele Leute in der Fußgängerzone unterwegs. Ich sehe mir die Frauen an, sie sind unterschiedlich gekleidet, natürlich, aber eindeutig weiblich, ob es die Schuhe sind oder der Blazer oder die Jacke oder die Handtasche oder alles zusammen, sie sind Frauen und sie scheinen das vollkommen normal zu finden und sehr zufrieden damit zu sein. Da sind junge Frauen und mittelalte und auch ältere Frauen, sie gehen allein oder zusammen mit anderen, manche zusammen mit ihren Männern oder irgendwelchen Männern, wer weiß das schon, sie eilen dahin oder schlendern, sie verweilen vor den Auslagen der Geschäfte oder stehen zu zweit oder in kleinen Gruppen zusammen und unterhalten sich ... Es ist ein Kontinuum, hat Percy gesagt. Diese Frauen hier, die sind alle ganz am Ende der weiblichen Seite, eindeutig.

Ich fange an, mich selber zu beobachten beim Gehen, ich gehe anders als sie, ich mache größere Schritte, ich wackele nicht so mit dem Po wie viele von ihnen, ich hab die Hände in den Hosentaschen, weil mir ein bisschen kalt ist – wie wirke ich auf mögliche Beobachter? Wie ein fünfzehnjähriger Junge? Oder wie ein Mädchen, das immer gern ein Junge gewesen wäre?

Das führt doch zu nichts, diese Gedanken bringen nichts, ich werde noch ganz zittrig und nervös. Zum Glück kommt auf der rechten Seite ein Buchladen, ich gehe hin und schaue mir die Auslagen an, vielleicht lenkt mich das ab. Ich durchforste den Wühltisch mit den Mängelexemplaren, jede Menge Kinder- und Jugendbücher sind darunter, viele von ihnen sollen nur zwei oder drei Euro kosten. *Hanni und Nanni sind immer dagegen* fällt mir in die Hände, ich hab als Kind fast alle Enid-Blyton-Bücher gelesen, aber um Hanni und Nanni hab ich immer einen großen Bogen gemacht. Fünf Freunde, Die verwegenen Vier, die Geheimnis-Serie, die Abenteuer-Serie, das war meine Lektüre, ich hab sie alle verschlungen, besonders die Fünf Freunde natürlich, wegen George wahrscheinlich, die eigentlich Georgina heißt, aber auf keinen Fall so genannt werden will. Schade eigentlich, denke ich plötzlich, die Enid-Blyton-Figuren werden ja nie älter, das wäre doch mal interessant gewesen, wie es George erging, als sie erwachsen wurde. Schon wieder diese Gedanken, ich komme einfach nicht los davon, selbst hier vor dem Buchladen nicht. Das Hanni-und-Nanni-Buch soll zwei Euro kosten, ich zittere richtig, als ich es vom Wühltisch nehme und darin blättere. Und als ich damit zur Kasse gehe und es bezahle, ich weiß auch nicht, wie ich eigentlich dazu komme, das zu tun, fange ich an zu schwitzen und habe das Gefühl, die Kassiererin sieht mich schon komisch an.

„Für meine kleine Schwester", höre ich mich sagen, wie blöd bin ich eigentlich, ich bin fünfzehn und kaufe ein Buch für Zehnjährige und krieg auch noch Schweißausbrüche, aber die Kassiererin hat das Buch schon in eine Tüte gepackt und hält es mir entgegen.

„Danke", sage ich, nehme die Tüte und verlasse den Laden. Ich schaffe es kaum, in normalem Tempo zu gehen, am liebsten würde ich die Tüte fallen lassen und weglaufen.

Auf dem Rückweg zum Treffpunkt mit Percy gehe ich noch zu Intersport, das ist ein richtig großer Laden. Der Anblick der Sportklamotten beruhigt mich irgendwie. Ich streife durch die Outdoor-Abteilung, so eine Adidas-Windstopperjacke hätte ich gern, da könnte mir sogar das Damenmodell gefallen, aber ich hab nicht genug Geld, schade eigentlich. Es ist gerade kein Verkäufer in der Nähe, Anprobieren kostet ja nichts, ich nehme mir wirklich das Damenmodell vom Ständer, in Größe 38, 40 und 42, ich hab ja keine Ahnung, welches meine Größe ist, und verschwinde damit in der Umkleide. Nicht, dass ich in die Umkleide gehen müsste, aber ich möchte mich erstmal allein betrachten, ungestört, unbeobachtet.

In Größe 38 sieht die Jacke direkt passabel aus an mir, ich bleibe eine ganze Weile mit dem Teil in der Umkleidekabine vor dem Spiegel, betrachte mich von allen Seiten in allen möglichen Posen. Ja, mir gefällt die Jacke, ich gefalle mir in der Jacke, sie ist ein bisschen tailliert geschnitten, aber vor allem sportlich, und ich sehe darin aus wie ... ein jungenhaftes Mädchen. Fast wie ein Junge. Aber ich könnte eben auch ein Mädchen sein. Beides halt. Oder irgendwas dazwischen. Ich hab ein Hanni-und-Nanni-Buch in der Tüte und trage eine sportliche Damen-Windstopperjacke, dazu eine hellblaue Jungs-Jeans und Turnschuhe. Verrückt. Neu. Komisch. Aber irgendwie auch ... okay.

Den Weg vom Sportgeschäft bis zu unserem Treffpunkt lege ich im Laufschritt zurück. Zwar rennt niemand sonst durch die Fußgängerzone, aber es tut gut zu rennen, außerdem war ich viel zu lange in der Umkleidekabine, bestimmt wartet Percy schon.

Ich sehe ihn schon von weitem, er steht wirklich da und wartet, und als er mich sieht, kommt er mir entgegen. „Wo warst du denn noch so lange?"

„Ich hab was ziemlich Verrücktes gemacht." Ich will wissen, wie er reagiert, unbedingt. Und deshalb rede ich sofort weiter, bloß nicht nachdenken. „Ich hab ein Hanni-und-Nanni-Buch gekauft und bei Intersport eine *Damen*-Windstopperjacke anprobiert."

„Aber nicht in rosa, oder?" Er grinst.

Und ich zerspringe gleich. Weil er so ... weil er nichts Besseres hätte sagen können.

„Nee, grau-schwarz, und hellgraue Streifen."

„Darf ich ... sie sehen?"

„Und unser Bus?" Der fährt in zehn Minuten, und wir müssen doch noch zur Haltestelle.

„Um zehn vor acht fährt noch einer. Wir hätten also noch fast 'ne Stunde. – Wenn du magst."

Mag ich? Will ich? Trau ich mich?

Jetzt oder nie.

Außerdem bedeutet es eine weitere Stunde mit Percy.

„Okay."

Augen zu und durch.

Wir gehen zurück.

Ich bin nervös.

Ich hätte ihm das nicht erzählen sollen.

Andererseits ... wenn er vielleicht wirklich mehr als nur einen Freund in mir sieht. Wenn es ihm egal ist, ob ich ein Mädchen bin oder ein Junge oder irgendwas dazwischen. Wenn er mich vielleicht auch so sehr mag wie ich ihn. Er hat seine Hand gestern nicht weggezogen. Und vorhin im Bus nicht sein Knie. Jetzt will er mich in dieser Jacke sehen. Wenn ich doch nur wüsste, was er für mich empfindet! Wenn ich doch nur sicher sein könnte!

Bei Intersport in der Outdoorabteilung angekommen, ziehe ich die Jacke erst in der Umkleidekabine an. Allein. Zum Mut sammeln. Ich schaue mich noch mal im Spiegel an. Ja, ich gefalle mir in der Jacke. Immer noch.

Als ich den Vorhang zur Seite ziehe und mich mit der Jacke Percy präsentiere, versuche ich selbstbewusst auszusehen. Keine Ahnung, ob es mir gelingt. Es fühlt sich nicht so an.

„Das sieht gut aus. Echt", sagt Percy. Er lächelt.

„Danke." Meine Stimme ist belegt.

„Kauf sie doch."

„Bisschen teuer."

„Dann wünsch sie dir zu Weihnachten oder zum Geburtstag, je nachdem, was eher ist."

„Weihnachten. Ich hab erst im Juni Geburtstag."

„Dann zu Weihnachten."

Oh Mann, Weihnachten. Wie das wohl wird. Letztes Jahr ging es meiner Mutter ganz gut. Aber dieses Jahr ... Ich will es mir lieber nicht vorstellen.

„Mal sehen", sage ich nur.

Als wir das Sportgeschäft verlassen, fällt mir auf, dass ich einen Wahnsinnshunger habe. In der Nähe ist ein Pizza-Imbiss. Wir haben noch Zeit und essen eine Pizza auf die Hand. Auch hier in Itzehoe pfeift der Wind, und jetzt, wo es Abend wird, wird es ziemlich kalt. Gut, dass wir einigermaßen warm angezogen sind; wir haben beide Regenjacken in unseren Rucksäcken, die ziehen wir jetzt zusätzlich über, das hilft gegen den Wind.

Dann gehen wir zur Bushaltestelle zurück. Während wir auf den Bus warten, ruft Percy seine Mutter an und sagt ihr, dass er erstens später kommt und zweitens schon gegessen hat.

„Bin mit Manu in Itzehoe", fügt er als Erklärung hinzu.

Offenbar freut sich seine Mutter.

„Ja, finde ich auch", sagt er. „Also dann, bis irgendwann."

Dann legt er auf.

„Was ist mit deinen Eltern?", will Percy wissen. „Die müssen sich doch Sorgen machen, wo du bleibst."

Ich hab keine Lust anzurufen. Ich hab noch nicht mal Lust, an sie zu *denken*.

„Ich hab denen gesagt, ich weiß nicht, wann ich komme. Die kennen das schon von mir, ich war schon als Kind ziemlich unabhängig."

Der Bus kommt. Percy steigt vor mir ein. Während wir nach hinten gehen, ziehe ich heimlich mein Handy aus der Hosentasche und vergewissere mich, dass es noch immer ausgeschaltet ist. Ich hab es nach Schulschluss nicht wieder angestellt. Bestimmt hat mein Vater schon mehrfach versucht, mich anzurufen. Soll er doch.

Im Bus sitzen Percy und ich nebeneinander, ziemlich weit hinten. Es ist ein Reisebus, wir haben die Rückenlehnen ein wenig schräggestellt, die Leselampe über uns angeschaltet und lesen zusammen das Hanni-und-Nanni-Buch.

„Zeig mal deine neue Errungenschaft", hat Percy gesagt, als wir ein paar Minuten unterwegs waren.

Ich hab das Buch aus der Tüte genommen und Percy gegeben.

„Hast du schon mal so was gelesen?", hat er gefragt.

„Nee, du?"

„Auch nicht."

„Ist bestimmt total bescheuert."

„Bestimmt. Man kriegt wahrscheinlich Ausschlag vom Lesen."

Er hat gegrinst. Und dann ist er ein bisschen an mich herangerutscht, hat das Buch aufgeschlagen und es zwischen uns gehalten. Jetzt sind wir schon auf Seite 22. Ich lese schneller als Percy, und immer wenn ich am Ende einer Seite warte, bis er umblättert, spüre ich die Wärme, die meinen ganzen Körper ausfüllt, so sehr, dass ich es kaum aushalten kann. Ich sitze Arm an Arm, Schulter an Schulter mit Percy, wir lesen zusammen ein total altmodisches und ein bisschen kindisches Mädchenbuch, ich fühle mich so verbunden, so zusammengehörig mit Percy. Meinetwegen könnte die Busfahrt noch drei Stunden dauern und dieser Abend niemals enden.

Aber natürlich sind wir bald da. Als wir am ZOB aussteigen, ist es sehr windig. Man hört die Bäume rauschen, die Baumkronen biegen sich sogar ein wenig.

„Windstärke fünf", sagt Percy. „Das sind dreißig, fünfunddreißig Stundenkilometer."

„Und dann noch Westwind", füge ich hinzu. „Die acht Kilometer zu dir nach Hause sind bestimmt kein Spaß. Willst du nicht lieber den Bus nehmen?"

„Es fährt keiner mehr."

„Oh."

Wir sind bei den Rädern angekommen und stehen jetzt etwas unschlüssig daneben.

„Vielleicht kann dich deine Mutter mit dem Auto abholen. Oder dein Vater", sage ich.

„Meine Mutter. Mein Vater lebt nicht mehr bei uns. Meine Eltern haben sich getrennt, als ich dreizehn war."

„Sorry, das wusste ich nicht."

„Ist lange her. War besser so."

Er greift in seine Hosentasche und holt sein Handy hervor. Ohne ein weiteres Wort in meine Richtung drückt er ein paar Tasten und hält sich dann das Handy ans Ohr.

„Ich bin's, Mama. ... Ja, wir sind jetzt in Brunsbüttel am ZOB, aber es fährt kein Bus mehr. Es ist Westwind, Stärke fünf ... Ja, genau ... Das wär super ... Danke, bis gleich ... Tschüs, Mama."

Was für ein entspanntes Telefonat. Offensichtlich hat sie es sogar sofort von selbst angeboten, ihn abzuholen.

Percy setzt sich in Bewegung und steuert auf den Unterstand zu. Dort können wir im Windschatten sitzen. Wir nehmen nebeneinander auf der Bank Platz.

„Ich warte noch, bis deine Mutter kommt", sage ich.

„Musst du nicht."

„Möchte ich aber."

„Dich zieht's wohl nicht gerade nach Hause."

„Kann man so sagen. Bei uns ist es nicht so entspannt wie bei euch."

„Das war auch nicht immer so. Meine Eltern haben sich andauernd gestritten."

„Worüber?"

„Über mich. Mein Vater war der Ansicht, meine Mutter würde mich in Watte packen und mir alles durchgehen lassen. Sie waren immer unterschiedlicher Meinung, was das Richtige für mich ist. Die haben sich oft richtig angeschrien. Und ich musste das immer mit anhören, in unserem Haus kann man nicht schreien, ohne dass man es in meinem Zimmer hört. Es wurde immer schlimmer, und es blieb nicht dabei, dass nur die beiden stritten. Wenn mal wieder was vorgefallen war in der Schule und mein Vater das mitgekriegt hatte ... du willst gar nicht wissen, was er alles zu mir gesagt hat und wie er geschrien hat und ..." Er bricht ab und presst die Lippen aufeinander. Ein paar Sekunden vergehen, bevor er weiterspricht. „Als ich dreizehn war, hat meine Mutter ihn rausgeworfen."

„Und jetzt? Habt ihr noch Kontakt?"

„Nein. Wenn ich mein Abitur habe, dann schreib ich ihm 'ne Karte. Handschriftlich." Er lacht kurz auf, aber es ist kein schönes Lachen. Es klingt bitter, verletzt.

Ein stechender Schmerz breitet sich in meinem Brustkorb aus. Es war schon schlimm, im Bett zu liegen und zu hören, wie mein Vater meine Mutter fertig macht. Bloß weil ich von einer Party betrunken nach Hause kam. Aber ich bin fünfzehn und habe keine Probleme in der Schule. Ich hatte wenigstens eine halbwegs schöne Kindheit. Mit Freunden und allem Drum und Dran. Percy dagegen hatte nichts davon. Ich stelle mir das vor, wie er in seinem Zimmer sitzt oder im Bett liegt und seine Eltern streiten hört. Seinetwegen. Er muss sich furchtbar schuldig gefühlt haben.

Ich würde gern etwas sagen, aber habe keine Worte, mit denen ich ausdrücken könnte, was ich fühle, und die gleichzeitig trösten können.

Neben mir zieht Percy die Nase hoch. Weint er? Es ist zu dunkel, als dass ich es erkennen könnte.

Ich lege meine Hand auf seinen Oberschenkel. Das ist alles, was ich tun kann.

Er legt seine Hand auf meine und hält sie fest.

Wir bleiben so sitzen, bis Percys Mutter kommt. Ich helfe noch dabei, das Fahrrad im Kofferraum des Kombis zu verstauen, und sehe den beiden eine ganze Weile hinterher, als sie losgefahren sind. Dann mache ich mich auf den Heimweg.

27. SEHR.

–Percy–

Ein einziger Tag und sofiel passiert. Das Referat
war richtig gut. Die Klasse war direckt freund-
lich. Lenni hat sich für mich gefreut.
Wir haben uns unterhalten, es hat sich gut
angefült, richtig.
Vielleicht mag er mich sogar.
Vielleicht mag mich auch Swen.
Vielleicht bin ich doch zum mögen geeignet.

Manu gieng es nicht gut. Irgendwas ist mit ihm-ihr.
Mit ihren-seinen Eltern oder mit der Mutter
hauptsechlich. Manu spricht nicht darüber. Doch
ich bin wol der letzte der verlagen kann, das
sie-er was erzelt. Er-sie wird es tun, wen der
richtige Zeitpunkt gekommen ist. Ich werde
warten.
So wie Manu auch wartet und mich nicht drengt.

184

Manu ist das beste was mir je passiert ist.
Weil wir zusammen lachen.
Weil er-sie mich versteht.
Weil sie-er einfach ihre-seine Hand auf mein
Bein gelegt hat. Ohne Worte.
Weil Manu ist wie sie-er ist.
Weil Manu mich mag.
Und weil -
ich Manu mag.
Sehr.

28. Ein Stück vom Innersten.

– Manu –

Ich höre es schon im Treppenhaus, und in mir zieht sich alles zusammen. Meine Mutter heult und mein Vater redet auf sie ein. Je näher ich der Wohnungstür komme, desto klarer dringen die Stimmen zu mir durch.

Es geht um mich.

Um mich.

Am liebsten würde ich auf der Stelle kehrtmachen.

Ich will da nicht rein, ich will das nicht mitkriegen. Ich will das alles nicht hören und nicht sehen.

Lange bleibe ich vor der Wohnungstür stehen. Mein Herz rast und schlägt gleichzeitig viel zu heftig.

„Jeden Tag kommt sie später nach Hause", höre ich meine Mutter heulen. „Es ist wegen mir. Es ist wegen miiiiir. Wegen mi-hi-hi-hiiiir. Wegen ..."

„Marianne, jetzt beruhige dich doch endlich!" Die Stimme meines Vaters legt sich über das Gewimmer meiner Mutter. Er klingt so ... so abgrundtief genervt und gleichzeitig unendlich hilflos. „Beruhige dich, jetzt beruhige dich doch ..."

Aber Mama beruhigt sich nicht, natürlich nicht. Sie heult weiter und mein Vater redet auf sie ein, vergeblich. Die beiden sind gefangen in einer Schleife, sie sagen im Grunde immer dasselbe, immer wieder und es bringt rein gar nichts und es hört nicht auf.

Wie gelähmt stehe ich vor der Tür, mein Herz pocht schnell und heftig, ich kann kaum atmen und drinnen wimmert meine Mutter und mein Vater wird immer lauter.

Ich weiß nicht, wie lange ich da schon so stehe, als ein oder zwei Stockwerke weiter oben plötzlich Geräusche zu hören sind. Eine Wohnungstür wird geschlossen, dann höre ich Schritte von mindestens zwei Personen auf der Treppe. Oh Gott, wenn sie mich hier vor der Tür stehen sehen. Und dazu Mamas Geheule.

Meine Hände zittern, während ich hastig den Wohnungsschlüssel ins Schloss stecke. Aber ich bin in der Wohnung und schließe die Tür, bevor die von oben mich gesehen haben.

„Manuela!"

„Manueeelaaaaaa!"

Gleichzeitig rufen meine Eltern meinen Namen. Mein Vater streng und herrisch, meine Mutter langgezogen und schwach.

Ich ziehe mir die Schuhe aus, werfe meinen Rucksack neben die Garderobe und gehe ins Wohnzimmer. Meine Mutter sitzt auf dem Sofa, im Bademantel, ihre Haare sind durcheinander und ihre Augen rot. Sie sieht blass aus und kraftlos. Würde man dem Wort Elend ein Angesicht geben wollen, meine Mutter wäre die perfekte Illustration.

Mein Vater ist offenbar im Wohnzimmer auf und ab gegangen, so kommt es mir vor, so wie er jetzt innehält und mich anschaut. Auch er sieht fertig aus. Müde. Abgekämpft.

„Wo warst du nur schon wieder so lange?", brüllt er. „Siehst du nicht, was hier los ist? Vorgestern war es nach neun, gestern nach acht, und heute halb zehn ... Denkst du, du kannst hier kommen und gehen, wie es dir passt? Deiner Mutter geht es schlecht, und du vergnügst dich bis in die Puppen?"

Ich denke plötzlich, es ist egal, was ich antworte. Es interessiert sie gar nicht, wo ich war. Ihn nicht und sie nicht. Es interessiert sie nicht im Geringsten, ob ich einen schönen Tag hatte. Dass ich ein Recht auf schöne Tage habe und nicht verpflichtet bin, mich Tag und Nacht um meine Mutter zu kümmern und ihr Gejammer auszuhalten.

„Ich war mit Percy in Itzehoe", sage ich trotzdem. „Und es war schön."

„Warum gehst du nicht wenigstens an dein Handy?" Meine Mutter klingt, als müsse sie die allerletzten Kräfte mobilisieren, um diese Frage zu stellen. „Warum stellst du es einfach ab?"

„Weil ich ein Recht habe auf normale, schöne Tage, Mama."

Scheiße. Ich habe es wirklich gesagt.

Meine Mutter sieht mich erst mit schreckgeweiteten Augen an, dann sinkt sie in sich zusammen und stößt ein Wimmern aus, lang und hoch, es klingt fast wie ein Pfeifen, und dann stellt sie ihre Füße auf die Sitzfläche des Sofas, schlingt ihre Arme um die Beine, vergräbt ihren Kopf zwischen den Knien und wiegt sich vor und zurück. „Ich hab's doch gesagt ... es ist wegen mir ... wegen miiiiiir ... ich hab's doch gesagt ... wegen miiiiiiiiir ..." Ihre Stimme ist hoch und dünn, mehr ein Hauchen, und doch bohrt sie sich wie ein Messer in mich, in meinen Kopf, in mein Herz, in meinen Magen, sie ist allgegenwärtig in mir und ich will sie loswerden, ich kann das nicht ertragen, ich muss weg hier.

Mein Vater macht einen halben Schritt auf meine Mutter zu, hält dann aber inne und fährt sich durch die Haare. Er sagt nichts. Nichts zu meiner Mutter und nichts zu mir. Er steht einfach da und meine Mutter wiegt sich vor und zurück und hängt in ihrer Endlosschleife fest und das Messer in mir schneidet sich immer tiefer in meinen Magen.

„Mama, hör auf!", flehe ich. Ich müsste jetzt zu ihr hingehen, sie in den Arm nehmen, sie ins Bad schicken. Käsebrote und Kamillentee machen.

Käsebrote und Kamillentee.

Mir wird schlecht.

Ich muss mich übergeben.

Ich renne ins Bad, zum Waschbecken, halte mein Gesicht in den eiskalten Wasserstrahl und trinke ein paar Schlucke.

Das hilft.

Mein Magen beruhigt sich.

Wenigstens das.

Ich stelle das Wasser ab und vergrabe mein Gesicht im Handtuch. Aber jetzt, wo das Wasser nicht mehr rauscht, höre ich wieder meine Mutter heulen.

Ich will das nicht hören.

Ich will nicht hier sein.

Ich kann nicht wieder ins Wohnzimmer gehen.

Ich kann hier nicht bleiben.

Ich kann nicht.

Ich *kann* nicht.

Es klopft an der Tür.

„Manuela? Alles in Ordnung?" Es ist mein Vater.

Wie kann er fragen, ob alles in Ordnung ist? Merkt er nicht, dass *nichts* in Ordnung ist? Dass diese Frage der blanke Hohn sein *muss?*

„Ich komme gleich", rufe ich durch die geschlossene Badezimmertür. „Du musst Mama in den Arm nehmen. Mach ihr einen Tee. Bring sie ins Bett. Mach *irgendwas!*"

Ich kann hören, wie mein Vater wieder geht.

Es ist mir egal, dass es draußen stürmt. Es ist mir egal, dass es Nacht ist. Es ist mir egal, dass es sieben Kilometer bis zu Percy sind. Während mein Vater in der Küche den Wasserkocher anstellt und meine Mutter im Wohnzimmer nur noch ganz leise vor sich hinweint, ziehe ich mir meine Schuhe und meine Jacke wieder an und schleiche aus der Wohnung.

Ich schleppe mein Rad aus dem Keller und fahre los.

Als ich am Deich nach rechts abbiege, schlägt mir der Wind mit voller Kraft entgegen.

Es ist stockdunkel.

Ich komme kaum voran.

Wenigstens regnet es nicht.

Der Lichtkegel meiner Fahrradlampe beleuchtet den Weg vor mir. Ich fahre auf der Landseite des Deiches. Da ist der Wind nicht ganz so stark. Außerdem gibt es hier alle paar hundert Meter ein paar Häuser. Und Straßenlaternen.

Ich hab ein schlechtes Gewissen. Sie werden merken, dass ich weg bin. Sie werden sich Sorgen machen. Es wird alles nur noch schlimmer machen.

Es ist anstrengend gegen den Wind. Ich muss im Stehen fahren und komme trotzdem kaum voran. Wenn ich umkehren würde, der Wind würde mich nur so nach Hause pusten. Ich wäre in wenigen Minuten da. Könnte gucken, wie es Mama jetzt geht. Ob Papa sich gut um sie kümmert. Trinken sie noch Tee in der Küche? Bringt Papa sie ins Bett? Weint sie sich in den Schlaf? Sitzt er an ihrer Bettkante?

Eine besonders heftige Windböe wirft mich fast vom Rad. Ich muss anhalten. Es ist so dunkel hier zwischen den Siedlungen, wenn mein Fahrradlicht aus ist. Ich muss mein Handy anschalten. Soll ich zu Hause anrufen? Soll ich zurückfahren?

Da vorne leuchten die Lichter der nächsten Siedlung. Das

müssen die zwei Häuser vor Nordhusen sein. Ab da heißt die Straße am Deich nicht mehr „Groden", sondern „Glück im Winkel".

Glück im Winkel. Warum kommen mir die Tränen bei dem Gedanken an einen albernen Straßennamen? Warum heißt die Straße überhaupt so? Wer ist auf diese bescheuerte Idee gekommen?

Ich stecke mein Handy wieder in die Hosentasche, steige auf mein Rad und kämpfe mich weiter vor. Ich will zu der Straße, die „Glück im Winkel" heißt. Ich denke daran, wie Percy und ich nebeneinander auf dem Spielplatz im Sand lagen. Wie wir gelacht haben. Wie glücklich wir waren. Und später, wie wir zusammen über den Holzsteg am Hafen gelaufen sind. Wie wir uns nebeneinander die Schuhe anzogen und es einfach so schön war, neben Percy zu sitzen.

Als ich das Glück im Winkel erreicht habe, weine ich wirklich. Ich trete in die Pedale und fahre immer weiter, der Wind bläst mir ins Gesicht und lässt meine Jacke flattern. Links von mir fegen die Böen über das Gras auf dem Deich und rechts biegen sich mir die Baumkronen schwarz entgegen.

Als ich Nordhusen erreicht habe, komme ich etwas besser voran, weil die Straße der Biegung des Deiches folgt und nach Norden abknickt. Im Windschatten des Deiches fährt es sich deutlich leichter. Und dann ist es nicht mehr weit bis Neufeld.

Ich fahre nicht zurück.

Ich fahre zu Percy.

Es ist nach halb elf, als ich bei Percys Haus ankomme. Gott sei Dank, es ist noch Licht im Haus. Unten und oben. Ich weiß nicht, was ich gemacht hätte, wenn alles dunkel gewesen wäre. Ob ich dann auch einfach geklingelt hätte. Jetzt jedenfalls tue ich es. Ich habe das Gartentor wieder geschlossen und mein Fahrrad hinter dem Haus zu Percys Rad gestellt, und nun stehe ich vor der Tür im Windschatten und drücke auf den Klingelknopf. Bloß nicht lange überlegen.

Percys Mutter öffnet. Sie ist noch angezogen, sie trägt Jeans, Bluse und dicke Socken.

„Manu! Was machst du denn hier?"

„Ich ..." Ich weiß nicht, wie ich den Satz beenden soll. Ein paar Sekunden vergehen, es ist mir so unangenehm, am liebsten würde ich doch wieder gehen. Oder besser wegrennen.

Aber Frau Claasen guckt mich ganz freundlich an, und dann sagt sie: „Komm erstmal rein!"

Sie öffnet die Haustür weit und macht eine einladende Handbewegung. Ich trete an ihr vorbei in den Flur, und sie schließt die Tür wieder. Die Windgeräusche sind noch zu hören, aber viel leiser. Hier drinnen ist es windstill und hell und warm.

„Bist du ganz mit dem Rad hergekommen?", fragt Frau Claasen, während sie mich mustert. „Um diese Zeit?"

Sie guckt besorgt und ehrlich interessiert. Es ist so angenehm, in ihrer Gegenwart zu sein, obwohl ich sie kaum kenne, einfach, weil sie so normal ist. Ich muss schon wieder Tränen wegblinzeln.

„Kann ich ... kann ich heute hierbleiben?" Ich schaffe es, mit einigermaßen fester Stimme zu sprechen und nicht zu weinen.

Hinter mir kommt Percy die Treppe runter. Ich drehe mich um. Er ist ebenfalls noch angezogen, obwohl es schon so spät ist.

„Manu!" Auch er ist erstaunt. Auch sein Blick ist besorgt.

Er bleibt unten vor der Treppe stehen, lehnt sich gegen den Pfosten am Ende des Treppengeländers, die Hände in den Hosentaschen und ein Bein angewinkelt, die Fußsohle gegen den Geländerpfosten gestellt.

Ich weiß nicht, wen ich angucken soll, Percy oder seine Mutter. Unschlüssig stehe ich einfach da.

Percys Mutter macht einen Schritt auf mich zu, hilft mir aus der Jacke und hängt sie an die Garderobe. Dann bücke ich mich, um meine Schuhe auszuziehen und sie neben Percys zu stellen.

„Willst du was trinken?", fragt Percy.

Es ist so schön, seine Stimme zu hören. Bei ihm zu sein. Ich mag seine raue Stimme. Ich mag es, wie er mich anguckt. Wie er da steht, irgendwie unsicher, und doch strahlt er gleichzeitig Ruhe aus. Er könnte kaputt sein, aber er ist es nicht, er hat etwas Starkes in sich, das fasziniert mich, sogar jetzt in diesem Moment fasziniert es mich, obwohl ich gerade von zu Hause geflohen bin und deshalb ein furchtbar schlechtes Gewissen habe.

„Ja, gern", antworte ich.

Percy drückt sich mit dem Fuß von dem Geländer ab und geht in die Küche, seine Mutter und ich folgen ihm.

„Apfelsaft?", fragt Percy.

„Lieber Wasser. Einfach Leitungswasser."

Percy holt ein Glas aus dem Küchenschrank, füllt es mit Wasser, und dann setzen wir uns zu dritt an den Küchentisch.

„Was ist passiert?", will Percys Mutter wissen.

Ich trinke erstmal ein paar Schlucke, um ein wenig Zeit zu gewinnen. Ich habe keine Ahnung, was ich sagen soll.

„Bei mir zu Hause ... ist die Hölle los", beginne ich schließlich.

„Wurdest du geschlagen?", fragt Frau Claasen erschrocken.

„Nein. Gar nicht. Ich ... ich musste bloß weg. Weil ... weil es nicht mehr auszuhalten ist. Meine Mutter ..." Meine Stimme versiegt. Ich *kann* es nicht erzählen. Es *geht* einfach nicht.

Endlose Sekunden vergehen. Draußen pfeift der Wind ums Haus. Drinnen brummt der Kühlschrank. Niemand sagt etwas.

„Mama, kann Manu hierbleiben heute Nacht?" Percy erlöst mich. „Bitte."

Frau Claasen schaut mich eine Weile an. Vielleicht überlegt sie, ob sie mich nötigen soll, mehr preiszugeben. „Okay", sagt sie dann. „Für diese Nacht. Aber wir rufen deine Eltern an, Manu. Damit sie wissen, wo du bist."

„Ich rufe an", sage ich schnell.

„Gut. Aber jetzt und hier. Möchtest du unser Telefon nehmen?"

„Ich habe ein Handy." Das ist sicherer. Ich kann es nämlich einfach wieder abstellen. Dann kann mein Vater nicht immer wieder anrufen und verlangen, dass ich zurückkomme.

„In Ordnung." Percys Mutter schaut mich auffordernd an, so lange, bis ich wirklich das Handy nehme, es anschalte und zu Hause anrufe.

„Andresen." Es ist mein Vater. Im Hintergrund ist nichts weiter zu hören. Zum Glück. Vielleicht schläft Mama endlich.

Ich hole tief Luft. „Papa, ich bin's, Manu. Ich bin bei Percy. Ich bleibe heute Nacht hier."

„Wie konntest du nur einfach weggehen, ohne uns ein Sterbenswörtchen zu sagen? Kannst du dir nicht vorstellen, wie deine

Mutter sich sorgt? Was hast du dir dabei nur gedacht?"

Dass ich es nicht mehr aushalte, habe ich gedacht. Dass mich das Messer von innen zerschneidet, wenn ich länger bleibe. Es gibt mehrere Gründe, warum ich das nicht sagen kann. Sie befinden sich an beiden Enden dieser Telefonverbindung.

„Wie geht es Mama?", frage ich stattdessen.

„Sie schläft."

„Gut."

„Ja."

„Bis morgen."

„Manuela! Du kannst doch nicht einfach bei Percy bleiben!"

„Doch, das kann ich. Gute Nacht."

„Manuela!" Mein Vater schreit es fast.

Ich lege auf und schalte das Handy ab.

Spätestens jetzt kennt Frau Claasen meinen richtigen Namen. Es fällt mir schwer, den Blick zu heben und sie anzuschauen. Aber sie guckt mich ganz normal an, eine ganze Weile. Nachdenklich, aber offen. Freundlich. Dann erhebt sie sich und sagt: „Ich suche mal Bettzeug raus."

Percy und ich bleiben am Küchentisch zurück und schweigen. Ich trinke ein paar Schlucke aus dem Wasserglas und lausche dem Wind draußen, dem Kühlschrank hier drinnen und den Geräuschen, die von oben von Percys Mutter zu uns herunterdringen.

Schließlich wage ich einen Blick zu Percy. Ich sehe direkt in seine graugrünen Augen und er in meine. Er lächelt ein bisschen, und automatisch tue ich es auch. Und mir wird warm. Oder heiß.

Percy räuspert sich. „Gehn wir hoch?"

Ich nicke. Ich glaube, wenn ich jetzt sprechen müsste, wäre meine Stimme so belegt, dass ich keinen Ton rausbringen würde.

Ich bin schon ein paarmal hinter Percy die schmale und dunkle Treppe hochgegangen, und jedes Mal hat es sich anders angefühlt. Diesmal leuchtet uns von oben warmes Zimmerlicht aus Percys Zimmer und dem Schlafzimmer seiner Mutter entgegen. Und diesmal fühle ich mich so komisch kribbelig, während ich dicht hinter Percy die Stufen hochsteige. Da ist auf einmal ein Pochen in meinem Hals, ein starkes und unruhiges, es kommt von unten aus dem Brustkorb und hämmert wild gegen meine Kehle.

Als wir oben ankommen, steht Frau Claasen in ihrer Zimmertür mit einer frisch bezogenen Bettdecke und einem Kopfkissen über dem Arm. Sie fragt, ob ich im Wohnzimmer schlafen will oder bei Percy. Ich schaue zu Percy rüber, er steht so dicht neben mir, wir wechseln einen Blick, einen langen, und ich fühle mich so verbunden mit Percy, am liebsten würde ich ihn berühren. Er sagt nichts und ich sage nichts und trotzdem weiß ich seine Antwort genauso sicher, wie ich meine weiß.

„Bei Percy", antworte ich mit rauer Stimme.

Percy nickt.

„Gut", sagt Frau Claasen, ganz ruhig und unaufgeregt, als wäre es die normalste Sache der Welt, dass mitten in der Nacht plötzlich ein Junge vor ihrer Haustür steht, der eigentlich ein Mädchen ist und dessen Herzschlag durch seinen ganzen Körper wummert, bloß weil er dicht neben ihrem Sohn steht, und dass dieser Junge oder dieses Mädchen dann auch noch im Zimmer ihres Sohnes übernachten wird. „Nimmst du schon mal das Bettzeug?"

Die nächsten Minuten sind wir alle drei ziemlich geschäftig. Percy und seine Mutter holen eine Gästematratze aus dem Schlafzimmer und legen sie in Percys Zimmer, nicht neben Percys Bett, sondern auf die andere Seite des Schreibtisches unter die gegenüberliegende Dachschräge. Percy und ich beziehen die Matratze mit einem Spannbettlaken und legen die Bettdecke und das Kopfkissen darauf. Anschließend gibt Percy mir noch einen von seinen Schlafanzügen aus dem Schrank, und seine Mutter sucht eine neue Zahnbürste und ein Handtuch aus einer Kommode im Bad. Dann meint sie, dass wir ja sicher noch ein bisschen brauchen und dass sie deshalb eben schnell zuerst ins Bad gehen wird, wünscht uns eine gute Nacht und schließt dann Percys Zimmertür von außen.

Und Percy und ich sind allein.

Er steht rechts vom Schreibtisch und ich links.

Draußen fegt der Wind über das Dach und am Fenster vorbei. Die Fensterläden klappern leise. Es klingt ein bisschen gruselig und ein bisschen heimelig zugleich.

„Deine Mutter ist so normal", sage ich schließlich, um die Stille zwischen Percy und mir zu durchbrechen.

Percy zuckt einfach mit den Achseln. Jeder andere würde fragen: Was ist mit deiner Mutter? Aber er tut es nicht. Er wird warten, bis ich es von selber erzähle.

„Gehn wir nochmal zum Hafen?", fragt er stattdessen.

Es ist bald Mitternacht und morgen ist ganz normal Schule. Aber vermutlich kann ich eh nicht einschlafen, wenn ich nachher im Bett liege. Und es war so schön am Hafen mit Percy nach unserem Ausflug ins Watt. Jetzt, im Sturm, im Dunkeln, wird es noch aufregender sein.

„Was sagt deine Mutter dazu?"

Wieder hebt er die Schultern. „‚Bleibt nicht so lange‘?"

„Echt jetzt?"

Er grinst. „Vielleicht sagt sie auch: ‚Vergesst den Schlüssel nicht.‘"

„Jetzt will ich schon allein deshalb zum Hafen, um herauszufinden, ob deine Mutter wirklich so reagiert."

„Na dann ..." Percy geht an mir vorbei in den kleinen Flur und klopft an die Badezimmertür.

„Mama?"

Ich kann hören, wie seine Mutter drinnen im Bad das Wasser abstellt.

„Ja?"

„Wir gehen noch kurz raus zum Hafen."

„Bleibt nicht so lange. Und nehmt den Schlüssel mit. Ich möchte nachher nicht geweckt werden!"

Mir fällt fast die Kinnlade runter, während Percy mich auf eine Art angrinst, wie er es noch nie getan hat.

„Machen wir!", ruft er durch die geschlossene Tür, und dann schiebt er mich sanft an der Schulter in Richtung Treppe. Von der Stelle an meinem Schulterblatt, die er kurz berührt hat, breitet sich augenblicklich ein warmes Prickeln über meine gesamte Haut aus, bis in die Fingerspitzen.

Schweigend gehen wir nebeneinander zum Hafen. Es regnet noch immer nicht, und der Sturm hat auch nicht weiter zugenommen. Ich habe eher das Gefühl, dass er gerade eine kleine Verschnaufpause einlegt. Es ist noch immer sehr windig, aber die Schärfe der Böen hat abgenommen und die Bäume biegen sich nicht mehr ganz so bedrohlich im fahlen Licht der Straßenlaternen und des Mondes, der jetzt immer mal wieder zwischen den Wolkenfetzen hindurchscheint.

Auf der Deichkrone bleiben wir stehen. Vor uns liegen dunkel die Salzwiesen, dahinter in weiter Ferne tiefschwarz die Elbe. Hier und da trägt sie Schaumkronen, die weiß im Mondlicht aufblitzen. Windstärke vier bis fünf, ich sag's ja, der Wind hat sich ein wenig abgeschwächt. Ganz weit weg kann ich die Lichter zweier Schiffe erkennen.

„Bist du öfter nachts hier?", frage ich Percy.

„Ja, schon." Er schaut mich an, da ist Unsicherheit in seinem Blick. Ich kann es genau sehen, denn gerade scheint der Mond durch ein ziemlich geräumiges Wolkenloch.

„Cool", sage ich.

Sein Gesichtsausdruck entspannt sich, und er lächelt. Und ich merke, wie ich auch anfange zu lächeln und wie schön es ist, hier mit Percy auf dem Deich zu stehen und ihn anzuschauen und zu lächeln. Ich wusste gar nicht, dass da noch so viel Glück in mir schlummert, ausgerechnet heute Nacht, wo ich doch von zu Hause geflohen bin und ... Scheiße, jetzt ist das Glücksgefühl weg, einfach so, von einem Moment auf den anderen, und stattdessen ist da wieder das schlechte Gewissen. Und Angst. Ja, Angst. Angst davor, wie es weitergeht mit Mama. Was morgen ist, wenn ich wiederkomme. Und übermorgen. Und nächste Woche. Und überhaupt.

„Hey", sagt Percy leise. Und dann nimmt er meine Hand und zieht mich sanft weiter. „Komm, gehn wir zum Hafen. Ich weiß da einen guten Platz."

Ich umfasse seine Hand fester und lasse mich von ihm ziehen. Zusammen werden wir schneller, wir laufen jetzt Hand in Hand auf den Hafen zu, dessen Lichter schnell näherkommen. Je länger wir laufen, je länger Percy meine Hand hält, desto mehr kommt das Glücksgefühl wieder, es drängt die Angst beiseite und breitet sich zuerst in meinem Brustkorb aus, dann in meinen Hals, dann überallhin. Fast ist es, als würden wir zusammen fliegen, und ich würde am liebsten nie mehr aufhören zu rennen.

Wir laufen den Deich runter zum Hafen, vorbei an den vielen

kleinen Segelschiffen und Motorbooten, die an dem festen Betonsteg liegen, biegen kurz nach rechts ab und rennen über den Wohnmobilstellplatz und dann wieder links über eine der vielen Holzbrücken durch den Schilfgürtel auf den langen Holzsteg, auf dem Percy und ich uns unsere Füße trockengelaufen haben. Dort werden wir langsamer, Percy hält noch immer meine Hand, wir gehen immer weiter, vielleicht bis ganz zum Ende. Das Wasser im Hafenbecken ist nur wenig bewegt, die Boote schaukeln ein bisschen und man hört das Reiben und Quietschen der Fender zwischen den Booten und dem Steg und das Pfeifen des Windes in den Seilen der Segel- und Fischerboote.

Auf den letzten zehn, fünfzehn Metern des Steges hält Percy an. Hier liegen keine Boote mehr. Rechts von uns ist das Schilf, irgendwo dahinter leuchtet eine Straßenlaterne. Links von uns liegt das Hafenbecken, schwarz und ein bisschen unheimlich.

Percy lässt meine Hand los und setzt sich auf den Holzsteg, mit dem Rücken an das Geländer gelehnt, die Arme durchgedrückt rechts und links neben seinem Oberkörper, ein Bein ausgestreckt und eines angewinkelt. Ich setze mich neben ihn. Ziemlich dicht neben ihn.

Ewig sitzen wir einfach nur so nebeneinander. Es ist bestimmt schon Mitternacht. Wir sind niemandem begegnet auf dem Deich oder am Hafen. Hinter uns wogen die Schilfhalme im Wind. Das Geräusch gefällt mir, es schwillt in unregelmäßigen Abständen an und ab, wegen der Windböen, und doch ist es irgendwie gleichförmig und beruhigend.

„Ich hab oft hier gesessen früher", sagt Percy irgendwann.

„Wann, früher?"

„Als meine Eltern immer öfter stritten. Ich bin weggerannt wie du. Aber ich hatte niemanden, zu dem ich hätte hinrennen können. Da bin ich hierhergekommen, oder ich bin ins Watt gegangen, je nachdem, ob es Tag war oder Nacht und Ebbe oder Flut."

„Wie alt warst du da?"

„Beim ersten Mal? Da war ich neun."

„Du bist allein ins Watt gegangen? Mit neun Jahren? Und nachts zum Hafen?"

Percy nickt.

„Und deine Eltern?"

Er zuckt mit den Schultern.

„Mein Vater hätte mich am liebsten eingesperrt. Meine Mutter war der Ansicht, ich wüsste schon, was ich tue. Ihr war es lieber, ich gehe durch die Haustür, anstatt dass ich durchs Fenster klettere."

„Bist du mal durchs Fenster abgehauen?"

Er nickt und schweigt. Ziemlich lange schaut er einfach nur geradeaus. Hinter uns wogt noch immer das Schilf im Wind, und über uns ziehen die Wolken in rasendem Tempo am Mond vorbei. Hier unten auf dem Steg ist es einigermaßen windstill und erstaunlicherweise gar nicht kalt.

Als Percy schließlich weiterspricht, blickt er weiter stur nach vorn. Er beginnt ziemlich leise, aber doch laut genug, dass ich ihn trotz der Windgeräusche verstehen kann. „Wenn du allein in deinem Zimmer sitzt und mit anhören musst, wie dein Vater mit deiner Mutter streitet, *über dich*, wenn du hörst, wie er dich einen hoffnungslosen Fall nennt, vollkommen verzogen und verwöhnt, eingebildet und arrogant und renitent, ein beispielloser Fall von verschwendeter Intelligenz, dann willst du nur weg. Ich habe mein Bettlaken an die Heizung geknotet und den Bezug meiner Bettdecke an das Bettlaken, so wie man das immer in den Büchern liest, und dann hab ich mich abgeseilt und bin zum Hafen gerannt und hab mich hier hingesetzt. Es war eine warme Sommernacht, die Grillen haben gezirpt und es war noch gar nicht ganz dunkel. Irgendwann, als auch der letzte Rest der Dämmerung verschwunden war, bin ich nach Hause gegangen. Meine Eltern hatten meine Flucht schon bemerkt."

„Und dann?"

„Mein Vater griff mich am Oberarm, viel zu fest und viel zu hart, und zischte, ich solle mein angelesenes Wissen lieber in der Schule anbringen, anstatt irgendwelche Romanhandlungen an der heimischen Hauswand nachzuspielen, und dann hat er mich ... losgelassen. Meine Mutter nahm mich in den Arm und sagte: Das nächste Mal nimmst du bitte die Haustür. Und ich hab geweint, weil mir in dem Moment klar war, dass es noch viele nächste Male geben würde."

Er hat auch jetzt Tränen in den Augen, sie blitzen deutlich in seinen Augenwinkeln. Ich muss auch fast weinen. Da ist ein dicker Kloß in meinem Hals. Weil Percy es so erzählt, dass ich alles lebhaft vor mir sehe. Und höre. Und vor allem fühle.

Ich möchte Percy Trost spenden. Zaghaft lege ich meine Hand auf das Knie seines angewinkelten Beines.

„Wie viele nächste Male gab es noch?"

Er legt seine Hand auf meine.

Wir sitzen hier im Dunkeln, ich bin von zu Hause geflohen und Percy erzählt von seinen vielleicht schrecklichsten Erlebnissen, und doch ist da ganz viel Wärme in mir. Einfach, weil meine Hand auf seinem Knie ruht und seine Hand auf meiner.

„Viele. Viel zu viele", sagt Percy. „Und sie wurden immer schlimmer."

„Warum? Warum hat deine Mutter sich nicht schon früher von deinem Vater getrennt?"

Zum ersten Mal sieht Percy mich an.

„Weil Hoffnung ein verdammt mieser Ratgeber ist, Manu."

„Wie meinst du das?"

„Mein Vater hat gehofft, dass ich endlich die Kurve kriege, wenn er es nur hart genug einfordert. Meine Mutter hat gehofft, dass mein Vater irgendwann doch kapiert, dass er mit seinen Erniedrigungen und seinen ..." Er stockt plötzlich, als wäre ihm beinahe etwas rausgerutscht, das er lieber tief verschlossen hält. Es ist nur ein ganz kurzer Moment, dann hat er sich schon wieder gefangen. „... seinen Schimpftiraden höchstens das Gegenteil erreicht. Ich hab gehofft, dass sie endlich aufhören zu streiten. Und dass mein Vater ... ich hab immer gehofft, dass es dieses Mal das letzte Mal war und dass es nicht wieder vorkommt. Die Hoffnung stirbt zuletzt, Manu. Vorher reißt sie alle und alles mit in den Abgrund."

Percys Abgrund muss sehr tief gewesen sein, so wie er das sagt. Seine Stimme klingt bitter und hart, und mit seinen Fingern umklammert er meine Hand jetzt eigentlich viel zu fest. Aber ich will meine Hand nicht wegziehen. Stattdessen umfasse ich unsere beiden Hände sanft mit meiner zweiten Hand.

Es hilft. Percy lockert seinen Griff, und ein schwaches Lächeln huscht über sein Gesicht.

Dann zieht eine größere und dickere Wolke vor den Mond, und für eine ganze Weile sitzen wir nahezu im Stockdunklen. Ich denke an Percys Worte über die Hoffnung. Er ist erst fünfzehn, so wie ich, aber er schaut hinter die Worte, noch viel mehr als ich, er setzt sie neu zusammen und sagt Dinge, die so wahr sind, dass ich mich wundere, dass ich diese Wahrheit vorher nicht gesehen habe.

Alles, was er gesagt hat, trifft auch auf mich und meine Eltern zu. Auch mein Vater und ich klammern uns schon viel zu lange an den Strohhalm der Hoffnung und merken gar nicht, dass der Halm längst abgerissen ist und hilflos und haltlos mit uns in den Abgrund sinkt.

„Ich glaube, mein Vater und ich, wir hoffen auch schon viel zu lange", spreche ich schließlich ins Dunkel hinein. „Und meine Mutter hofft schon länger nicht mehr. Die sitzt schon seit Tagen so tief in ihrem Abgrund, dass sie das Licht gar nicht mehr sehen kann, und mein Vater und ich stehen daneben und hoffen, dass sie da wieder rauskommt, aber es wird nicht besser, sondern immer schlimmer, jeden Tag ein bisschen mehr." Und wir kriegen es einfach nicht hin, den Halm, an den wir uns noch immer klammern, loszulassen. Wahrscheinlich sind auch wir mittlerweile schon zu tief gesunken, um noch aus dem Loch herausfinden zu können.

Percy zieht seine Hand zwischen meinen Händen hervor, stützt sich auf und rückt noch ein bisschen näher an mich ran. Unsere Arme berühren sich, und ich taste zwischen uns auf dem Holz nach seiner Hand. Als ich sie gefunden habe, hebt er seine an und legt sie auf meine.

Die dunkle Wolke ist inzwischen am Mond vorbeigezogen, und nun wechseln Licht und Schatten in rascher Folge, denn viele kleine und zerrissene Wolkenfetzen ziehen über den Himmel.

Percy sagt nichts und fragt nichts, er wartet ab, bis ich bereit bin zu erzählen, ich weiß es und ich spüre es, ganz genau.

Es ist sicher schon lange nach Mitternacht, und wenn ich jetzt anfange, dann sitzen wir noch ewig hier. Aber seine Mutter schläft und wird uns nicht vermissen und meine Eltern wissen gar nicht, dass wir hier sind. Morgen ist zwar Schule, aber es ist der letzte Schultag vor den Herbstferien, den werden wir wohl auch mit wenig Schlaf überstehen.

Der Wind pfeift noch immer durch die Takelagen der Schiffe und die Fender reiben und quietschen vor sich hin. Im Hafenbecken kräuselt sich schwarz das Wasser. Neben mir sitzt Percy, geduldig und ruhig, ich mag ihn so sehr, und ich glaube, er mag mich auch. Wahrscheinlich ist es diese Verbindung zwischen uns, die so stark ist und die trotz allem immer wieder neues Glück in mich hineinpumpt, die mich jetzt wirklich anfangen lässt zu erzählen. Hier und jetzt, mitten in der Nacht auf dem Steg, bei Percy.

Ich berichte, wie meine Mutter auch schon früher ihre Phasen hatte, während der sie mit Kopfschmerzen tagelang im abgedunkelten Schlafzimmer lag, schon als ich noch ein kleines Kind war. Wie ich alleine damit fertigwerden musste, weil mein Vater oft auf See war, und wie froh ich war, wenn er kam und ein paar Tage oder sogar Wochen blieb und wir ein normales Familienleben führten mit Dingen, auf die man sich freuen konnte. Ich erzähle ihm von der Sache mit der Vase und davon, wie meine Mutter vor ein paar Jahren sagte, dass sie sich irgendwann mal umbringen wird, weil ich nicht so bin, wie sie sich ihre Tochter gewünscht hätte. Ich erzähle von ihren Heulanfällen, wie sie sich dann vor und zurückwiegt und in ihrer Endlosschleife gefangen ist, und ich lasse auch die Phasen nicht aus, in denen sie so übertrieben aufgedreht ist und mir nur noch auf die Nerven geht mit ihrem Rededrang, ihren Geschichten, die häufig nur wenig mit der Realität zu tun haben, wenn sie plötzlich alles rosarot sieht und ihre eigene Situation völlig falsch einschätzt.

Ich erzähle Percy davon, wie mein Vater extra seine Arbeit gewechselt hat, um mehr für sie da sein zu können, wie er sich am Anfang aufgeopfert hat, er hat sich so um sie gekümmert, immer versucht, ihr alles recht zu machen. Wie er oft noch viel hilfloser war als ich, weil es alles nichts brachte, wie er dann beinahe ausgezogen wäre und welche Ängste ich damals ausgestanden habe. Ich erzähle auch, was Phil und die anderen für mich bedeutet haben, wie oft ich bei Phil war, wie es mit meiner Mutter immer schlimmer geworden ist und schließlich auch, wie es sich in den letzten Tagen zugespitzt hat und ich es aber nicht wahrhaben wollte.

Percy hört die ganze Zeit zu, er stellt keine Fragen, er sagt nicht ah und oh oder wie schrecklich oder das war bestimmt schlimm. Er ist einfach da, und ich rede weiter und erzähle ihm sogar von meiner Sorge, dass ich vielleicht schuld bin, dass es so weit gekommen ist. Erst betrinke ich mich hoffnungslos, dann mache ich meiner Mutter bewusst, dass mein Vater sie fertiggemacht hat, und zum Schluss verbringe ich einfach einen schönen Tag mit Percy und bin nicht erreichbar. Und als mir am Ende die Tränen in den Augen stehen, weil ich so ein schrecklich schlechtes Gewissen habe, da lehnt er sein linkes Bein an mein rechtes und hält meine Hand noch fester.

Er wartet, er sagt nichts, und ich kämpfe gegen meine Tränen an. Mein Hals ist von innen wie angeschwollen, aber ich ringe die Tränen nieder und weine nicht. Eine ganze Weile sitzen wir so da und schauen nach vorne, lauschen den Windgeräuschen und beobachten das unruhige Wasser im Hafenbecken.

„Ich denke nicht, dass du schuld bist", sagt Percy nach einer Weile. „Deine Mutter ist krank, psychisch krank. Manisch-depressiv, denke ich. Das ist eine Art Stoffwechselstörung im Gehirn und hat wenig bis gar nichts mit irgendwelchen Schuldfragen zu tun."

„Woher weißt du das?"

„Als ich so zwölf, dreizehn war, hab ich mich sehr für Psychologie interessiert. Erst nur für Hochbegabung und die Probleme, die das mit sich bringen kann. Und für Lernstörungen. Teilleistungsstörungen. Wahrnehmungsstörungen. Verhaltensstörungen. Schulversagen. Mobbing. Schulängste. Schulverweigerer. Später dann für so ziemlich alles. Da kommt man vom Hundertsten ins Tausendste. Du denkst, oh Gott, das oder das könnte auf dich zutreffen. Und dann willst du immer mehr wissen, immer mehr verstehen. Ich hab fast mein ganzes Taschengeld für die Fernleihe in der Stadtbibliothek von Marne ausgegeben. Die umfassenden genauen Infos zu den Originalstudien, die gibt's nämlich nicht im Internet."

Da wollte wohl einer wissen, was mit ihm los ist. Mir kommt die Situation im Gang in der Schule wieder in den Sinn, als ich zu Percy sagte: Du solltest Psychologe werden. Wie ihn meine Bemerkung kurzzeitig in sich zusammensacken ließ. Jetzt verstehe ich, warum.

Warum bin ich eigentlich nie auf die Idee gekommen, herausfinden zu wollen, was meine Mutter wirklich hat? Eigentlich war mir doch auch klar, dass das nicht einfach nur Migräne sein kann.

„Was bedeutet manisch-depressiv?", will ich wissen.

„Das bedeutet, dass man abwechselnd übertrieben euphorisch und völlig niedergeschlagen und antriebslos ist. Dazwischen können normale Phasen liegen. Je länger jemand an dieser Störung leidet, desto schneller folgen die Phasen der Manie und der Depression aufeinander. Man kann das mit Medikamenten behandeln und mit Psychotherapie. Ist deine Mutter in Behandlung?"

„Nein. Sie sagt ja immer, sie hat Migräne und dass sie deshalb immer so müde ist und für nichts Kraft hat."

„Und, glaubst du das?"

„Ich denke, ich hab es glauben wollen. Ich hab mich immer für sie geschämt. Noch nicht mal Phil oder Tom wissen, wie verrückt meine Mutter oft ist."

„Die Manisch-Depressiven selber verweigern sich auch oft der Einsicht, dass sie krank sind und Hilfe brauchen."

„Und die Familien klammern sich vergeblich an die Hoffnung?"

„Vermutlich."

„Und du sagst, sie kann das behandeln lassen?"

„Ja, wahrscheinlich. Wenn sie das überhaupt hat. Ich bin ja kein Arzt. Vielleicht hat sie auch mehrere Krankheitsbilder auf einmal. Aber wenn deine Mutter das schon so lange hat, dann haben sich schon Strukturen im Gehirn verändert. Wie gesagt, es ist behandelbar, aber es wird vermutlich sehr lange dauern, bis es deiner Mutter wirklich besser geht."

Da hat er bestimmt recht. Trotzdem, ich fühle mich auf einmal befreit. Fast ein bisschen froh. Wenn das wirklich so ist, dass das eine richtige Krankheit ist, eine Stoffwechselstörung im Gehirn. Wenn das gar nichts mit mir zu tun hat und damit, dass ich kein richtiges Mädchen bin. Wenn das tatsächlich behandelbar ist. Dann kann man wenigstens was tun. Dann müssen mein Vater und ich sie nur dazu bringen, dass sie zu einem Arzt geht. Oder zu einem Psychologen. Vielleicht kann ihr dann geholfen werden, vielleicht wird es dann wieder besser, anstatt immer schlimmer. Das ist doch wenigstens eine Perspektive.

Wir sitzen noch ein paar Minuten nebeneinander auf dem Steg, Percy und ich, immer noch Hand in Hand, Schulter an Schulter und Bein an Bein. Wenn es nach mir ginge, könnte dieser Moment ewig andauern. Aber irgendwann lässt Percy meine Hand los, steht auf und sagt: „Wir sollten jetzt echt mal ins Bett gehen."

Direkt über mir fegt der Wind außen über das Dach. Ich liege auf Percys Gästematratze in Percys Schlafanzug, nur wenige Meter von Percy entfernt, der genauso wenig schläft wie ich. Durch das Dunkel hindurch schauen wir einander an, ich kann es sehen, weil Percy so ein komisches orangefarbenes Nachtlicht in der Steckdose stecken hat.

Ich mag's nicht so stockfinster hier drin, hat er nur gesagt, als ich gefragt habe, warum er ein Nachtlicht braucht, und an seinem verschlossenen Gesichtsausdruck und seiner Stimme hab ich genau erkennen können, dass ich besser nicht weiter nachhake.

Es war so schön mit Percy am Hafen. Anders schön als nach unserem Besuch im Watt, da waren wir fast ein bisschen ausgelassen gewesen, unbeschwert. Aber die Verbindung zwischen uns, die war heute mindestens genauso stark, vielleicht noch tiefer sogar, weil wir einander ein Stück von unserem Innersten gezeigt haben und wir genau wissen, dass das, was wir einander erzählt haben, bei dem anderen gut und sicher aufgehoben ist.

Wir sind zusammen vom Hafen zurück zum Haus gegangen, und als wir fast da waren, sind wir nochmal kurz auf dem Deich stehengeblieben und haben auf die Elbe hinausgeschaut. Über uns stand der Mond am Himmel, er kämpfte sich immer wieder durch die Wolken hindurch, als schiene er extra für uns und als lächele er zu uns hinab, nicht fies wie in dem Gedicht oder wie in meinem Traum, sondern freundlich und lieb.

Dann hat Percy so leise wie möglich die Haustür aufgeschlossen und wir sind nach oben geschlichen. Nacheinander haben wir uns im Bad umgezogen, sind unter unsere Bettdecken geschlüpft und haben einander gute Nacht gesagt.

Und jetzt liege ich hier und bin so wach wie selten. Es ist nicht der Wind draußen, der mich wachhält, sondern es ist dieser gewaltige Sturm in mir. Da brausen so viele Gedanken und Gefühle durch mich hindurch, weil ich hier in Percys Zimmer bin. Weil wir Hand in Hand zum Hafen gerannt sind an seinen Zufluchtsort. Weil wir uns so nahe waren und es noch immer sind, obwohl er auf der anderen Seite seines Zimmers liegt und wir gar nicht miteinander sprechen. Gleichzeitig sind da die Sorgen um meine Mutter und mein schlechtes Gewissen, immer noch, weil ich hier bin, anstatt meiner Mutter beizustehen, wo es ihr doch so schlecht geht. Ich frage mich, wie ich es anstellen soll, sie davon zu überzeugen, dass sie sich professionelle Hilfe holt. Wenn es so einfach wäre, hätte sie es bestimmt schon getan.

Und dann ist da auch noch immer diese Unsicherheit darüber, wer ich eigentlich bin und was Percy in mir sieht. Was er für mich empfindet. Ich würde so gerne wissen, ob Percys Herz genauso klopft wie meins jetzt gerade und ob er sich auch so sehr danach sehnt wie ich, näher bei mir zu sein anstatt am anderen Ende des Zimmers.

29. MOLE 4.

– Manu –

Irgendwann sind wir doch eingeschlafen. Percy zuerst, ich habe gesehen, wie ihm die Augen zugefallen sind, und dann haben sein gleichmäßiger Atem und die Windgeräusche auch mich eingelullt, und ich bin in einen tiefen und traumlosen Schlaf gefallen.

Es ist wunderbar, mit Percy und seiner Mutter zu frühstücken, es gibt Müsli und Cornflakes und heißen Kakao, wir sitzen zu dritt am Küchentisch und alles ist so warm und so herzlich und so normal. Ein paarmal lehne ich unter dem Küchentisch mein Bein an Percys. Er zieht seines nicht weg und wir sehen uns an, mit einem ganz leichten Lächeln, ohne etwas zu sagen, und doch sind da so viele Worte in unseren Köpfen und Herzen und in unseren Blicken und irgendwie finden sie einen Weg von mir zu Percy und von Percy zu mir. Dann radeln wir zusammen zur Schule, es stürmt noch immer, und der Rückenwind lässt uns die Strecke wie im Fluge überwinden. Wir fahren auf der Elbseite des Deiches, und die Geschwindigkeit, mit der wir dahinbrausen, und die Tatsache, dass ich das gemeinsam mit Percy tue, versetzen mich in eine Art Rauschzustand.

Der Rauschzustand verflüchtigt sich, als wir bei den Häuserblocks ankommen, wo ich wohne, und ich mich von Percy verabschiede, weil ich erst noch nach Hause muss, um meinen Rucksack zu holen. Und um zu gucken, wie es meiner Mutter geht.

Ich sehe Percy noch nach, wie er zur Schule weiterfährt, er würde zu spät kommen, wenn er auf mich warten würde. Ich werde vermutlich viel zu spät in der Schule sein, aber das ist mir heute egal.

Die Stufen hoch zu unserer Wohnung kommen mir vor wie eine endlos lange Treppe mit viel zu hohen Stufen. Ich hab Angst. Was wird mich erwarten, wenn ich gleich die Wohnungstür aufgeschlossen habe? Wie wird mein Vater mich empfangen? Was wird er sagen? Und wie geht es meiner Mutter? Wie werden sie reagieren, wenn ich das sage, was ich mir vorgenommen habe?

Ich atme tief durch, dann öffne ich die Wohnungstür.

Alles ist ruhig.

Gott sei Dank.

Ich ziehe meine Schuhe und meine Jacke aus und gehe in die Küche. Mein Vater sitzt am Küchentisch mit Kaffee und Toastbrot.

„Da bist du ja", sagt er. Er lächelt nicht, aber er scheint auch nicht vorzuhaben, mich mit Vorwürfen zu bombardieren.

„Ja. Wie geht es Mama?"

„Sie ist seit fünf Uhr wach. Aber sie will nicht aufstehen und auch nichts essen. Guck du mal nach ihr, vielleicht bringt das was."

„Okay."

Im Schlafzimmer sind die Vorhänge zugezogen, und meine Mutter liegt mit geöffneten Augen unbeweglich auf dem Rücken in ihrem Bett. Sie wendet noch nicht einmal den Blick zu mir, als ich an ihr Bett herantrete.

„Mama."

Sie reagiert nicht.

„Mama!" Ich fühle Panik in mir aufsteigen.

Jetzt dreht sie doch ihren Kopf ein bisschen in meine Richtung.

„Kind." Ihre Stimme klingt dünner als je zuvor, und mir läuft ein kalter Schauer über meinen Rücken.

„Ich bin wieder da, Mama. Es ist Morgen, willst du nicht aufstehen?"

Ihr Kopfschütteln ist kaum zu merken, aber es ist da.

„Man steht morgens auf, Mama. Man zieht sich an, man isst was und trinkt was und macht was Schönes." Kaum habe ich es ausgesprochen, fährt ein stechender Schmerz durch meinen gesamten Körper. Weil meine Sätze so schrecklich klar benennen, wie tief meine Mutter schon gesunken ist. Und als ich sehe, wie sich ihre Augen ein bisschen weiten, und höre, wie ein ganz leises Wimmern durch sie hindurchgeht, schneidet sich der Schmerz so sehr in mein Herz und in meinen Magen und überall hinein, dass ich am liebsten schreien würde. Und weglaufen. Für immer.

Aber ich habe mir was vorgenommen.

„Du bist krank, Mama. Du musst zum Arzt. Eine Therapie machen und vielleicht Medikamente bekommen. Das wird dir helfen, Mama."

Sie liegt ausdruckslos da und starrt an die Zimmerdecke.

„Bitte, Mama. *Bitte*."

„Ich schaffe das nicht", haucht sie. „Ich bin zu schwach dafür. Und so müde ..."

„Soll ich dir was zu essen machen?"

„Später vielleicht ..." Ihre Stimme ist kaum hörbar.

Als ich mich umdrehe, um zur Tür hinauszugehen, steht mein Vater im Türrahmen. „Wenn du gestern hiergeblieben wärst, ginge es ihr heute sicher besser. So apathisch war sie noch nie."

Sein Vorwurf fühlt sich an wie eine Ohrfeige. Ich möchte widersprechen und gleichzeitig habe ich Angst, dass er recht haben könnte. Ich versuche zu ignorieren, dass der Boden unter mir zu schwanken beginnt, und sehe meinem Vater in die Augen, so fest, wie ich kann.

„Papa, sie braucht wirklich einen Arzt. Das kann doch so nicht weitergehen. Es *darf* so nicht weitergehen."

„Sie wird sich erholen. Sie hat sich immer erholt."

Er wendet sich ab und geht zurück in die Küche. Ich folge ihm.

„Willst du noch was essen?", fragt er, als sei nichts gewesen.

„Ich hab schon bei Percy gefrühstückt. Und ich muss in die Schule."

Mein Vater beginnt, seine Frühstückssachen wegzuräumen. „Ja, und wenn ich das richtig sehe, wirst du zu spät kommen. Dieser Percy scheint ja einen hervorragenden Einfluss auf dich zu haben." Seine Stimme trieft vor Ironie.

Peng! Die nächste Ohrfeige. Es kostet mich Mühe, ruhig zu bleiben und nicht auf seine Provokation anzuspringen.

„Papa, kannst du *bitte* einen Arzt rufen? Oder einen Krankenwagen?", sage ich mit allem Nachdruck, der mir möglich ist. „Das mit Mama ist nicht normal. Sie ist krank und sie braucht eine Therapie oder Medikamente oder beides."

Mein Vater schließt den Kühlschrank, richtet sich auf und sieht mich an. „Du hast doch gehört, sie will es nicht. Sie ist im Moment nicht in der Verfassung dafür. Wenn sie wieder bei Kräften ist, dann sehen wir weiter."

„Du weißt doch selbst, dass sie dann wieder auf Wolke sieben schwebt. Dann wird sie bestimmt nicht einsehen, dass sie Hilfe braucht", widerspreche ich. „Wenn sie überhaupt je wieder aus diesem Loch herauskommt", füge ich noch etwas leiser hinzu.

„Ich habe mir heute freigenommen. Und morgen ist Wochenende. Ich kümmere mich um sie. Du wirst sehen, bald geht es ihr besser."

„Sie steckt in einem Teufelskreis fest. *Wir* stecken darin fest. Und wir werden da nie alleine wieder rauskommen!" Ich schreie es fast. *„Siehst du das denn nicht?"*

„Ich sehe nur, dass du dich hier verdammt rarmachst und deine Mutter ständig alleine lässt. Sie war so verzweifelt gestern deswegen. Aber geh du nur zur Schule. Nicht dass hier noch jemand anruft und fragt, wo du bist. Ich bleibe hier bei ihr. Das wird ihr guttun."

Wir rennen sehenden Auges ins Verderben. Kurz überlege ich, einfach selbst einen Krankenwagen zu rufen. Vom Schulweg aus. Aber Papa könnte die Sanitäter an der Wohnungstür einfach abwimmeln. Sagen, dass es sich um einen Irrtum handeln muss oder um einen Streich.

Unschlüssig stehe ich in der Küche, zwei Meter von meinem Vater entfernt, der sich nun dem Geschirr widmet und es in die Spüle räumt.

„Jetzt geh schon", fordert er mich auf, während er mir den Rücken zuwendet. „Geh zur Schule."

Ich zittere am ganzen Körper, als ich die Wohnungstür hinter mir schließe und die Treppe zu meinem Fahrrad hinunterstolpere. Unten angekommen, habe ich das Gefühl, mich übergeben zu müssen. Ich zwinge mich, ruhig zu atmen, und gehe ein paar Schritte auf und ab, da wird es langsam etwas besser.

Die kurze Fahrt auf dem Rad tut gut. Der Wind und die frische Luft helfen. Mit jedem Meter, den ich zwischen mich und unsere Wohnung bringe, lassen das Zittern und die Übelkeit nach.

Die erste Stunde ist schon fast vorbei. Frau Löwenstein mustert mich streng, als ich den Klassenraum betrete und als Entschuldigung murmele, mir ginge es nicht gut, aber sie sagt nichts.

Wenige Minuten später ist die Englischstunde zu Ende, und Herr Lange kommt. Ich versuche aufzupassen, aber meine Gedanken sind bei meiner Mutter und meinem Vater. Wird er es schaffen, dass sie was isst und trinkt? Wie lange kann ein Mensch ohne Essen und Trinken überleben? Wie lange wird diese Phase andauern? Hätte ich nicht doch einen Krankenwagen rufen sollen? Was ist, wenn es stimmt, dass es ihr meinetwegen so schlecht geht? Wenn ich wirklich schuld daran bin, dass ihr Loch diesmal so tief ist? Wenn sie meinetwegen nicht mehr da rauskommt? Weil ich meine Zeit lieber mit Percy verbringe als mit ihr?

Percy.

Er sitzt mir gegenüber und sieht irgendwie zufrieden aus. So zufrieden hab ich ihn in der Schule noch nie gesehen. Schon ein paar Mal haben sich sein und mein Blick getroffen. Ich glaube, er hat gemerkt, dass es mir nicht gut geht. Er sieht mich jetzt so fragend an. Ich versuche ein Lächeln.

Herr Lange erklärt irgendwas an der Tafel, Einheitskreis und ein darin herumwandernder Stab der Länge Eins, der irgendwelche Schatten auf ein Koordinatenkreuz wirft. Alle hören gebannt zu, trotz seiner Wanderdünenstimme, ich glaube, er erklärt es wirklich sehr gut. Aber ich kann ihm jetzt nicht folgen. Denn Percy flüstert mit Sven, Sven gibt ihm ein Blockblatt und einen Stift, und dann verschanzt sich Percy hinter seinem Laptop, anscheinend *schreibt* er was. Kurze Zeit später beobachte ich, wie ein mehrfach zusammengefaltetes Papier weitergegeben wird.

„Für dich", sagt Tom, als es bei mir ankommt.

Ich rücke erst ein Stück zurück, um mich vor möglichen Seitenblicken zu schützen, dann falte ich den Zettel auseinander.

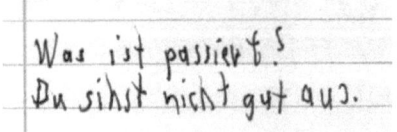

Er *schreibt* mir.

Ich *weiß*, was das für ihn bedeutet.

Und mitten in meine Sorgen, in meine Angst, in meine Schuldgefühle strahlt plötzlich eine warme und mächtige Freude hinein.

Ich schaue zu Percy rüber und muss unweigerlich lächeln, als unsere Blicke sich begegnen. Er lächelt zurück. Wahnsinn, wie kann man gleichzeitig traurig sein, so eine schreckliche Angst haben, sich schuldig fühlen und doch so viel Glück empfinden, alles in einem Körper, alles in einem Moment.

Nichts ist passiert, schreibe ich zurück, *das ist es ja gerade. Meine Mutter liegt apathisch im Bett und sie und mein Vater sehen nicht ein, dass sie einen Arzt braucht. Ich habe Angst und fühle mich schuldig. Aber dein kleines Briefchen tut irgendwie gut.*

Ich lese den Brief noch mal durch, und das Glück ist mitten in mir drin, ich spüre es bei jedem Atemzug. Dann falte ich das Papier wieder zusammen und gebe es Tom.

„Na, schreibt ihr euch jetzt schon Liebesbriefchen?", flüstert er.

„Und wenn es so wäre?", entgegne ich.

Darauf weiß Tom natürlich nichts zu sagen.

Percys kleiner Brief lässt mich sogar die Chemiearbeit einigermaßen überstehen. Ich bin nicht wirklich bei der Sache, aber es geht noch, eine Drei könnte es schon werden.

Dann kommt die Pause. Natürlich verbringe ich sie mit Percy, wir gehen dorthin, wo wir vor zweieinhalb Wochen schon mal standen, damals, als ich ihn gefragt habe, ob heute vielleicht ein andermal wäre. Es kommt mir vor, als läge das Ewigkeiten zurück. Aber diesmal ist es nicht nasskalt und ungemütlich, sondern trocken und stürmisch, es weht so stark, dass die Kleinen ihre Fußbälle drinnen gelassen haben und das Windgeheul ihr Geschrei übertönt. Eine Weile beobachten wir stumm einige Fünft- und Sechsklässler, die sich gegen den Wind lehnen, sie stehen ganz schräg und werden doch gehalten.

„Danke für dein Briefchen", sage ich schließlich zu Percy. Ich möchte noch so viel mehr sagen, aber ich finde keine Worte. Auch Percy schweigt, sagt nicht „Bitte" oder irgendwas anderes, vielleicht, weil er auch findet, dass nichts angemessen wäre. Er lächelt einfach nur und guckt mich an und sagt damit genug.

Schulschluss. Ferien. Tom, Phil und ich stehen noch kurz zusammen, bevor wir den Klassenraum verlassen.

„Hey, Manu, schöne Ferien", sagt Phil, und Tom macht eine Kopfbewegung, die am ehesten als Nicken zu bezeichnen ist.

„Danke. Euch auch." Ich schlage zuerst bei Tom ein und dann bei Phil, Phil drückt mich noch kurz an sich.

„Halt die Ohren steif, Manu", sagt er. „Und wenn was ist, egal was, ruf mich an, okay? Ich bin die ganzen Ferien da."

„Danke, Phil. Das mach ich." Und das sind jetzt keine leeren Worte, füge ich in Gedanken noch hinzu. So wie seine keine waren. Wir waren immer Freunde und wir werden es auch bleiben, plötzlich bin ich mir sicher. Egal, was mit Tom ist. Ich bin auf einmal froh und spüre gleichzeitig, wie mein Hals eng wird und die Tränen von innen gegen meine Augen drücken.

„Kommst du noch mit in die Stadt, Döner essen und die Ferien einläuten?", fragt Phil. „Wir wollen dann noch raus zur Mole 4, Sturmflut gucken. Wie damals im November vor zwei Jahren, weißt du noch?"

Natürlich weiß ich noch. Lenny und Steffen waren auch mit dabei. Wir hatten Regenjacken, Regenhosen und Gummistiefel an und haben uns an dem hohen Zaun festgehalten, der den Molenkopf umschließt, unter uns die riesigen Wellen und über uns und um uns herum die Gischt.

„Kannst Percy auch fragen, ob er mitkommen will", schiebt Phil noch hinterher, vielleicht, weil ich nicht sofort geantwortet habe. Ich stelle mir das vor, wir vier an der Mole, das wäre schön, das wäre ein Traum.

Ich muss nach Hause zu meiner Mutter, müsste ich jetzt eigentlich sagen.

„Okay, ich frag ihn", sage ich stattdessen.

„Mach das", sagt Phil. Und Tom nickt.

Percy wartet im Gang an der Klassenzimmertür. Während ich mit Phil und Tom zusammenstand, hab ich gesehen, dass Lenny, Jan und Sven noch kurz mit ihm gesprochen und sich dann verabschiedet haben, vermutlich haben sie einander schöne Ferien gewünscht. Nichts Besonderes eigentlich, aber nach dem, was ich inzwischen weiß und ahne, ist es das eben doch.

Während Phil und Tom noch ihre Stühle hochstellen, gehe ich raus zu Percy.

„Phil und Tom wollen noch Döner essen gehen und danach raus zur Mole 4, Sturmflut gucken", sage ich. „Sie fragen, ob wir mitwollen."

„Echt jetzt?", fragt Percy, genau im gleichen Tonfall wie ich gestern Abend, als ich nicht glauben konnte, dass seine Mutter uns einfach so zum Hafen gehen lassen würde. Er grinst, ein bisschen unsicher vielleicht, aber gleichzeitig so, dass ich genau weiß, dass seine Frage eine bewusste Anspielung ist.

„Echt jetzt", bestätige ich.

Wir holen uns jeder einen Döner von der Dönerbude und setzen uns dann beim Yachthafen an den Schleusen auf die Bänke, Phil und Tom auf der rechten und Percy und ich auf der linken Bank. Es weht stark, aber wir sitzen im Windschatten der Bäume und des Torhauses, deshalb fliegen uns die Döner nicht davon, und auch unterhalten kann man sich noch, ohne dass man schreien müsste.

„Was macht ihr in den Ferien?", will Phil wissen.

Tom erzählt, dass er und seine Familie für fünf Tage nach Mallorca fliegen, Alcúdia, da sei es jetzt im Herbst oft so warm, dass man noch im Meer baden könne. Tom wohnt in einem riesigen Haus und fährt mehrmals im Jahr mit seinen Eltern und seinem Bruder in den Urlaub. „Und ihr so?", fragt er.

„Wir bleiben zu Hause", sagt Phil. „Ich hab noch nichts Besonderes vor."

„Ich auch nicht", antworte ich möglichst unverfänglich.

Phil und Tom sehen Percy an. „Und du?", fragt Phil.

Percy hebt die Schultern. „Ich fahre auch nirgendwohin."

Eine weitere Unterhaltung ergibt sich nicht. Schweigend essen wir unsere Döner. Wenn Phil und Tom alleine gegangen wären, hätten sie bestimmt die ganze Zeit was zu reden gehabt. Ob sie es auch unangenehm finden wie ich, hier so schweigend zu sitzen? Aber mir fällt beim besten Willen nichts ein, was ich sagen könnte. Denn das, was mich beschäftigt, hat hier keinen Platz.

Vielleicht ist das auch der Grund, warum Percy so schweigsam ist. Wahrscheinlich ist das, worüber er nachdenkt, einfach nicht smalltalkgeeignet.

Auf dem Weg zur Mole 4 gehen wir unten am Deich entlang. Das Wasser in der Schleuseneinfahrt ist ziemlich kabbelig, die kurzen Wellen sind nur mäßig hoch, aber die meisten tragen Schaumkronen. Vor den Schleusen ist kaum Betrieb. Wahrscheinlich sind die meisten Schiffe längst in einen sicheren Hafen eingelaufen, auch wenn der Höhepunkt der Sturmflut erst für morgen Abend angekündigt ist. Als wir kurz vor der Mole aus dem Windschatten des Deiches heraustreten, erfasst uns der Sturm mit voller Kraft. Auf der Elbe treibt der Wind das Wasser in großen, schäumenden Wellen flussaufwärts. Ich schätze die Windstärke auf sieben oder acht. Die Dünung ist noch lange nicht so hoch wie damals vor zwei Jahren. Es wird kein Wasser auf die Mole schwappen, noch nicht.

Trotzdem setzen wir unseren Weg fort.

Als wir an dem großen Tor ankommen, das den weiteren Weg zum Molenkopf versperrt, halten wir an. Tosend umspült die Elbe die Mole, Gischt liegt in der Luft und benetzt unsere Gesichter, unsere Kleidung, unsere Haare. Dennoch, der Anblick ist nicht vergleichbar mit dem, was wir vor zwei Jahren erlebt haben. Und die Geräuschkulisse auch nicht.

„Komm, klettern wir rüber", sagt Phil.

Man könnte hier so wie am Alten Fähranleger über das Geländer steigen, das die Straße nach links begrenzt, und außen an der Absperrung vorbeiklettern. So haben wir es vor zwei Jahren auch gemacht. Damals waren wir von oben bis unten in Regenklamotten eingepackt. Damals war der Himmel grau und dunkel, und man konnte vor lauter Gischt kaum etwas sehen. Heute ziehen große und kleinere Wolkenfetzen über uns hinweg, weiße und hellgraue, dazwischen blitzt immer wieder blauer Himmel durch.

„Nein", sagt Percy.

„He, komm, sei kein Spielverderber!", ruft Tom. „Vor zwei Jahren waren wir auch auf dem Molenkopf, und damals war der Sturm viel schlimmer!"

„Vor zwei Jahren war die Mole auch nicht beschädigt", sagt Percy ruhig. „Habt ihr das nicht mitgekriegt? Die Havarie im

Februar, als die *Weser Stahl* die Mole gerammt hat? Die ganze Statik der Mole ist hinüber. Bei dem Wellengang jetzt kannst du nicht sicher sein, dass die Betonplatten brav an ihrer Stelle bleiben, während du darüberspazierst."

„Was du alles weißt!" Ich bin mir nicht sicher, ob Phil das anerkennend oder spöttisch meint.

Natürlich wissen wir alle von der Schiffskollision im Februar. Wir sind sogar dagewesen nach der Schule und haben es uns angeguckt. Das Schiff war erstaunlicherweise kaum beschädigt und konnte seine Fahrt am Nachmittag fortsetzen. Ich weiß, dass der Aufprall an der Mole erhebliche Schäden hinterlassen hat. Man sieht noch jetzt, wie schief einige der Betonplatten sind und dass tiefe Risse zwischen ihnen klaffen. Eigentlich kann man sich denken, dass es gefährlich ist, jetzt dort herumzubalancieren.

Percy hebt die Schultern.

„Ach, kommt, wird schon nichts passieren." Tom gibt nicht so schnell auf.

„Ich gehe nicht", sagt Percy. Und ich bin erstaunt, wie gelassen und bestimmt er das sagt. Wie anders er jetzt wirkt als vor drei Wochen, als er sich hinter seinem Laptop verkroch und aussah, als wollte er möglichst unsichtbar sein.

Tom schaut unsicher zu mir. Ich glaube, ihm liegt etwas Unfreundliches auf der Zunge. Feigling oder so. Aber Percy ist kein Feigling. Er geht allein ins Watt und bleibt draußen bis zum letzten Moment. Er kennt die Gefahren und er weiß, was er tut. Wenn er sagt, das ist gefährlich, dann ist es das auch. Das weiß Tom nicht, aber er wird sich noch daran erinnern, was ich vor zwei Wochen zu ihm gesagt habe. Und er scheint wirklich noch Wert auf meine Freundschaft zu legen, denn er bleibt stumm.

„Ich gehe auch nicht", sage ich.

„Ich auch nicht", sagt Phil. „Ist eh heute nicht so spannend wie damals. Die Flut ist einfach noch nicht hoch genug."

Eine ganze Weile stehen wir nebeneinander, unsere Arme auf das Geländer aufgestützt, und beobachten schweigend die aufgewühlte Elbe.

Es ist nicht so, wie ich es mir vorgestellt habe, als Phil mich fragte, ob Percy und ich mit rauskommen zur Mole 4. Nicht so aufregend, nicht so gewaltig und vor allem um einiges komplizierter. Und doch genieße ich es. Phil und Tom zu meiner Rechten, Percy zu meiner Linken, und um uns herum toben die Vorboten der Sturmflut. Die Kräfte der Natur faszinieren uns alle gleichermaßen, und so sind wir in diesen Minuten miteinander verbunden. Beinahe einträchtig.

Auf dem Rückweg von der Mole 4 schlägt Tom vor, wir könnten ins Kino gehen. Um 16 Uhr komme noch mal Star Trek, den Film hatten wir im Frühling irgendwie verpasst, obwohl er ewig lief. Ich bin überrascht, offenbar können sich Phil und Tom gar nicht von mir trennen oder von mir und Percy. Anscheinend haben sie gestern echt was kapiert, als ich Tom ein Arschloch genannt habe und dann weggegangen bin, damit sie meine Tränen nicht sahen. Vielleicht haben sie sich wirklich vorgenommen, das wieder geradezubiegen.

„Ich hab nicht mehr genug Geld dabei", muss ich zugeben, aber Tom sagt sofort, er leiht mir was.

Und so schauen wir zu viert den Film. Kurz meldet sich die Angst zurück und auch mein schlechtes Gewissen wegen meiner Mutter. Mein Handy habe ich nach der Schule nicht wieder eingeschaltet. Ich habe also keine Ahnung, was zu Hause los ist. Aber mein Vater hat Urlaub, und er kümmert sich. Außerdem finde ich wirklich, dass ich ein Recht auf normale, schöne Tage mit meinen Freunden habe. Und gerade kann ich mir kaum etwas Schöneres vorstellen, als neben Percy im Kino zu sitzen und mit ihm in dieselbe Popcorntüte zu greifen, die uns von Phil rübergereicht wird.

30. NAHE.

-Percy-

Manu und ich im Hafen.
Niemand anderen hätte ich da mit hingenomen.
Niemand anderem hätte ich von früher erzählt.
Vielleicht erzähle ich Manu irgendwann alles.
Wirklich.
Alles.
Manu würde es aushalten.
Und deshalb würde ich es auch aushalten.
Zum ersten Mal würde ich das.
Weil es Manu ist.

Was ist das mit Manu?
Mit Manu und mir?
Manu ist kein Mädchen und kein Junge,
60-40 vielleicht. Oder 55-45.
Aber warum ist das wichtig?
Ich mag Manu so sehr. Und da ist noch mehr.
Herzklopfen. Wärme. Glück.
Jedes Mal, wenn wir uns ansehen.
Jedes Mal, wenn wir uns berühren.
Jedes Mal, wenn wir uns nahe sind.

Noch nie war ich jemandem so nahe.
Noch nie wollte ich jemandem so nahe sein.

Wie viele Minuten waren das jetzt?
Ich hab nicht auf die Uhr geschaut.
Aber das ist nicht wichtig. Nicht mehr.

31. ABER *DAS HIER.*

– Manu –

Scheiße, warum ist die Wohnungstür abgeschlossen? Ich muss den Schlüssel zweimal rumdrehen, bevor ich eintreten kann. Und dann ist es auch noch stockfinster im Flur. Oh Gott! Hoffentlich sind sie nur mal kurz spazieren gegangen. Weil es meiner Mutter besser geht. Weil es ihr wirklich gutgetan hat, dass Papa sich extra Urlaub genommen hat. Bloß ist das nicht sehr wahrscheinlich. So schnell erholt sich Mama nicht.

Zitternd taste ich nach dem Lichtschalter und knipse das Licht an. Noch während ich die Wohnungstür hinter mir schließe, sehe ich den Zettel. Er liegt mitten im Flur und ist mit der eiligen Handschrift meines Vaters beschrieben:

Wir sind im WKK. Hör deine Mailbox ab.

Oh Gott. WKK steht für Westküstenklinikum, unser Krankenhaus in Brunsbüttel. Wenn sie sich doch was angetan hat! Ich hätte doch einen Krankenwagen rufen sollen. Und vor allem gleich nach der Schule nach Hause kommen. Ich hätte wenigstens mein Handy anlassen sollen.

Ich reiße alle Türen auf, mache überall Licht an. Ich gucke in die Waschbecken, untersuche die Badewanne, die Fliesen im Bad, den Teppichboden im Schlafzimmer, ihr Bett. Nirgends sind Blutflecken. Wenn sie sich die Pulsadern aufgeschnitten hätte, müsste man doch irgendwo eine Blutlache sehen. Was ist mit Tabletten? Nirgends Spuren davon, dass sie welche genommen hat. Keine aufgerissenen Packungen, kein Glas mit Rückständen aufgelöster Tabletten, wie man es immer in den Filmen sieht. Ich finde nichts, in der ganzen Wohnung nichts, was darauf hindeutet, dass sie sich was angetan haben könnte. Trotzdem treffen meine Finger kaum die Tasten meines Handys, als ich die Mailbox abhören will. Ich stehe mitten im Flur, um mich herum sind all die geöffneten Türen und die hell erleuchteten Zimmer, nichts begrenzt den Raum, nichts gibt Halt, der Boden schon gar nicht.

Drei neue Nachrichten. Nachricht eins. Freitag, neunter Okto-
ber, dreizehn Uhr siebenundvierzig.

Um dreizehn Uhr siebenundvierzig. Scheiße. Da saßen Phil,
Tom, Percy und ich auf der Bank am Yachthafen und haben uns
die Döner schmecken lassen.

Manuela, warum hast du dein verdammtes Handy nicht an?
Deine Mutter wollte ... sie hat ... sie kriegt sich nicht mehr ein. Ich
weiß nicht, was ich tun soll. Ruf mich bitte sofort zurück! Ende
der Nachricht. Nachricht löschen: Drücken Sie bitte die 7. Nach-
richt speichern: Drücken Sie bitte die 9. Zum Anfang der Nach-
richt zurückkehren: Drücken Sie bitte ...

Die automatische Stimme nervt und beruhigt mich gleichzeitig.
Sie ist so langsam. Gefühllos. Aber wenigstens hört man da nicht
meine Mutter im Hintergrund, wie sie weint und heult und einfach nicht aufhört. Ich drücke die Sieben.

Nachricht gelöscht. Nachricht zwei. Freitag, neunter Oktober,
vierzehn Uhr sechsunddreißig. Manuela, ich habe jetzt doch einen
Krankenwagen gerufen. Deine Mutter hat einen Zusammenbruch
oder so. Wir fahren gleich ins Krankenhaus. Ich melde mich von
da aus wieder. Ende der Nachricht. Nachricht löschen: Drücken
Sie die ...

Ich drücke noch mal die Sieben. Gott sei Dank, sie ist im Krankenhaus. Da ist sie bestimmt erstmal gut aufgehoben.

Nachricht gelöscht. Nachricht drei. Freitag, neunter Oktober,
siebzehn Uhr zehn. Manuela, wo steckst du denn? Warum hast du
dein Handy ausgestellt? Mama wird nach Heide verlegt. Hier gibt
es nur eine Tagesklinik für ... für psychische Probleme. Ich fahre
mit ihr. Ich weiß nicht, wann ich wieder komme. Ich melde mich
wieder. Ende der Nachricht. Nachricht löschen ...

Nochmal Taste Sieben.

Nachricht gelöscht. Zum Hauptmenü ...

Ich drücke den Knopf mit dem roten Auflegezeichen. Einmal,
zweimal, dreimal, viermal. Dann ist es still. Die ganze Wohnung
ist still. Nur an den Fenstern, ganz weit weg kommt es mir vor, da
fegt der Wind vorbei.

In Heide. Das ist fast eine Autostunde entfernt. Er meldet sich wieder. Die Tagesklinik ist anscheinend nicht ausreichend. Sie behalten Mama da. Jetzt ist es kurz nach acht Uhr. Was wird sie jetzt tun? Weint sie immer noch? Bestimmt haben sie ihr Beruhigungsmittel gegeben und sie schläft. Wo bleibt mein Vater? Warum kommt er nicht? Hätte ich doch bloß das Handy angehabt. Ich verbringe einen schönen Tag mit Percy, Phil und Tom und währenddessen bricht meine Mutter zusammen. Wie hilflos Papa geklungen hat beim ersten Anruf! Was wollte meine Mutter? Was hat sie? Was konnte oder wollte mein Vater nicht aussprechen? Wie hat er auf das, was passiert ist, reagiert? Hat er alles nur noch schlimmer gemacht?

Und jetzt? Wo bleibt er nur? Er kann mich doch nicht hier alleine lassen, alleine in dieser leeren Wohnung mit den hellen Zimmern und den offenen Türen ...

Oh doch, er kann. Ich bin selbst schuld. Ich bin gestern abgehauen und habe ihn und meine Mutter allein gelassen. Und heute bin ich stundenlang unterwegs gewesen, anstatt pünktlich nach Hause zu kommen. Da kann ich wohl sehr gut jetzt hier alleine sein. Ich habe es nicht anders verdient.

Ich stehe immer noch mitten im Flur. Ich kann doch nicht ewig hier stehen bleiben. Ich muss was tun. Vielleicht ist Papa ja auf dem Handy erreichbar.

Ich setze mich in der Küche an den Tisch und wähle. Das Freizeichen ertönt. Dreimal, viermal, fünfmal, ... Um diese Uhrzeit kann er doch nicht noch im Krankenhaus sein. Er muss doch irgendwie auf dem Rückweg sein.

„Andresen."

„Papa!"

„Manuela. Wo warst du so lange?"

„An der Mole 4 und im Kino. Mit Phil, Tom und Percy. Was ist mit Mama?"

„Sie behalten sie einige Tage da. Sie schläft jetzt. Sie haben lange mit mir gesprochen. Sie haben eine Vermutung, aber sie wollen erst noch Untersuchungen machen, bevor sie etwas sagen. Und mit Mama reden. Sie denken, dass sie morgen wieder ansprechbar sein wird."

„Papa, es tut mir leid, dass ich nicht da war ..." Ich merke, wie die Tränen in mir aufsteigen, jetzt, wo ich diesen Satz ausspreche. Mein Hals wird von innen eng und meine Augen brennen. Warum sagt Papa nichts? Er muss doch was sagen!

Aber er bleibt stumm. Er macht mir keine Vorwürfe, aber er sagt auch nicht, dass das schon okay ist. Er lässt mich allein, er lässt mich schmoren, es geschieht mir recht.

„Wo bist du, Papa? Wann kommst du?"

„Manuela, ich bin in einer einfachen Pension in Heide. Den letzten Zug nach Hause habe ich leider verpasst, und ein Taxi würde mehr als dreimal so viel kosten wie dieses Zimmer. Ich habe noch nicht mal eine Zahnbürste oder einen Schlafanzug hier. Damit konnte doch keiner rechnen, dass sie sie gleich nach Heide verlegen. Es tut mir leid, wenn du früher erreichbar gewesen wärst, hättest du noch hierherkommen können, aber so ..."

Jetzt soll ich also die Nacht allein hier in der Wohnung verbringen? Ohne so richtig zu wissen, was mit Mama los ist? Mein Hals ist wie zugeschnürt und ich sehe alles verschwommen und habe angefangen zu zittern. Ich bin selber schuld, ich weiß, aber wenn er wenigstens hier wäre und mich in den Arm nehmen würde, so wie früher, als ich klein war, wenn er doch immer der Papa auf See geblieben wäre, vielleicht hätte der Alltag mit meiner Mutter ihn dann nicht so aufgefressen, vielleicht wäre dann wenigstens unser Verhältnis noch in Ordnung.

„Und wann kommst du ...?", quetsche ich heraus.

„Morgen, Manuela, morgen auf jeden Fall. Oder du kommst hierher, es ist morgen doch Samstag, was hältst du davon? Wir müssen allerdings abwarten, was die Ärzte sagen. Lass uns morgen gegen Mittag telefonieren, dann weiß ich sicher mehr."

„Ja, ist gut, Papa ..." Gar nichts ist gut, schon gar nicht meine Stimme, die klingt fast schon wie die von Mama, irgendwie weinerlich ...

„Manuela, kommst du zurecht? Es ist nur diese eine Nacht, und Mama ist da gut aufgehoben. Du musst dir keine Sorgen machen."

„Ich weiß nicht, Papa ..."

„Du schaffst das schon, Manu, ganz bestimmt. Du warst schon immer selbstständig und stark. Du kannst mich anrufen, jederzeit, auch mitten in der Nacht."

Manu. Er hat Manu gesagt. Warum muss ich jetzt heulen? Warum ausgerechnet jetzt?

„Okay, Papa, bis morgen", sage ich schnell, bevor ich gar nichts mehr rausbringe.

„Bis morgen", sagt Papa, und dann lege ich auf.

Hanni und Nannis heile Welt bringt mich zum Weinen. Aber es ist irgendwie ein gutes Gefühl, dieses Weinen. Ich kann ja doch nicht schlafen, habe ich gedacht, und hab mich an das Buch geklammert. Irgendwie ist dann Percy bei mir, wenn ich weiterlese, weil wir das Buch am Donnerstag zusammen angefangen haben. Ich hätte so gerne bei ihm angerufen, aber ich habe seine Nummer nicht. Und bei Windstärke acht zu ihm nach Neufeld zu fahren, das wäre wohl ein Himmelfahrtskommando gewesen. Ich könnte bei Phil anrufen oder sogar zu ihm gehen. Er hat es angeboten und er wäre ganz sicher für mich da. Aber es wäre nicht dasselbe wie mit Percy. Es wäre nicht das, was ich jetzt bräuchte.

Vorhin, nach dem Telefongespräch mit meinem Vater, hab ich erst geheult, am Küchentisch, das Telefon noch immer in der Hand. Aber irgendwann hat es aufgehört, eine Viertelstunde später oder so, und dann hab ich geduscht, überall das Licht ausgemacht und alle Türen geschlossen. Und was gegessen. Nudeln mit Ketchup.

Jetzt beschützen mich die Wände meines Zimmers und mein Bett. Es ist schon nach Mitternacht und ich lese und versuche nur zu lesen, nicht zu denken.

Bei Hanni und Nanni gibt es auch Probleme, aber man muss nur ein paar Seiten weiterlesen, dann gibt es schon eine Lösung. Und ich fange jedes Mal an zu weinen, wenn wieder etwas gut ausgeht, völlig blöd eigentlich, es ist nur eine Geschichte, eine Mädchengeschichte noch dazu. Aber Fräulein Theobald, die Direktorin, die erinnert mich an Dr. Karl. Sie hat auch so etwas Weitblickendes, so etwas Weises, Klares, Überzeugendes. Dr. Karl war mein Glück. Wenn ich daran denke, was Percy durchgemacht hat. Wenn Karl die aufkommenden Hänseleien nicht so erfolgreich unterbunden hätte. Wenn ich Phil nicht gehabt hätte. Und Lenny und Steffen. Und auch Tom. Ich wäre verloren gewesen.

Ich wollte doch lesen und nicht denken. Jetzt kommen sie in dem Internat langsam darauf, dass die hochnäsige Suse wohl ein Problem hat. Ich lese einfach weiter, es ist sogar ein bisschen spannend, vielleicht würde es Percy auch gefallen, es hat sich so unglaublich gut angefühlt, wie wir da zusammen im Bus saßen und das Buch lasen. Zur gleichen Zeit hat Mama ihren Heulanfall gehabt. Und weniger als 24 Stunden später ihren zweiten. Und ich war nicht da. Jetzt ist Mama in einer Spezialabteilung für psychische Probleme, hat Papa gesagt. Wahrscheinlich wollte er nur nicht „Psychiatrie" sagen.

Meine Mutter ist wahrscheinlich in der Psychiatrie.

Ich hab mir vorgestellt, sie geht zu einem Arzt und macht eine Therapie. Und dass sie Medikamente bekommt. Aber doch nicht, dass sie in die Psychiatrie eingeliefert wird! Wer weiß, wie es da ist? Was sie dort mit ihr anstellen? Wann sie da wieder rauskommt? Ich kenne mich nicht aus, ich kenne das nur aus Filmen. Und in denen war es dort eigentlich immer schrecklich.

Ich könnte Papa fragen. Schließlich haben die schon lange mit ihm geredet. Da wird er einen Einblick bekommen haben. Ich kann ihn anrufen, hat er gesagt. Aber vielleicht schläft er ja schon. Sein Tag war bestimmt sehr anstrengend. Vielleicht konnte er erst nicht schlafen und ist jetzt endlich eingedöst.

Nein, ich rufe nicht an.

Ich lese weiter.

Dreißig Seiten noch. Dann ist das Buch zu Ende. Hoffentlich kann ich dann schlafen.

Samstag, 10.10.2009

Irgendwann bin ich in einen unruhigen Schlaf gefallen, aus dem ich morgens um kurz vor sieben jäh aufgeschreckt bin. Vielleicht war es die gewaltige Sturmböe, die den Fensterrahmen so laut hat knacken lassen, vielleicht war es auch der Traum, der mich geweckt hat. Der Sturm jedenfalls ruft mir alles sofort wieder in Erinnerung. Meine Mutter ist in Heide, vermutlich in der Psychiatrie. Papa ist in einer Pension. Ich bin hier alleine. Und draußen stürmt es noch heftiger als gestern. Ich fühle mich hundemüde, aber gleichzeitig bin ich auf einen Schlag wach. Da brauche ich gar nicht erst zu versuchen wieder einzuschlafen, ich würde mich eh nur hin- und herwälzen und anfangen zu grübeln.

Ich stehe auf, ziehe mich an und mache mir Frühstück. Schade, dass nur Toastbrot da ist. Ich hätte jetzt gerne Cornflakes wie gestern bei Percy. Überhaupt wäre ich jetzt so gern bei Percy. Dieser verdammte Sturm. Ohne den wäre ich gestern nochmal nach Neufeld gefahren.

Das Toastbrot schmeckt mir nicht, aber ich würge es hinunter. Nach dem Zähneputzen rufe ich Papa an. Er nimmt sofort ab. Wir reden kurz, er hat es eilig, weil er um halb neun einen Termin im Krankenhaus hat. Einen für sich, sagt er. Weil die Familienmitglieder in so einem Fall auch Gespräche brauchen. Viele Gespräche.

Obwohl er nicht viel Zeit hat, klingt er doch ruhig. Ganz anders als gestern Morgen. Gestern Abend schon kam er mir verändert vor. Er hat mich sogar Manu genannt. Vielleicht fangen die Gespräche schon an zu wirken. Vielleicht ist das alles gut, was da jetzt passiert. Vielleicht haben wir mal Glück. Er sagt, ich solle mir schon mal mögliche Zugverbindungen nach Heide raussuchen. Vielleicht könnten wir Mama am Nachmittag besuchen. Er meldet sich später wieder, wenn er es weiß.

Okay, sage ich, ich werde mein Handy anlassen.

Ich räume das Frühstück weg und wasche ab, ich stehe am Fenster und beobachte den Sturm, und schließlich setze ich mich an meinen Computer und drucke alle Verbindungen nach Heide und zurück aus. Man braucht ungefähr eineinhalb Stunden und muss mehrfach umsteigen, aber immerhin gibt es ungefähr eine Verbindung pro Stunde. Und es ist sogar gar nicht mal so teuer. Mein Geld wird noch reichen, und mein Vater wird es mir sicher nachher wiedergeben.

Gerade als der Drucker die letzte Seite ausspuckt, klingelt es an der Tür. Ich zucke zusammen, das plötzliche durchdringende Geräusch hat mich erschreckt. Aber dann gehe ich zur Gegensprechanlage und nehme den Hörer ab.

„Ja?", sage ich und lausche in die Leitung.

Doch man hört nur die Windgeräusche.

„Hallo?"

Zwei, drei Sekunden lang rauscht weiter nur der Sturm ins Mikrofon. Dann kommt, nach einem kurzen Räuspern, ein zögerliches: „Ich bin's, Percy."

„Hi." Oh Mann, ein einfaches, schlichtes Hi. Aber vielleicht hört er ja mein Lächeln bis da unten.

„Kann ich ... kann ich hochkommen?"

Was für eine Frage! „Ja, klar", antworte ich und drücke auf den Summer.

Noch nie habe ich mich so gefreut, jemandes Schritte auf der Treppe zu hören. Außer früher über die meines Vaters vielleicht, wenn er von einer langen Seereise heimkam. Aber das war eine andere Art von Freude.

Oben angekommen, verlangsamt Percy seine Schritte und bleibt dann im Flur stehen, auf halber Strecke zwischen der obersten Treppenstufe und unserer Wohnungstür.

„Hi", sagt er, lächelnd und irgendwie seltsam schüchtern. Er steckt die Hände in die Hosentaschen und drückt die Arme durch, steht da und sieht mich einfach nur an. „Ich ... ich wollte mal gucken, wie es dir geht", erklärt er dann.

„Gut", sage ich. Erst denke ich, es ist dieses mechanische „Gut", das man standardmäßig antwortet. Denn eigentlich geht es mir doch gar nicht gut. Aber dann merke ich, dass ich mich schon viel besser fühle. Seit ein paar Minuten. Seit ich Percys Stimme in der Gegensprechanlage gehört habe. „Äh, also ... hm ... jetzt gerade geht's mir gut jedenfalls."

Sein Lächeln wird breiter und die Unsicherheit verschwindet ein wenig aus seinem Gesicht. Aber er steht immer noch da, mitten im Treppenhaus, und würde nicht der Sturm gegen die Fenster drücken, dass es knackt und heult, wäre es vollkommen still.

„Komm rein", sage ich schließlich.

Er folgt mir in den Wohnungsflur, während ich die Tür hinter uns schließe, und danach, nachdem er seine Schuhe ausgezogen hat, in die Küche.

„Willst du was trinken?", frage ich, weil ich nicht weiß, was ich sonst sagen soll und weil ich dann was zu tun habe, falls er ja sagt. Und weil wir uns dann an den Tisch setzen können, anstatt hier so komisch nebeneinander rumzustehen.

Hoffentlich sagt er ja.

Er nickt.

„Apfelschorle?", frage ich.

Er nickt wieder.

Warum ist er so zurückhaltend? So ... *still?* Also ... anders still als sonst?

„Setz dich." Ich hole zwei Gläser und die Flasche, schenke uns ein und nehme ebenfalls Platz. Wir sitzen jetzt nebeneinander, über Eck, jeder hält sein Glas fest und nippt daran.

„Ich bin übrigens alleine", verkünde ich dann.

Er schaut mich überrascht an. „Warum?"

„Meine Mutter ist in Heide in der Psychiatrie. Und mein Vater hat dort in einer Pension übernachtet."

„Psychiatrie ...", wiederholt er. „Das tut mir leid."

„Das muss dir nicht leidtun. Sie bekommt jetzt Hilfe. Vielleicht ist es ganz gut da. Jedenfalls reden sie auch mit meinem Vater. Und vielleicht auch mit mir. Mein Vater sagte, dass die Familienmitglieder auch Gespräche brauchen."

„Ja, bestimmt", sagt Percy. Es klingt bestätigend, wie er es sagt, kein bisschen ironisch, aber trotzdem verzieht er das Gesicht. Na ja, seine Erfahrungen mit Psychologen und Therapeuten waren wohl nicht gerade die besten, wenn ich das richtig deute, was er mir erzählt hat. Aber meinem Vater scheint schon ein einziges Gespräch ein wenig geholfen zu haben. Es sind ja nicht alle Psychologen gleich. Und die Patienten sowieso nicht.

„Wieso ist sie in der Psychiatrie?", fragt Percy. „Gestern Morgen waren deine Eltern doch sogar dagegen, zu einem Arzt zu gehen. Hat dein Vater es sich anders überlegt?"

„Ich glaube nicht. Meine Mutter hatte wohl einen schlimmen Zusammenbruch, während wir am Yachthafen waren. Ich glaube, er wusste sich nicht mehr zu helfen und hat dann einen Krankenwagen gerufen."

Auf einmal habe ich die Anrufe von meinem Vater wieder genau im Ohr. Dabei habe ich sie doch extra gelöscht. Es war so schrecklich, wie man meine Mutter im Hintergrund gehört hat. Es klang noch verzweifelter als sonst. Als wäre sie über sich selbst entsetzt und als hätte sie absolut die Kontrolle verloren, über sich selbst, über ihr Leben, über alles. Ich höre auch, wie Papa zweimal anfing: *Sie wollte ... sie hat ...* und wie er dann abbrach. Mir wird heiß bei dem Gedanken. Was wollte sie? Was hatte sie? Es muss etwas Unaussprechliches gewesen sein. Etwas, das er mir lieber nicht sagen wollte. Etwas, was ich gar nicht denken möchte. Aber einmal gedacht, verschwindet es nicht mehr. Im Gegenteil, der Gedanke wird immer lauter und immer klarer, und ich bin mir mit jeder Sekunde sicherer, dass es so war. Bilder rasen durch meinen Kopf. Meine Mutter im Bad, eine Rasierklinge in der Hand. Sie hält sie über ihre Pulsadern. Sie will sich umbringen. Sie hat es wirklich vor. Und dann erschrickt sie, so wie ich jetzt erschrecke. Ich fange an zu schwitzen und mein Herz beginnt zu rasen, ich atme schnell und bekomme trotzdem nicht genug Luft. Vielleicht kam mein Vater dazu und hat verhindert, dass sie sich was antut. Oder sie hat selber realisiert, was sie da vorhat, und Panik bekommen und einen Heulanfall. Und dann kommt mein Vater dazu. Und sie heult und heult und ist so verzweifelt, sie hat endgültig die Kontrolle verloren, sie schreit und mein Vater schreit wahrscheinlich auch, er stürzt herbei, er nimmt ihr die Klinge aus der Hand oder vielleicht auch die Tabletten, die sie gerade einwerfen wollte, er hält sie, er versucht sie zu beruhigen, aber sie beruhigt sich nicht, weil sie so eine Panik hat, sie beruhigt sich einfach nicht ...

„Hey." Percy legt seine Hand auf meinen Oberarm. Ich habe gar nicht gemerkt, wie er näher an mich rangerückt ist. „Manu. Deine Mutter ist in Sicherheit. Was auch immer passiert ist, es ist vorbei."

Mir ist schwindelig. Und heiß und kalt zugleich. Ich schaue Percy an und versuche, gleichmäßiger zu atmen, flacher. Ich hatte ganz vergessen, dass er neben mir sitzt. Das mit Mama, das war so real eben, dabei weiß ich doch gar nicht, ob es wirklich so war. Auch wenn ich mir plötzlich so sicher bin, dass es so gewesen sein muss.

„Ich glaube, sie wollte sich umbringen", sage ich nahezu tonlos. Der Gedanke daran lässt sich sowieso nicht mehr vertreiben, da kann ich ihn auch aussprechen. „Und ich hab mir das gerade vorgestellt, wie das war gestern. Wie es gewesen sein könnte."

Percy sagt nichts, aber der Druck seiner Hand auf meinem Arm wird fester. Wie gut, dass er da ist. Ich mag mir gar nicht vorstellen, wie es gewesen wäre, wenn mir diese Gedanken gestern Nacht gekommen wären.

„Ich hätte nicht immer so lange wegbleiben dürfen. Sie hat gespürt, dass ich ihr ausgewichen bin. Sie hat es gewusst. Letztens hat sie mal gesagt: Vielleicht geht es euch besser ohne mich. Ich hab sofort gesagt: Nein, Mama, wir brauchen dich doch, aber gedacht habe ich was anderes. Bestimmt hat sie das gespürt, bestimmt hat sie das gewusst ... Spätestens, als ich dann wieder so lange weggeblieben bin, wird sie es gewusst haben ...“

Ich fange an zu weinen, nicht so wie Mama, ich schluchze nicht, aber ich spüre die Tränen, die mir die Wangen runterlaufen, ich fühle mich so schuldig, ich hab so Angst, dass sie sich deswegen umbringen wollte.

„Du bist nicht schuld, Manu.“ Percy streicht mir sanft über den Oberarm. „Ich weiß nicht, ob sie sich wirklich umbringen wollte und wenn ja, warum, aber ich weiß, dass du nicht schuld bist.“

„Wie kannst du das wissen?“

„Ich hab dir gestern doch erzählt, es ist eine Stoffwechselstörung im Gehirn. Eine Krankheit. Daran ist niemand schuld.“

Vermutlich hat er recht. Er hat es gelesen und er liest viel und ich halte ihn für intelligent genug, dass er die richtigen Quellen liest und dass er alles versteht und behält, was dort steht. Trotzdem fällt es mir schwer, das zu glauben. Dazu hat meine Mutter mir viel zu oft die Schuld an ihren Heulanfällen gegeben. Wie zum Beispiel, als das mit der Vase passiert ist. Oder als sie meinte, irgendwann bringe sie sich noch um, weil ich immer nur mit Phil und Tom und den anderen rumhänge, anstatt mich wie ein richtiges Mädchen zu benehmen. Dass ich immer ein Junge sein wollte und alles dafür tat, in den Augen anderer einer zu sein, das hat sie mir immer vorgeworfen. Immer hat sie mir zu verstehen gegeben, dass sie sich eine normale Tochter wünscht. Und dann hat sie sich selber die Schuld dafür gegeben, dass ich so bin. Weil sie ja so ein schlechtes Vorbild ist. Wie soll eine Tochter einer Mutter nacheifern, die ein solches Häufchen Elend ist, hat sie geheult, und das hat sie mir dann auch wieder vorgeworfen, als könnte ich was dafür, dass sie sich die Schuld dafür gibt. Als könnte ich irgendwas daran ändern, dass ich so bin. Ihr zuliebe. Damit es ihr besser geht. Ich hab sie gehasst dafür und hatte gleichzeitig Angst, dass sie recht haben könnte.

„Sie gibt mir immer die Schuld. Für alles. Sogar dafür, dass sie glaubt, dass ich nur deswegen ein Junge sein will, weil sie so ein Häufchen Elend ist. Weil sie nicht als Vorbild taugt. Ich könnte doch wenigstens ihr zuliebe mit Mädchen spielen und mich wie ein Mädchen kleiden. Weil es ihr dann besser ginge und sie mir ein besseres Rollenbild vorleben könnte."

„Manu, sie ist krank. Vielleicht hat sie sogar noch was anderes außer ihren Depressionen und den Manien. Du hast keine Schuld. Und genauso wenig ist ihre Krankheit der Grund dafür, dass du so bist, wie du bist. Das ist wahrscheinlich angeboren, Manu. Es gibt Tausende andere, die so sind wie du, die haben ganz normale Familien."

Er ist fünfzehn, er ist einfach nur ein Junge, genauso alt wie ich, und trotzdem tut es so gut, dass er das sagt, es tut so fürchterlich schrecklich entsetzlich gut, dass ich weinen muss. Mein Kinn zittert und ich sehe Percy nur noch verschwommen und die Tränen rinnen mir über das Gesicht und ich schaffe es gerade noch, dabei nicht zu schluchzen oder irgendwelche anderen Geräusche von mir zu geben.

Percy steht auf und gibt mir ein Taschentuch aus der Box auf der Fensterbank, und gerade als ich es entgegennehme, klingelt mein Handy. Ich zucke zusammen, einen ungünstigeren Zeitpunkt für den Anruf meines Vaters gibt es wohl nicht. Aber ich muss rangehen, er will mir sicher sagen, dass und wann wir meine Mutter besuchen können, also wische ich mir die Tränen aus dem Gesicht, schnäuze mir die Nase und nehme dann den Anruf entgegen.

Es *ist* mein Vater.

Er sagt, dass er eigentlich mitten in dem Gespräch ist, von dem er vorhin erzählt hat, aber dass er jetzt wisse, dass wir Mama nachher besuchen können. Aber erst um vier Uhr nachmittags, ob ich die Verbindungen schon rausgesucht hätte?

„Ja", antworte ich, „sie sind im Drucker."

„Ist alles in Ordnung bei dir?", fragt Papa. „Du hörst dich gar nicht gut an."

„Doch, alles gut", sage ich schnell. Und das ist nicht mal gelogen, denn im Grunde genommen war alles schon lange nicht mehr so gut wie gerade. „Ich geh nur eben zum Drucker."

Während mein Vater mir beschreibt, wie ich zum Krankenhaus komme und wo wir uns dort treffen, gehe ich in mein Zimmer und hole die Papiere. Es fällt mir schwer, mich darauf zu konzentrieren, was mein Vater sagt, weil da plötzlich so viel Erleichterung in mir ist und ich noch gar keine Zeit hatte, das alles so richtig zu begreifen. Das mit der Schuld. Oder vielmehr das mit der Nicht-Schuld. Dass es vielleicht einfach angeboren ist. Dass es Tausende gibt, die so sind wie ich. Ich frage Papa noch zweimal, wo genau wir uns treffen, und mein Vater wiederholt es erstaunlich geduldig. Ich sage ihm, wann ich in Heide ankomme, und er verspricht, rechtzeitig am Treffpunkt auf mich zu warten. Dann muss er auflegen, weil er ja noch in diesem Gespräch ist, und die Verbindung ist unterbrochen.

Als ich mit den Zetteln zurück in die Küche komme, steht Percy am Fenster und schaut nach draußen. Er merkt anscheinend sofort, dass ich komme, und dreht sich um und sieht mich fragend an.

„Mein Vater und ich können meine Mutter nachher besuchen", erkläre ich. „Heute Nachmittag um vier. Ich nehme den Bus um zwanzig vor zwei ab ZOB."

„Kann ich mitkommen?" Kurz nachdem er seine Frage beendet hat, fängt er an zu grinsen. So, als wäre auch ihm in diesem Moment die Parallele aufgefallen. Er lehnt sich gegen die Fensterbank und stützt seine Hände locker darauf.

„Nach Heide", sage ich genauso ironisch wie Percy am Dienstag. Aber anders als er vor vier Tagen kann ich mir jetzt das Grinsen nicht ganz verkneifen. Vielleicht auch deswegen, weil es so guttut, wieder zu grinsen und zu scherzen und zur Normalität überzugehen.

„Ich war noch nie in Heide", sagt Percy. „Und außerdem ... könnte ich Hilfe bei den Französischhausaufgaben gebrauchen."

Für mehrere Sekunden sehen wir uns an, und ich bin mir sehr sicher, er freut sich genauso über die Anspielungen in unserer Unterhaltung wie ich. Mein Herz schlägt heftig und treibt mit jedem

Schlag ein wenig mehr Glück durch meine Adern, während Percys Grinsen immer mehr zu einem Lächeln wird, einem sehr breiten, einem sehr schönen, ich mag es, ich mag *ihn*.

„Dann komm halt mit." Das Lächeln, das ich in meinem Gesicht spüre, ist vermutlich mindestens ebenso breit wie das von Percy.

Weil wir hier nicht ewig so stehenbleiben können, mache ich einen Schritt zum Küchentisch, nehme mein Glas und trinke den letzten Schluck darin aus.

„Wie bist du eigentlich hierhergekommen?", frage ich dann.

Percy lehnt noch immer an der Fensterbank. Es sieht ziemlich lässig aus. „Meine Mutter hat mich gefahren."

„Deine Mutter fährt dich extra her?"

„Sie wollte sowieso noch zum Baumarkt. Aber ja, vermutlich hätte sie mich auch sonst gefahren."

„Warum?" Meine Mutter hätte das sicher nicht getan. Auch nicht während ihrer guten Phasen.

„Es war mir wichtig, und das weiß sie." Er zuckt mit den Schultern, als sei das nichts Besonderes, aber gleichzeitig verraten mir seine Augen, dass sein „Es war mir wichtig" noch viel mehr bedeutet. Dass *ich* ihm wichtig bin. Und deswegen ist es doch was Besonderes.

„Ich find es schön, dass du mit nach Heide kommst", spreche ich aus, was ich denke. Jedenfalls einen Teil von dem, was ich denke.

„Ich auch", sagt Percy. „Willst du bis dahin noch mit zu mir kommen? Du könntest bei uns zu Mittag essen, und vorher könnten wir meiner Mutter helfen, den einen Apfelbaum sturmfest zu machen. Er ist schon alt, aber er hat die leckersten Äpfel von allen, und meine Mutter hat Angst, dass er die Nacht nicht übersteht."

„Klar, gerne", sage ich. Ich kann mir nichts Schöneres vorstellen.

Percys Mutter kommt wenig später mit ihrem dunkelgrünen Kombi vor unserem Haus vorgefahren. Sie muss extra einen der Rücksitze wieder zurückbauen, damit ich überhaupt mitfahren kann, aber das scheint ihr nichts auszumachen. Im Gegenteil, sie freut sich offensichtlich, dass ich mitkommen will.

Kurz darauf sitze ich neben drei langen Holzpfählen, drei halb-runden kürzeren Hölzern und einer Rolle mit dickem, sehr faseri-gem Band auf dem Rücksitz, und wir fahren durch den Sturm zu Percy nach Neufeld. Während der Fahrt erzählt Percy seiner Mut-ter, dass er mich nachher nach Heide begleiten will. Er erklärt, dass meine Mutter dort im Krankenhaus ist und mein Vater und ich sie nachmittags besuchen werden. Ich hab ein bisschen Angst, dass Frau Claasen nachfragen könnte, was meine Mutter hat, aber sie tut es nicht. Sie will nur wissen, was Percy so lange in Heide ma-chen will, und er antwortet, er guckt sich die Stadt an, schließlich sei er noch nie in Heide gewesen. Bei den Worten dreht er sich kurz zu mir um, und wir tauschen einen verschwörerischen Blick aus.

Der Sturm peitscht bereits heftig durch Percys kleinen Garten, aber noch steht der alte Apfelbaum. Bei jeder scharfen Böe fasst der Wind mit einer solchen Macht in die niedrige Baumkrone, dass der dünne Stamm sich unter Ächzen biegt.

Ich fühle mich herrlich lebendig, während Percy, seine Mutter und ich dem Sturm trotzen. Mit einem riesigen, schweren Ham-mer rammen Percy und ich abwechselnd die drei Pfähle in den Boden, während seine Mutter die Trittleiter festhält, auf der je-weils einer von uns steht. Es ist gar nicht so leicht, den Pfahl mit dem nötigen Schwung zu treffen, weil irgendwie immer die Baum-krone im Weg ist, die auch noch gefährlich schwankt, und schließ-lich opfert Percys Mutter ein paar Zweige und dünnere Äste, in-dem sie sie mit der Baumschere abschneidet. Als die Pfähle fest genug im Boden stecken, schrauben wir die halbrunden Hölzer da-ran, und zum Schluss binden wir den Baumstamm mit dem Kokos-strick mit einer speziellen Bindetechnik in der Mitte zwischen dem Holzdreieck fest.

Die körperliche Arbeit macht mir Spaß. Ich hab noch nie Gar-tenarbeit gemacht, weil wir ja keinen Garten haben. Ich wusste gar nicht, wie schön es ist, einen Holzpfahl zu halten und die Erschüt-terungen der Hammerschläge in ihm zu spüren, Zweige wegzu-drücken oder einen Vorschlaghammer zu schwingen und ihn auf den Holzpfahl niedersausen zu lassen. Aber vor allem ist es wunderschön, das alles mit Percy zusammen zu tun. Da ist so viel Wärme in mir, ich denke die ganze Zeit, dass ich ihn so mag und dass es mich glücklich macht, in seiner Nähe zu sein.

Später räumen wir alles weg und stellen auch noch die Blumentöpfe, die auf der kleinen Terrasse stehen, in das Gartenhäuschen, damit sie nicht vom Wind umgeworfen werden. Dann gehen wir ins Haus und schälen Kartoffeln, während Percys Mutter den Rest des Mittagessens vorbereitet. Kartoffeln schälen ist nun wirklich nichts Besonderes, aber es in Percys warmer Küche zu tun und dabei mit Percy zusammen am Tisch zu sitzen und unter dem Tisch sich unsere Knie berühren zu lassen, das ist so viel mehr als einfach nur Küchenarbeit. Schade eigentlich, dass Frau Claasen nicht noch viel mehr Kartoffeln braucht.

Zu Mittag gibt es dazu Kotelett und selbstgemachtes Apfelmus, ich hab noch nie Apfelmus zu sowas gegessen, aber es schmeckt wirklich gut. Ich muss an Phil denken, bei dem ich früher oft gegessen habe, wir haben die ganze Zeit geredet und rumgealbert und uns vor Lachen ausgeschüttet. Das waren immer sehr glückliche Momente für mich, aber *das hier*, das mit Percy, das ist ein ganz anderes Glück, es ist groß und mächtig und intensiv und so hell, dass es sogar in die dunkelsten Momente hineinstrahlt.

32. FIND ICH NICHT.

– Manu –

Nach dem Essen bleibt nicht mehr viel Zeit, bis wir von Percys Haus zur Haltestelle Neufeld Kreuzung aufbrechen, um den Bus nach Brunsbüttel zu nehmen. Am ZOB haben wir nur kurz Aufenthalt, bis der Bus nach Burg kommt. Der ist ziemlich leer, wir nehmen eine Vierersitzgruppe, aber diesmal sitzen wir nebeneinander und stellen beide unsere Füße auf den Radkasten unter dem gegenüberliegenden Sitz. Während der Bus über das flache Land braust, wird er vom Sturm durchgeschüttelt. Hausaufgaben machen könnte man jetzt nicht, da würde einem schlecht werden. Aber wir haben die Französisch-Lektüre, die wir über die Ferien durcharbeiten müssen, auch gar nicht mitgenommen.

Ich schlage Percy vor, uns in den Ferien zu treffen und dann zusammen die Lektüre zu lesen. „Und wenn du willst, kann ich dir auch noch ein bisschen Nachhilfe in Grammatik geben und dich Vokabeln abfragen", füge ich noch hinzu.

„Sag nicht *Nachhilfe*." Percy spricht das Wort aus, als wäre es etwas absolut Abscheuliches. „Wir treffen uns und machen Französisch, okay?"

„Wie du willst. Hast du mal Nachhilfe gehabt?"

„Ich sollte. War eine Auflage in meiner alten Schule, als ich dreizehn war. Weil ich so selten in der Schule war. Sie meinten, ich bräuchte das, um den Stoff aufzuholen, den ich verpasst hatte." Er sagt es so spöttisch, als wäre das eine vollkommen hirnrissige Idee gewesen.

„Klingt doch nach einem vernünftigen Vorschlag."

„Ich sagte, es war eine *Auflage*, kein Vorschlag." Seine Stimme klingt plötzlich hart, fast aggressiv.

„Gut, dann eben eine Auflage. Ich hab's verstanden. Aber trotzdem, was spricht dagegen?"

Er schweigt. Sein Blick wirkt finster. Seine Augen sind schmal, und die Lippen hat er fest aufeinandergepresst. Nur kurz guckt er mich noch an, dann wendet er sich ab und sieht geradeaus, und als er merkt, dass ich ihn weiter von der Seite ansehe, dreht er seinen Kopf sogar ganz von mir weg und schaut gegenüber aus dem Fenster.

Ich denke an unsere stille Abmachung, die bisher immer gegolten hat. Dass wir den anderen nicht drängen. Dass wir warten, bis einer von selbst bereit ist zu reden. Ich sollte da nicht dran rütteln. Beinahe hätte ich es getan. *Bei Dr. Karl hast du dich doch auch auf Auflagen eingelassen*, hätte ich am liebsten gesagt. Vielleicht wäre das Band zwischen uns dann gerissen. Vorhin fühlte es sich so stark an, aber in Wahrheit ist es noch immer fragil.

Ich will nicht, dass es reißt.

Ich will Percy nicht verlieren.

Und genauso wenig will ich, dass *er mich* verliert.

Percy sitzt noch immer stumm neben mir, das Gesicht abgewandt und die Hände auf der Sitzfläche aufgestützt. Zaghaft rücke ich meine Hand ein wenig näher an seine, bis sich unsere Fingerspitzen berühren.

Er zieht seine Hand weg und verschränkt die Arme.

Mein Herz beginnt heftig zu pochen. Ich weiß nicht, was ich tun soll. Oder was ich sagen könnte. Egal was, es könnte ein Fehler sein.

Also mache ich nichts. Ich sitze neben Percy und höre meinem galoppierenden Herzschlag zu und der Bus fährt über die Landstraße, frisst Meter um Meter seiner Strecke und draußen fegt der Wind über die Felder und Weiden.

Minute um Minute vergeht, ohne dass Percy sich rührt. Kilometer um Kilometer braust der Bus seinem Ziel entgegen, während mein Herz immer lauter wird und das Band zwischen uns immer dünner.

Als das Ortsschild von Burg in Sicht kommt, legt Percy seine Hand auf meine und schiebt seine Finger zwischen meine.

Kurz treffen sich unsere Blicke.

Scheiße, ich muss weinen.

Bevor ich meinen Blick abwende, kann ich sehen, dass auch Percys Augen schimmern.

Eine ganze Weile sitzen wir so da, die Finger fest miteinander verschränkt. Der Bus fährt durch Burg, vorbei an roten Backsteinhäusern und kleinen Geschäften, an weißen Häusern mit Veranda und kleinem Giebel in der Mitte, durch das Stadtzentrum, zum ZOB und an zwei Schulen vorbei. Wir schauen beide nach draußen, Percy nach links und ich nach rechts. Ich habe Percys Tränen gesehen und er meine, aber wir lassen einander nicht los, die ganze Zeit nicht. Wir sitzen beide da und ringen die Tränen nieder, jeder für sich und doch irgendwie zusammen.

Der Bahnhof in Burg liegt außerhalb der Stadt. Als wir schließlich davor halten, warten Percy und ich, bis die wenigen anderen Fahrgäste den Bus verlassen haben. Erst dann löst Percy seine Hand aus meiner und steht auf. Auf dem Weg zum Bahnsteig berühren wir uns nicht, aber während wir nebeneinanderhergehen, ist das Band zwischen uns wieder da, und ich bin mir sicher, es ist stärker geworden.

Weil wir beide wissen, dass wir den anderen nicht verlieren wollen.

Vielleicht sogar nicht verlieren *dürfen*.

Hier im Landesinnern ist es nicht ganz so stürmisch wie zu Hause, aber doch sehr windig. Wir setzen uns in das halboffene Wartehäuschen, auch wenn das nicht viel bringt, weil der Wind aus Südwesten kommt. Aber wenigstens sitzen wir nicht im Durchzug.

„Entschuldigung", sagt Percy nach einer Weile, ohne mich anzusehen.

„Angenommen", antworte ich.

Jetzt schaut er mich doch an, schüchtern und unsicher, von der Seite, ein bisschen länger als nur kurz, bevor er doch wieder wegsieht. Ich glaube, er überlegt, ob er was preisgeben will oder nicht und wenn ja, wie viel.

Mehrere Minuten sitzen wir stumm nebeneinander, aber es fühlt sich nicht unangenehm an. Ich werde einfach warten, bis er spricht, und wenn er nichts sagt, ist es auch okay.

„Weißt du, man hat mich von einer Therapie in die andere gezerrt", fängt er schließlich an. „Ich musste die erste Klasse wiederholen und hab in der vierten eine übersprungen, weil sie dachten, dass das helfen würde, wenn ich intellektuell mehr herausgefordert wäre. Jeder hat an mir herumgedoktert und keiner hat verstanden, wie das sein kann, dass man ... dass man mit so einem hohen IQ so dermaßen versagen kann. Wie man so *blöd* sein kann, dass man sogar die Nachhilfe schwänzt, die extra für einen organisiert worden ist. Mein Vater hat ... er ist vollkommen ausgeflippt deswegen. An dem Abend, an dem er es herausgefunden hat, da ...“

Er stockt. Er beugt sich vor, schiebt seine Hände unter seine Oberschenkel und schaut auf seine Knie. Oder auf die Gehwegplatten des Bahnsteigs vor uns. Mit durchgedrückten Armen sitzt er da und schweigt. Ich würde ihm gern meinen Arm um die Schultern legen. Oder wenigstens meine Hand auf seinen Arm. Aber eben hat er sich abgewendet, als ich meine Hand auf seine legen wollte, deswegen traue ich mich nicht.

Der Sturm lässt gerade ein paar besonders starke Böen wehen, sie drücken die schmalen Stämme der Birken am Bahnsteig gegenüber nach unten und reißen an den dünnen Zweigen. Ich überlege, was wohl passiert sein mag, als Percys Vater ausgeflippt ist, da redet Percy doch weiter, den Blick immer noch auf den Boden gerichtet.

„Ich werd den Abend nie vergessen. Nie. Wenn jemand nicht schreit, sondern plötzlich ganz leise spricht, wenn er seine Worte zwischen den Zähnen hindurchzischt und dich mit seinen Blicken tötet, dann musst du dich in Acht nehmen. Und wenn er merkt, dass er dich mit seinen Worten nicht brechen kann, weil du dich nicht brechen lässt, wenn du einfach beschließt, deine Würde zu behalten, obwohl er sie dir mit seinen Worten gerade genommen hat, dann verliert er endgültig die Kontrolle. Er hat ... ich konnte tagelang nicht ...“

Wieder hält er inne. Was immer auch passiert ist, es scheint so schlimm gewesen zu sein, dass er es nicht aussprechen will. Oder es nicht kann. Hat ihn sein Vater geschlagen? Ich denke daran, wie seine Mutter mich das als Erstes gefragt hat, als ich sagte, bei uns zu Hause sei es nicht auszuhalten. Vielleicht kam ihre Vermutung nicht von ungefähr. Vielleicht hat sie deshalb so erschrocken ausgesehen, als sie mich das gefragt hat. Percy schweigt noch immer, und ich glaube, er kämpft mit den Tränen und mit sich. Dann, plötzlich, atmet er einmal tief durch und schaut mich an. Oder zumindest schaut er in meine Richtung, denn eigentlich hab ich das Gefühl, er schaut durch mich hindurch.

„Als es vorbei war, bin ich ins Watt gerannt, es war warm, es war Juni, es war noch lange hell. Es war zwei Stunden vor Niedrigwasser, ich bin bis zur Wasserkante gerannt und dann bin ich dem ablaufenden Wasser gefolgt, ich hab mein T-Shirt ausgezogen und ins Wasser getaucht und damit die Stellen gekühlt, ich bin ewig da geblieben. Als die Schiffe draußen ihre Positionslichter angeschaltet hatten und ich wusste, dass die Flut nicht mehr lange auf sich warten lässt, bin ich zum Deich zurückgegangen."

Während Percy erzählt, sehe ich alles vor mir. Ich hab seinen Vater sogar gehört, obwohl ich ihn gar nicht kenne, ich hab ihn zischen gehört, ich hab gesehen, wie er Percy angefasst hat, am Oberarm, so fest, dass hinterher blaue Flecken da waren. In meiner Vorstellung hat sein Vater ihn an die Wand geschleudert, vielleicht hat er ihn auch geschlagen, ich weiß es nicht. Aber ich weiß, wie Percy sich gefühlt hat, ungefähr jedenfalls, das Gefühl sitzt in meiner Brust, es schmerzt höllisch und ist viel zu riesig für jemanden, der dreizehn ist. Und es bleibt nicht dort, während Percy spricht, es steigt auf in meinen Hals, es breitet sich überallhin aus und ich kann es kaum aushalten, obwohl es doch gar nicht mein Gefühl ist, sondern Percys. Mein Herz klopft schnell und es übertönt sogar den Sturm, wie schnell muss Percys Herz klopfen und wie laut?

Dann sehe ich Percy vor mir im Watt, mit nacktem Oberkörper und blauen Flecken oder Wunden, vielleicht am Oberarm, vielleicht am Rücken. Das Watt hat was Beruhigendes, ich war mit Percy da, es ist gefährlich, aber es ist berechenbar, wenn man sich auskennt, und Percy kennt sich aus. Während er über das Watt sprach, wurde auch er etwas ruhiger. Bestimmt hat er sich erinnert, wie er damals den Schiffen zugeguckt hat, die sich in der Mitte der Elbe begegneten, die kleinen und die großen. Er hat gesehen, wie die Sonne sich immer weiter gesenkt hat und die Schiffe nach und nach ihre Lichter angeschaltet haben. Vielleicht hat er sich gefragt, wohin sie fahren oder was sie geladen haben, so wie ich es mich auch oft frage. *Das zu denken ist wie nichts zu denken*, vermutlich geht er deshalb so gerne dahin. Weil man das einfach manchmal braucht, nichts zu denken.

„Was ist dann passiert?", frage ich und hoffe, dass da jetzt genug Ruhe in Percy ist, dass er antworten kann und nicht wieder schweigen muss.

„Meine Mutter stand am Deich. Sie hat mich in den Arm genommen und gehalten und wir haben beide geweint. Irgendwann sind wir nach Hause gegangen. Mein Vater war nicht mehr da. Meine Mutter hat ihn rausgeworfen. Sie hat gesagt, sie zeigt ihn an, wenn er nicht auf der Stelle das Haus verlässt."

Percy hat eine tolle Mutter. Aber ich mag das jetzt nicht sagen, ich kann das jetzt nicht sagen, das fühlt sich irgendwie nicht richtig an und es würde bestimmt abgedroschen klingen. Ich erinnere mich, dass Percy auch bei mir einfach nur zugehört hat, als ich von meiner Mutter erzählt habe, und wie gut das getan hat. Also sage ich nichts, ich gucke ihn nur von der Seite an, und ich sehe, dass er weint.

Da nehme ich meinen ganzen Mut zusammen und lege meinen Arm um seine Schultern.

Er lässt es zu.

Er windet sich nicht heraus.

Wir bleiben so sitzen, bis unser Zug einfährt. Das Kreischen der Räder beim Bremsen übertönt alles, sogar den Wind.

Wir erheben uns, als die Bahn zum Stillstand kommt.

Der Zug nach Heide ist ähnlich leer wie der Bus vorhin. Die Plätze um uns herum sind alle frei. Wir setzen uns nebeneinander in Fahrtrichtung, ziehen uns die Schuhe aus und stellen unsere Füße auf der Kante der gegenüberliegenden Sitze ab. Die Ärmel unserer Jacken berühren einander, der Zug braust über das flache Marschland, und jeder von uns hängt seinen eigenen Gedanken nach. Meine sind immer noch bei Percy und seiner Mutter und seinem Vater und dem Watt. Und bei Percy und mir auf der Bank im Wartehäuschen. Percy sieht jetzt wieder entspannter aus. Ich wüsste gern, ob unsere Gedanken einander ähneln.

„Jetzt weißt du, warum das Thema Nachhilfe für mich kein

normales Thema ist", sagt Percy irgendwann.

„Ja."

„Eine Zeitlang habe ich mich schuldig gefühlt, dass ich die Ehe meiner Eltern an diesem Abend zerstört habe, und das alles nur wegen so einer beschissenen Nachhilfe."

„Es war nicht deine Schuld."

„Ich weiß. Ich hab auch das gelesen. Kinder können nicht schuld sein. Die Erwachsenen tragen die Verantwortung. Immer. Aber der Verstand ist das eine und was man fühlt ist das andere."

„Warum wolltest du eigentlich nicht zur Nachhilfe gehen?"

„Es war ja nicht nur die Nachhilfe. Ständig gab es Gespräche mit den Lehrern. Mal nur ich und sie, mal musste meine Mutter dabei sein, die Schulpsychologin wurde eingeschaltet, eine Sonderschullehrkraft machte Tests mit mir, die Beratungslehrerin beobachtete mich im Unterricht, Vereinbarungen wurden getroffen, Therapien empfohlen ... Seit ich in der ersten Klasse war, ging das so. Weißt du, wie beschissen es sich anfühlt, wenn du merkst, wie hilflos alle um dich herum sind? Wenn sie dir eine Auflage nach der anderen machen, und irgendwann weißt du genau, du wirst sie enttäuschen, weil die Auflagen sinnlos sind und weil du sie deshalb nicht einhalten wirst? Und weil du außerdem verdammt noch mal keine Lust mehr darauf hast, wie ein Gestörter behandelt zu werden?"

Es muss sich *sehr* beschissen angefühlt haben. Beängstigend. Existenzbedrohend. Ich weiß nicht, wie Percy das macht, aber wenn er erzählt, fühlt es sich immer fast so an, als würde ich das gerade selber durchleben.

„Du bist nicht gestört", sage ich.

„Nein. Bin ich nicht. Und deshalb lasse ich mir auch keine Auflagen mehr machen. Ich hab das beschlossen, als ich zwölf war."

„Und dann? Wie ging es weiter?" Immerhin müssen noch etwa zwei Jahre vergangen sein bis zu seinem Schulwechsel, wie hat er die überstanden, wenn er sich allem verweigert hat?

Er zuckt mit den Achseln.

„Irgendwie. Intelligenz hilft. Wenn es sein musste, war ich da und hab geliefert. In der achten Klasse wurde ich knapp versetzt. Aber es war die Hölle. Die Lehrer, die Mitschüler ... In der neunten

Klasse ... ich war immer seltener da. Weißt du, ich lasse mich nicht demütigen. Bloß konnte ich dann irgendwann auch nicht mehr liefern."

„Und der Vertrag mit Dr. Karl? Warum hast du dich darauf eingelassen?"

„Das war anders, Manu. Dr. Karl ... der war nicht hilflos. Der hält mich nicht für gestört. Seine Bedingungen waren anders. Sie waren ... sind ... sinnvoll. Vernünftig. Und es war meine Entscheidung, ob ich mich drauf einlasse oder nicht. Ich hab sie angenommen, weil ich kapiert hab, dass seine Bedingungen genau die sind, die ich brauche. Die und keine anderen."

„Du kamst gerade von dem Gespräch, als wir uns im Sekretariat begegnet sind, oder?"

„Ja." Er grinst ein wenig und sagt dann: „Ich hab gedacht, du wärst ein Junge."

„Das war ich auch." Gefühlt jedenfalls.

„Und jetzt?"

Ich hebe die Schultern. „Ich weiß nicht. Jetzt irre ich irgendwo auf der Mitte von diesem blöden Kontinuum umher."

„Das Kontinuum ist nicht blöd."

„Die Mitte schon."

Unser Zug erreicht den Bahnhof von Heide, und wir stehen auf. Auf einmal nimmt Percy meine Hand.

„Find ich nicht", sagt er, er guckt mich an, ganz lieb irgendwie, er lächelt, und dann wendet er sich zum Gehen und zieht mich hinter sich her zur Tür unseres Waggons. Während ich ihm folge und wir aus dem Zug steigen und über den Bahnsteig gehen, Hand in Hand, platze ich beinahe vor Glück.

33. STURM.

– Manu –

Percy bleibt in der Stadt, während ich zum Krankenhaus Heide weitergehe, er will nicht stören, hat er gesagt, und wahrscheinlich hat er recht damit. Wir haben unsere Handynummern ausgetauscht, komisch eigentlich, dass wir das nicht längst schon getan haben. Ich treffe meinen Vater vor dem Haupteingang, wir umarmen uns lange, ich weiß gar nicht, wann wir uns das letzte Mal überhaupt umarmt haben.

Unseren Termin bei Mama haben wir erst in einer halben Stunde, wir gehen in die Cafeteria, trinken einen Tee zusammen und reden miteinander, wie wir schon lange nicht mehr miteinander geredet haben. Über früher und über die letzte Zeit, auch über gestern. Ich sage noch mal, es tut mir leid, Papa, dass ich nicht erreichbar war, aber Papa entgegnet, ich solle froh sein, dass ich das alles nicht mitbekommen habe, er wolle mich noch nicht einmal mit einer genauen Schilderung belasten. Wenn du mit Percy einen schönen Tag gehabt hast, das war doch dann viel besser, sagt er, vielleicht hast du es geahnt, Manu, und deshalb wohlweislich dein Handy abgestellt. Er sagt schon wieder Manu, dabei bin ich doch sowieso schon überwältigt von dem, was er sagt, wir haben uns so viel gestritten in der letzten Zeit und jetzt ist das alles vorbei.

Dann erkundigt er sich auch noch nach Percy, wer das denn sei, aber ich sage nur, das ist eine lange Geschichte, denn gleich müssen wir aufbrechen und außerdem würde ich sonst wahrscheinlich anfangen zu weinen. Weil das mit Percy so schön ist, obwohl wir uns von unseren dunkelsten Stunden erzählt haben. Und weil Percy *Find ich nicht* gesagt hat, einfach so, er sagt oft so viel mit so wenigen Worten, dass es mir manchmal eine Gänsehaut macht und es überall in mir drin schrecklich-schön kribbelt.

Das Wort „Psychiatrie" auf dem Schild des Gebäudes, das wir wenig später betreten, versetzt mir einen gewaltigen Schrecken. Aber hier ist nichts vergittert, es ist keine geschlossene Anstalt, wie Papa mich beruhigt, es laufen keine Menschen in Zwangsjacken herum, die schreien und mit dem Kopf gegen die Wand schlagen, wie ich es in den Filmen gesehen habe.

Wir sprechen zuerst mit einer Ärztin, sie sagt uns, die Untersuchungen seien noch nicht abgeschlossen, deshalb könne sie noch nicht viel sagen. Aber sie vermuten, dass Mama unter mehreren psychischen Krankheiten gleichzeitig leidet. Sie würden sie noch mindestens eine Woche dabehalten, eher länger, aber wenn sie keine stationäre Betreuung mehr brauche, dann könne sie in die Tagesklinik Brunsbüttel wechseln. Sie hätten Mama gestern erst einmal Beruhigungsmittel gegeben, und auch jetzt stünde sie unter Medikamenten, deshalb sollten wir uns nicht erschrecken, wenn sie schläfrig wirke, aber sie sei ansprechbar und wir könnten eine halbe Stunde bei ihr bleiben.

Ich habe Angst, als wir uns dem Zimmer meiner Mutter nähern, aber als wir dann drin sind, geht es schon besser. Meine Mutter liegt in einem Krankenhausbett und ist an eine Infusion angeschlossen, sie sieht müde aus, aber eigentlich eher besser als gestern Morgen oder vorgestern Abend. Sie lächelt sogar ein bisschen, als sie uns sieht.

Als Erstes sagt sie, dass ihr das alles so leidtut, weil sie uns solche Umstände macht, aber Papa meint, da solle sie jetzt nicht drüber nachdenken, sie sei krank und da könne man nichts dafür. Wichtig sei, dass sie jetzt wieder gesund werde, hier in der Klinik könne man ihr helfen. Ich frage mich, ob das von ihm selbst kommt oder ob ihm die Ärzte geraten haben, das zu antworten, schließlich hat er ja schon zwei lange Gespräche mit ihnen gehabt. Mama sagt nichts darauf, und von selbst beginnt sie auch kein Gespräch. Sie fragt nicht nach mir, aber Papa sagt schließlich, ich solle doch mal was erzählen, zum Beispiel von Percy, und dann fange ich einfach an, heute ist ja sowieso der Erzähltag. Allerdings lasse ich das meiste weg, Percys Probleme gehen sie schließlich nichts an. Ich sage nur, dass er sehr schlau ist und gleichzeitig eine schwere Schreibschwäche hat und deshalb an seiner alten Schule nicht gut zurechtgekommen ist. Komisch, ich erzähle Percy von Mamas Problemen, aber umgekehrt entscheide ich mich anders. Ich berichte davon, wie es angefangen hat mit dem Referat, dass wir uns dann öfter getroffen haben, dass wir uns gut verstehen und dass ich ihn mag. Und ich erzähle davon, wie wir das Referat gehalten haben und was es für ein Erfolg war. Papa und Mama hören beide zu, Papa freut sich und Mama versucht auch so was wie ein Lächeln, wann haben die beiden mir das letzte Mal so interessiert zugehört?

Als ich fertig bin, reden wir noch ein bisschen über dies und das, die Zeit vergeht quälend langsam, aber irgendwann ist die halbe Stunde dann doch vorbei. Zum Abschied beuge ich mich zu meiner Mutter ans Bett und umarme sie leicht. Ich sage, dass ich bald wiederkomme und dass sie sich erstmal gut erholen soll; sie sagt dagegen nur Tschüs, mein Kind, wie immer, wenn sie ihre schlechte Phase hat.

Anschließend haben wir noch ein kurzes Gespräch mit der Ärztin, sie macht mit Papa einen Termin für morgen aus, und dann gehen wir auch schon wieder.

Draußen nimmt mein Vater mich noch einmal sehr lange in den Arm.

„Du bist wirklich sehr tapfer", sagt er. „Ich bin stolz auf dich."

„Und du bist lieb, Papa", antworte ich. „Das hatte ich ganz vergessen, dass du so lieb bist."

„Ich auch, Manuela, ich auch."

Papa ist ein bisschen irritiert, als ich ihm sage, dass Percy in der Stadt auf mich wartet, hast du ihm etwa alles erzählt, will er wissen. Ja, das habe ich, antworte ich, aber Percy ist ein Schweigsamer, der behält das für sich. Er ist überhaupt der Erste und Einzige, dem ich was erzählt habe, mit ihm ist das nämlich ganz anders als mit Phil oder Tom oder Lenny oder Steffen. Dann willst du wohl jetzt mit ihm zusammen nach Hause fahren, schlussfolgert Papa. Ich zucke mit den Achseln und nicke gleichzeitig vorsichtig. Ist in Ordnung, meint Papa, wir sehen uns dann heute Abend zu Hause? Kann spät werden, sage ich, aber diesmal lasse ich mein Handy an.

Ich renne die Strecke vom Klinikum zum Marktplatz, wo ich mit Percy verabredet bin, mir ist nach Rennen zumute; außerdem können wir dann mit etwas Glück noch den Bus erreichen, den wir rausgesucht hatten, denn sonst fährt erst wieder in eineinhalb Stunden ein Zug. Percy ist schon da, als ich komme, er steht neben der fünfarmigen altmodischen Laterne in der Mitte des riesigen Marktplatzes und hält nach mir Ausschau.

„Da bin ich", sage ich, ziemlich außer Atem.

„Wie war's?"

„Ich weiß nicht. Ganz gut eigentlich. Vor allem mit meinem Vater."

„Bleibt der noch da?"

„Nein, der fährt auch noch heute nach Hause. Aber er hat von sich aus gemeint, dass wir vielleicht gern alleine fahren wollen."

Percy lächelt.

„Dann mal los. Wenn wir rennen, kriegen wir den Bus noch."

Wir erreichen den Bus gerade noch rechtzeitig. Auf dem Weg nach Brunsbüttel müssen wir zweimal umsteigen, in Meldorf und Marne. Je später es wird, desto dunklere und dickere Wolken jagen über das Land und desto mehr biegen sich die Bäume und schwankt der Bus.

„Gehen wir noch zum Alten Fähranleger?", fragt Percy unvermittelt, als der Bus Marne verlassen hat. „Hochwasser ist zwar erst in vier Stunden, aber bei dem Westwind wird immer noch 'ne Menge Wasser von der letzten Flut da sein."

Ich bin sofort einverstanden. Alles, was diesen Abend verlängert, ist mir recht. Und mit Percy an der aufgewühlten, schwarzen Elbe im Wind zu stehen, wird bestimmt toll sein. So steigt Percy nicht schon in Neufeld aus, sondern bleibt mit mir im Bus bis zur Haltestelle „Zur Traube", die dem Fähranleger am nächsten liegt.

Als wir dort ankommen, ist es schon stockdunkel. Beim Aussteigen aus dem Bus erfasst uns eine Windböe, die uns beinahe umhaut. Einen Moment lang stehen wir beide fasziniert da. Instinktiv greife ich nach Percys Hand. Er verschränkt seine Finger mit meinen. Um uns herum tobt der Wind. Sogar die Straßenlaternen schwanken. Irgendwo klappert etwas, überhaupt ist der Sturm echt laut. Unsere Regenjacken flattern, die Bäume rauschen, irgendwas verursacht ein Pfeifgeräusch.

„Wow", ruft Percy. „Hier stürmt's aber richtig."

„Allerdings!"

Wir gehen los, ohne einander loszulassen. Der Weg zieht sich endlos hin, das Vorwärtskommen ist richtig anstrengend. Als wir den Deich erreicht haben, müssen wir noch einige hundert Meter westwärts gehen, voll im Sturm.

„Wann fährt eigentlich der letzte Bus?", rufe ich Percy zu. Der Sturm ist hier noch lauter als an der Bushaltestelle. Zwar klappert nichts, aber dafür flattern unsere Regenjacken umso stärker. Und man hört das Tosen der Elbe, selbst hier direkt hinter dem Deich.

„Zwanzig Uhr neun ab ZOB oder ein paar Minuten später ab Zur Traube", schreit er zurück. „Aber ich kann nachher auch einfach meine Mutter anrufen, sie wird mich wieder abholen. Das ist wirklich ein toller Sturm!"

Dann steigen wir den Deich hoch. Von der Deichkrone aus sehen wir endlich die Elbe. Die Straßenlaternen auf dem Weg vom Deich zum Anleger werfen ein fahles Licht auf das Elbufer. Tatsächlich schlagen die Wellen wild an den Deichfuß. Tagelang haben wir schon starken Westwind und jetzt dieser Sturm, da staut sich das Wasser in der Nordsee überhaupt und in der Elbmündung besonders. Bei Ebbe kann es fast gar nicht ablaufen und bei jeder Flut kommt neues dazu. Jetzt kommt noch eine Flut und der Sturm soll weiter zunehmen, das könnte dann sogar gefährlich werden.

Der Weg runter zum Anleger verläuft etwas schräg zum Deich, fast in westlicher Richtung. Wir laufen mit ausgebreiteten Armen nach unten, immer noch Hand in Hand, lehnen uns gegen den Wind, wir kommen kaum vorwärts und der Sturm nimmt mir den Atem.

Ohne uns abzusprechen, gehen wir auf den Anleger zu und klettern an der Absperrung vorbei. Der Wind ist so stark, hoffentlich kommt jetzt nicht plötzlich eine besonders heftige Böe und wir fallen runter oder schlitzen uns am Stacheldraht auf. Außerdem ist es so dunkel, ich sehe kaum etwas. Gut, dass die Regenjacke vom Wind an meinen Körper gedrückt wird, da ich mit dem Kopf nach Westen klettere, sonst würde ich bestimmt damit hängenbleiben und sie wäre kaputt. Meine Knie zittern, aber Aufgeben ist indiskutabel, ich will mit Percy auf die Brücke, unbedingt.

Als wir endlich auf der anderen Seite der Absperrung auf dem Anleger stehen, bin ich ziemlich erleichtert. Wir halten uns nicht lange auf, sondern laufen gleich zur Wendeltreppe. Die liegt ein bisschen im Windschatten des Brückenturms, was es etwas angenehmer macht, außen am Gitter vorbeizuklettern. Trotzdem bin ich mehr als erleichtert, als wir beide auf der anderen Seite angekommen sind und nach oben rennen. Wir gehen am Führerhäuschen vorbei zum anderen Ende der Brücke. Dort angekommen, stehen wir dicht nebeneinander und halten uns an der Brüstung fest. Unter uns tost die Elbe, wild, schwarz, unheimlich, wir hören sie mehr, als dass wir was sehen können. Nur manchmal, da spritzt die Gischt so hoch, dass das Licht der Straßenlaternen sie erleuchtet. Auf der Elbe sind kaum Schiffe unterwegs, alles, was konnte, hat sich bestimmt einen Liegeplatz in einem der Häfen gesucht. Im Osten erkenne ich die Molenfeuer, man sieht sie alle vier, ganz schön hell. Dahinter das Richtfeuer von Brunsbüttel, Unterfeuer und Oberfeuer, jeweils drei Sekunden an, drei Sekunden aus, immer im Gleichtakt. Im Süden liegt das andere Elbufer, es ist in östlicher Richtung vollkommen dunkel, aber von uns aus gesehen in südlicher und südwestlicher Richtung gibt es einige Leuchttürme, deren Blinkzeichen sich schwach als dünne Lichtkegel in der feuchten Luft abzeichnen.

„Warst du schon mal nachts hier oben?", schreit Percy.

„Nein", antworte ich. „Heute ist Premiere."

Lange stehen wir schweigend und fasziniert nebeneinander. Es ist so dunkel, aber ich glaube, auch Percy späht zu den fernen Leuchttürmen hinüber. Je länger ich in die Dunkelheit starre, desto mehr meine ich erkennen zu können.

„Siehst du den Lichtschein vom Balje-Richtfeuer?", ruft Percy. Er fängt jetzt oft von sich aus ein Gespräch an. Wir kennen uns nun seit drei Wochen und seitdem ist so viel zwischen uns passiert. Vorher hab ich noch auf ihn herabgesehen und Witze über ihn gemacht. Einen Tag später war ich das erste Mal bei ihm zu Hause. Als Manu, *der* Manu, der ich immer war oder zu sein glaubte. Ich hab mich gefreut, als seine Mutter mich für einen Freund gehalten hat. Seitdem hat sich so viel verändert. Ich hab Percy viel besser kennengelernt und ahne, durch welche Hölle er gegangen ist. Und ich bin selber durch die Hölle gegangen, durch eine andere oder eigentlich durch zwei, und irgendwie bin ich auch noch mittendrin, nichts ist mehr, wie es war. Ich bin nicht der, der ich war oder der ich sein wollte. Ich bin kein Junge und auch kein Mädchen, ich bin irgendwie dazwischen. Hätte ich Percy nicht getroffen, wäre ich vielleicht noch der Alte, aber das Merkwürdigste ist, ich will die Zeit gar nicht mehr zurückdrehen. Dafür ist es viel zu schön, hier mit Percy zu stehen.

„Wo denn? Ich sehe mehrere Lichtkegel, glaube ich", brülle ich zurück.

Percy kommt dicht an mich ran, hält seinen Kopf an meinen, nimmt meinen Arm und deutet damit auf den noch am deutlichsten zu erkennenden Lichtkegel. Klar, hier im Dunkeln könnte ich nicht sehen, wo Percy hinzeigt, aber die Berührung elektrisiert mich. Ich glaube, es könnte tiefster Winter sein und der Sturm eisig und mir wäre trotzdem warm.

„Der erste Lichtkegel, acht Sekunden an, acht Sekunden aus, das ist das Balje-Richtfeuer. Und dahinter, etwas weiter westlich, das ist der vom Belum-Richtfeuer. Vier Sekunden an, vier Sekunden aus."

Ich blicke angestrengt in die Richtung und versuche, die Leuchtabstände der Leuchttürme auszuzählen. Der Lichtschein ist wirklich sehr schwach, besonders der zweite. Aber es kommt hin, das Leuchtfeuer, das weiter von uns weg ist, blinkt ungefähr doppelt so schnell wie das andere. Es ist unheimlich, über der aufgewühlten Elbe zu stehen, in die Dunkelheit zu starren und die regelmäßig aufleuchtenden blassen Lichtkegel zu orten, die man mehr erahnt als wirklich sieht. Und es ist wunderschön, dabei direkt neben Percy zu sein, auch wenn er inzwischen meinen Arm losgelassen hat und unsere Wangen einander nicht mehr berühren.

„Eigentlich kann man die Blinkzeichen dieser Richtfeuer von hier aus gar nicht sehen", ruft Percy. „Sie strahlen nicht in unsere Richtung, weil sie nur den elbaufwärts fahrenden Schiffen als Orientierung dienen. Aber die Luftfeuchtigkeit ist so hoch, dass wir ihren Widerschein erkennen können. Ich vermute, dass das, was wir sehen, die Unterfeuer sind, denn die stehen im Watt, also jetzt mitten in der Elbe, und außerdem sind die Unterfeuer nur etwa halb so hoch wie die Oberfeuer, das heißt, da weht bestimmt ordentlich Gischt durch den Lichtstrahl."

Ich grinse. „Mit Leuchttürmen hast du dich wohl auch mal näher beschäftigt, was?"

„Ja. Ich hatte als Kind immer so Phasen von einigen Monaten, in denen ich über irgendwelche Themenbereiche einfach alles wissen wollte. Ich war ungefähr acht oder neun, als Leuchttürme mein Hobby waren. Ich kannte die Daten von unzähligen Leuchttürmen auswendig, Kennung, Höhe des Feuers, Nenntragweite, Bauj..." Er unterbricht sich und sagt dann: „'Tschuldigung, ich wollte nicht angeben." Er sagt es fast zu leise, aber er steht rechts von mir, sodass der Wind es doch zu mir herüberträgt.

„Keine Sorge, ich finde nicht, dass du ein Angeber bist", erwidere ich.

Er sagt nichts darauf. Ein paar Sekunden stehen wir einfach nebeneinander im Dunkeln und halten uns an der Brüstung fest.

Dann nimmt er meine Hand und zieht mich weg, raus aus dem Sturm, in den Windschatten der kleinen Kabine in der Mitte der Brücke. Wir hocken uns nebeneinander auf den schmalen Weg, der außen an dem kleinen Häuschen vorbeiführt, und lehnen uns mit dem Rücken an die Kabinenwand. Direkt vor unseren Knien ist die Brüstung, durch die hindurch unser Blick auf Brunsbüttel und die Molenfeuer fällt. Es tut gut, ein bisschen aus dem Sturm heraus zu sein, hier ist es etwas leiser und auch nicht ganz so kalt.

Percy legt seine Hand auf meinen Oberschenkel. „Du bist das Beste, was mir je passiert ist, Manu", sagt er. Ich hab das Gefühl, seine Stimme ist gerade besonders rau, als wäre sein Hals ganz eng. „Und ich möchte keinen Tag mehr ohne dich sein."

Ich lege meine Hand auf seine und halte sie fest.

„Ich möchte auch keinen Tag mehr ohne dich sein, Percy." Auch meine Stimme klingt belegt. Mein Herz hämmert wild in meiner Brust, so wild, dass ich es eigentlich gar nicht aushalten kann. Da sind so starke Gefühle in mir, ich möchte sie mit Percy teilen, ich möchte *alles* mit ihm teilen, aber je länger ich mit mir ringe, ob und wie überhaupt ich das in Worte fassen könnte, desto lauter wird mein Herzschlag, er wummert in meinen Hals hinein und hämmert in meinen Ohren, er übertönt alle meine Gedanken.

Und weil ich keine Worte weiß, führe ich Percys Hand seitlich an meinen Hals, dorthin, wo meine Halsschlagader pulsiert.

Ich glaube, Percy lächelt. Ein paar Sekunden lässt er seine Hand da, fühlt, wie das Blut in harten Wellen durch meine Adern getrieben wird.

Dann stützt er sich auf und kniet sich seitlich neben mich. Er öffnet den Reißverschluss seiner Jacke zur Hälfte, nimmt meine Hand und drückt sie sanft und zugleich fest auf seine Brust. Obwohl da noch sein Pulli und sein T-Shirt und vielleicht ein Unterhemd dazwischen sind, kann ich seinen Herzschlag deutlich spüren. Er ist genauso heftig wie meiner.

„Das ist das Glück", sagt Percy rau. „Ich wusste gar nicht, dass es eine solche Wucht haben kann."

Er findet die Worte, die mir fehlen.

„Ja." Ich sage einfach nur dieses Ja, weil Percys Worte mich gerade vollkommen erwischen und mitnehmen und wegschwemmen. Da sind jetzt nur noch Percy und ich und diese Verbindung zwischen uns, die jetzt so direkt ist und so stark, dass ich mir sicher bin, mein einfaches Ja sagt genug. Ich habe meine Hand noch immer auf Percys Brust und spüre, wie sein Herzschlag plötzlich stolpert, da beugt sich Percy nah an mich ran und gibt mir einen Kuss auf die rechte Wange, dicht unter mein Auge, dahin, wo die Haut ganz weich ist, einen zaghaften, zärtlichen, fragenden Kuss. Ich möchte seine Frage mit einem Ja beantworten, einem, das zugleich ganz laut ist und sehr leise, ich rücke mit meiner Hand von Percys Brust unter seiner Jacke nach hinten an seine Schulter und meine andere Hand lege ich an seinen Nacken, ich ziehe seinen Kopf an meinen. Für ein paar Sekunden berührt meine Stirn seine und unsere Nasen berühren einander auch, und dann lege ich meine Lippen an seine und gebe ihm einen Kuss zurück.

Einen sanften.

Einen zärtlichen.

Eine Antwort.

Um uns herum pfeift noch immer der Sturm und unter uns

brandet die aufgewühlte Elbe heftig gegen die Wellenbrecher am Deichfuß. Percy verweilt noch einen Moment mit seinem Gesicht an meinem, dann streift er ganz behutsam mit seinen Lippen über meine, einmal nach rechts und einmal nach links, bevor er in der Mitte innehält und mich noch einmal küsst. Der Kuss ist genauso sanft und leicht und zärtlich wie sein erster, aber diesmal ist er keine Frage mehr.

Er ist ein Ja.

Wir bleiben noch lange nebeneinander sitzen, wieder mit dem Rücken an der Kabinenwand, dicht zusammen und die Finger miteinander verwoben. Mein Kopf ruht an Percys Schulter und seiner lehnt an meinem. Vor uns leuchten die Lichter von Brunsbüttel und der Kanaleinfahrt, die Molenfeuer blinken still ihre Rhythmen, während der Sturm die tosenden Wellen landeinwärts peitscht und seine Böen die Brücke des Fähranlegers schwanken lassen. Aber in mir drinnen, da ist es jetzt ruhig und friedlich. Das fühlt sich gut an.

Drei Wochen.
Manu und Percy.
So viel passiert.
Und doch:
Es fängt erst an.

NACHWORT

Liebe*r Leser*in, vielleicht bist du beim Lesen von „Irgendwie dazwischen oder: Das mit Percy" in den Kapiteln 14 und 16 über For-
mulierungen oder Begriffe im Zusammenhang mit Manus Geschlechtsidentität gestolpert, die du als veraltet, unpassend oder
unreflektiert empfunden hast.

„Irgendwie dazwischen oder: Das mit Percy" spielt im Herbst
2009. Das Thema „Transsexualität" oder, wie es heute meistens bezeichnet wird, „Transgender" oder „Transidentität" begann damals
gerade erst, eine etwas breitere Rolle in der Öffentlichkeit zu spielen. Dieses Buch spiegelt den Sprachgebrauch der damaligen Zeit
wider. Heute verwenden die meisten Menschen bevorzugt die Begriffe „Transgender" oder „trans* Menschen" anstatt „Transsexuelle", wenn sie von Menschen sprechen, die sich nicht oder nicht
ausschließlich mit dem Geschlecht identifizieren, das ihnen bei ihrer Geburt zugewiesen wurde. Auch „umoperieren" würde heute
niemand, der sich näher mit dem Thema auseinandergesetzt hat,
sagen, sondern man spricht von einer geschlechtsangleichenden
Operation.

Diese sprachlichen Entwicklungen, die mit einer veränderten
Sichtweise einhergehen, fanden in der deutschen Öffentlichkeit
jedoch erst in den 2010-er Jahren statt. Manu konnte 2009 also nur
in den heute von vielen Menschen abgelehnten Begrifflichkeiten
denken und aus heutiger Sicht unreflektierte Redewendungen wie
„ein Junge im Mädchenkörper" oder „diese Stabhochspringerin,
die jetzt ein gutaussehender Mann ist" verwenden – zumal Manu
bisher als Informationsquelle nur die erwähnte Fernsehsendung
hatte und sich darüber hinaus nicht eingehender mit dem Thema
auseinandergesetzt hat. *Noch* nicht – denn das Buch zeigt ja nur
einen Ausschnitt von drei Wochen aus Manus Leben, und ich bin
mir sicher, dass Manu sich in der Folgezeit noch viel eingehender
mit sich und der eigenen Geschlechtsidentität auseinandersetzen
wird.

„Irgendwie dazwischen oder: Das mit Percy" ist kein in erster
Linie aufklärendes Buch. Es bietet keine „Anleitung" oder Infor-

mation über den heute als angemessen empfundenen Sprachgebrauch oder anderes spezifisches Hintergrundwissen. Ich erzähle in diesem Roman von zwei jungen Menschen, die auf der Suche nach sich selbst sind und in ihrem Gegenüber jemanden finden, der ihnen hilft, den eigenen Weg zu gehen. Es ist die Geschichte zweier Jugendlicher, die es nicht leicht in ihrem Leben haben und hatten. Beide haben ihre Stärken und Schwächen, ihre Geschichte. Bewusst verzichte ich auf jegliche Etikettierungen und Labels, nicht nur bei Manu, sondern auch bei Percy. Denn wir sind alle Menschen. Jede*r von uns ist einzigartig und in dieser Einzigartigkeit wertvoll. So wie wir sind. Manus Queer-Sein ist nur eine dieser Einzigartigkeiten. Nicht mehr und auch nicht weniger. Wenn es uns gelingt, die Unterschiedlichkeiten von Menschen als etwas Normales, ja, sogar Wertvolles zu sehen, egal, ob es sich dabei um Interessen, Begabungen, Behinderungen, Geschlechtszugehörigkeiten oder andere Eigenschaften handelt, dann kann sich jede*r akzeptiert fühlen und in seiner*ihrer Persönlichkeit aufblühen. Das ist meine zutiefst empfundene Überzeugung, die nicht nur in diesem Buch ihren Ausdruck findet, sondern die ich auch im Privatleben und in meinem Beruf als Lehrerin lebe und weitergebe.

Herzliche Grüße, Sabine Nagel

Übrigens: Auf meiner Webseite (https://s-ng.de/?p=2193 – oder einfach QR-Code hier unten auf dieser Seite scannen) findest du ein paar weiterführende Links zu den Themen Transgender/Non-Binarität/Pronomen sowie Antworten auf häufig gestellte Fragen zu „Irgendwie dazwischen oder: Das mit Percy" und weitere Informationen zur zweiten Auflage. Dort gibt es auch für dich die Möglichkeit, Fragen oder Kommentare zu hinterlassen. Ich freue mich auf deinen Besuch!

DANK

Zuallererst gilt mein Dank dir, liebe*r Leser*in! Ich freue mich sehr, dass du Manu und Percy auf ihrem Weg begleitet hast. Ich hoffe, die Geschichte konnte dich gefangen nehmen und berühren und Manu und Percy in dir lebendig werden lassen. Denn dafür habe ich sie geschrieben.

Danken möchte ich an dieser Stelle auch allen Leser*innen und Blogger*innen, die mein Debüt „Weil du es bist" gelesen und ihr Leseerlebnis mit anderen geteilt haben. Eure Unterstützung, eure Begeisterung für die Geschichte und ihre Protagonisten, eure Rezensionen, Nachrichten und Kommentare waren und sind überwältigend und haben entscheidend dazu beigetragen, dass mit „Irgendwie dazwischen" nun ein zweiter Roman von mir das Licht der großen weiten Buchwelt erblickt hat.

Die Geschichte von Manu und Percy wäre ohne eine ganze Reihe von Menschen niemals so geworden, wie du sie jetzt in den Händen hältst. Jede*r von ihnen hat auf eine eigene, ganz besondere Weise dazu beigetragen, dieses Buch zu dem zu machen, was es jetzt ist.

Alle voran möchte ich drei Personen danken, die mich in meinem Leben als Kind und als junge Lehrerin auf eine Art weitergebracht haben, dass es mich noch heute positiv beeinflusst. Sie standen sozusagen Pate für die Figur des Dr. Karl. Da ist zum einen mein eigener Schulleiter aus meiner Zeit am Gymnasium, der in der 5. und 6. Klasse auch unser Klassenlehrer war und der es geschafft hat, unsere Klasse zu einem Ort von Toleranz und Wertschätzung zu machen, sodass Schule für mich – nach *schlechten Erfahrungen* in der Grundschule – wieder zu einem sicheren und schönen Ort werden konnte. Und zum anderen sind da mein Schulleiter und die damalige Beratungslehrerin an der Schule, an der ich als junge Lehrerin gearbeitet habe. Mehrfach durfte ich Zeugin ihrer Gesprächsführung in schwierigen Eltern- und Schülergesprächen werden. Sie beeindruckten mich nachhaltig mit ihren klaren, deutlichen Worten, die den Schüler*innen und Eltern gleichzeitig immer einen Weg aufzeigten, den zu gehen sich lohnen würde. Einige wenige dieser Gespräche, bei denen ich als jeweilige Klassenleitung mit anwesend war, haben ausgereicht, meine eigene Gesprächsführung fundamental weiterzuentwickeln, sodass ich heute noch davon profitiere.

Eine Vorversion von „Irgendwie dazwischen" war im Jahr 2012 einige Monate als XXL-Leseprobe online auf neobooks.com und fand dort eine Vielzahl begeisterter Leser*innen. Ich danke allen damaligen Rezensent*innen für ihr reichhaltiges Feedback, das mich sehr bestärkt hat. Einigen gefiel die Leseprobe so sehr, dass sie sich als Testleser*innen zur Verfügung stellten. Ihre Anmerkungen haben neun Jahre später, als ich nach meiner „Babypause" das Manuskript überarbeitet habe, wesentlich dazu beigetragen, die Geschichte noch ein Stück besser und intensiver werden zu lassen. Danke, Nathan, Anne und Marion, für euer Interesse und eure hilfreichen Hinweise!

Ein großer Dank geht auch an die Testleserinnen der jetzigen Version. Emma und Nicole, euch danke ich sehr für eure Begeisterung für die Geschichte, die mich beflügelt hat, für euren Blick auch auf Kleinigkeiten, fürs Teilhabenlassen an euren Gedanken und Gefühlen und für die ausführliche Beantwortung all meiner Fragen!

Jona, dir danke ich ganz besonders, nicht nur fürs zweimalige Testlesen, sondern auch für dein tiefes Einfühlen in die Geschichte, für die vielen hilfreichen Anmerkungen, unseren teils nächtelangen Austausch über einzelne Textstellen, deine Liebe zu meinen Figuren ... ach, und ich danke dir außerdem einfach dafür, dass es dich gibt und dass wir einander getroffen haben! Den Austausch mit dir – nicht nur über unsere Bücher – und unsere Freundschaft möchte ich nicht mehr missen!

Und dann gibt es da noch eine, die hat dieses wunderbare Cover gezaubert. Liebe Florin, ich danke dir sehr für deine geniale Cover-Idee und deine unermüdliche Geduld beim Suchen nach einer passenden Schriftart, beim Immer-wieder-Anpassen des Fähranlegers und beim Umsetzen der vielen kleinen Änderungswünsche, die ich beim „Feinschliff" an dich herangetragen habe.

Zum Schluss möchte ich auch meinem Mann und meinen Kindern danken, einfach dafür, dass es euch gibt und dass ihr Teil meines Lebens seid!

Herzliche Grüße, Sabine Nagel

LIEBE*R LESER*IN, …

hat dir die Geschichte von Manu und Percy gefallen? Ich würde mich sehr freuen, wenn du mich (und andere) an deinem Leseerlebnis teilhaben lassen würdest, zum Beispiel in Form einer kurzen Rezension, dort, wo du das Buch gekauft hast, oder auf LovelyBooks oder in anderen Shops oder Portalen. Das hilft nicht nur anderen, dieses Buch zu finden, sondern ist auch für mich als Autorin ein wertvolles Feedback.

Zusätzlich hilfst du mit einer Rezension oder einer Sternebewertung bei Amazon sehr, dieses Buch sichtbarer zu machen, sodass es noch mehr Leser*innen finden kann. Auch jede Empfehlung, sei es im Freundes-, Familien- oder Bekanntenkreis oder in den sozialen Medien, trägt dazu bei, die Geschichte von Manu und Percy bekannter zu machen.

Ich freue mich darüber hinaus natürlich auch über Mails an info@s-ng.de oder über Kommentare auf meiner Homepage www.s-ng.de, auf Instagram bei @sabine.nagel.autorin oder auf meiner Autorenseite bei Facebook https://www.facebook.com/AutorinSabineNagel.

Der Dialog mit meinen Leser*innen ist für mich ein großes, glitzerndes Geschenk – denn es fühlt sich einfach toll an, erfahren zu dürfen, wie meine Protagonisten in die Leserherzen anderer einziehen und dort vielleicht sogar bleiben.

In diesem Sinne: Bis vielleicht ganz bald!

Herzliche Grüße, Sabine Nagel

SOUNDTRACK

Diese Lieder spielen in „Irgendwie dazwischen" eine Rolle – oder sie haben mich während der Arbeit an dem Roman durch meinen Alltag begleitet.

Diese Liste ist also gewissermaßen mein persönlicher Soundtrack zu Manus und Percys Geschichte. Wer mag, kann gerne mal reinhören. Natürlich sind auch „Trutz blanke Hans" und „Stadtaffe" dabei.

Zu finden ist die Playlist bei Spotify unter „Irgendwie dazwischen":

Nur ein Wort (Wir sind Helden)

- Dieses Lied ist eines von zweien, die mich zum Schreiben dieses Buches inspiriert haben. Schon lange, bevor ich das erste Wort zu „Irgendwie dazwischen" schrieb, reifte die Idee in mir heran, einen Roman zu schreiben, in dem ein junger Mann vorkommt, der fast nie was sagt.

Kaputt (Wir sind Helden)

- Eine Geschichte zu schreiben über jemanden, der eigentlich kaputt sein müsste, es aber nicht ist, dazu hat mich dieses Lied inspiriert.

Nothing Else Matters (Metallica)
Mama Said (Metallica)
Boulevard Of Broken Dreams (Metallica)

- Percy hat in seinem Zimmer Poster von Metallica und Green Day, und Manu hört diese Lieder auf dem MP3-Player und zu Hause am PC. Während ich an der Rohfassung von „Irgendwie dazwischen" schrieb, begleiteten mich diese Songs in meinem Alltag.

Trutz Blanke Hans (Achim Reichel)

- Das Gedicht „Trutz Blanke Hans" habe ich schon als Kind gekannt und geliebt. Später habe ich es (als ich noch in Norddeutschland wohnte) mit Schülern bearbeitet. Durch Zufall stieß ich irgendwann auf die Vertonung von Achim Reichel. Sie in „Irgendwie dazwischen" eine Rolle spielen zu lassen, war eine spontane Idee, die sich so ergab. Auch Manus Traum von den langmähnigen Wogen und dem fiesen Mond war nie bewusst geplant, sondern kam ganz von selbst.

Bodies (Robbie Williams)
Back To Black (Amy Winehouse)
So What (P!nk)
Haus am See (Peter Fox)
Stadtaffe (Peter Fox)
This Is The Life (Amy Macdonald)
Foot Of The Mountain (A-Ha)

- Diese Songs werden auf Lennys Party gespielt. Zum Teil sind es einfach Titel aus dem Jahr 2009, zum Teil spielen sie eine wichtige Rolle in der Geschichte. Die Verbindung von Manu zum Affen, der auch feiert, wenn er traurig ist, kam auch spontan.

Still Cruisin' (Jimmy Whoo, Alsy)

- Auf dieses Lied bin ich zufällig während der letzten Überarbeitungsrunde gestoßen. Obwohl es eigentlich nichts mit diesem Buch zu tun hat, möchte ich es hier mit aufführen, da es von der Stimmung her (für mich) sehr gut zu der Geschichte passt.

PERCYS TEXTE

Für diejenigen, die zu viel Mühe haben, Percys Texte zu entziffern, sind sie hier noch einmal – mit allen Fehlern – abgetippt.

Mo., 21.09.

Was soll ich schreiben? Worüder soll ich schreden? Ist doch egal, Haudtsache schreiben.
Schreibt man Hauptsche nicht mit p? Ich glaude schon.
Jeder Buchstabe soll auf der Linie ruhen.
Warum ist das so schwirig?
So ein sinloser Text.

Di., 22.09.

Dienstag, Tag 2. Noch ein sinloser Text. Text Nummer 2. von 100? Von 1000? Egal.
~~Ätiopien. Äthiophien.~~ Äthiopien ist ein inteesantes Land. Manu ist ein intressanter Typ. Cool. Anders. Hat Grips, nicht zu knap vermutlich. War ein Schöner nach-mitag.
10 Minuten. Ende.

Mi., 23.09.

Tag 3. Text 3. 10 endlose Minuten. „eng ausladen" ist ein Oxymoron. Die Löwenstein ist eine blöde Kuh.
manu ist kein unbeschriebenes Bllat. So wie ich. Aber keiner lesst den anderen lesen, was drauf sthet.
Unser Referat ist vertig. Ich werde es halten. Ich habe es fersprochen.
List Wildmuth das morgen? Ich will das nicht. Zu per-sönlich.
13 Minuten. Ende.

Do., 24.09.

Wildmuth ist OK. Im reicht ein kurzer Blig. So schnell kann Niemad lesen. Schon ganicht Mein gekrackel.
Die Zeit vergeht nicht. 6 Minuten noch. Was soll ich schreiben? Eine Minute hat 60 Seckunden. 6 Minuten haben 360 Sekunden, 9 Minuten. 10 Minuten. Endlich Ende.

264

Fr., 25.09.

10 Minuten. Worüber? Über die Löwenstein? Dr. Karl?
Muss der Alles wissen?
Ardeitsferweigerung. Klar!!! Wohl eher Kopperationsfer-
weigerung. Und zwa seitens der Löwenstein!
Oder über Manu. Mag ich ihn? Sie? Ihn-sie? Sie-Ihn?
Oder über Percy. Der schn wider zufiel riskirt.
9 Minten. Jetzt 10. Ende.

Sa., 26.09.

Wieder 10 Minuten. Dismal gleich morgens. Schlecht
Geschlaffen. Um 4 Uhr nachts Orion am Himmel gese-
hen. Ein Majästetisches Sternbild. Forbote des Winters.
In der Ferlengerung des gürtels Sirius. Gleissent hell.
Genaugenomen Sirius A. Sirius ist ein Dppelsternsys-
tem. Aber Sirius B ist fiel dunkler alls Sirius A und mit
Blosem Auge nicht zu sehen. Den er ist ein weisser
Zwerg.
14 Minuten. Ende.

So, 27.09.

Regen. Seit huete Nachmtag. Der Westwind feift ums
Haus. Musste ja mal enden der Spätsomer.
Manu. Er-sie, sie-er will mir nicht aus dem Kopf. Ich
war blöd am Freitag. Hat extra auf mich gewatet,
glaube ich. Er-sie, sie-er ist OK. Ich sollte das in ordnung bringen Morgen. Unbedingt.
12 Minuten. Ende.

Mo., 28.09.

Eigentlich hasse ich Tehrapeuten. Wildmuth ist anders.
Er bohrt nicht. Er fragt nicht. Er lesst mich einfach
schreiben. Und ich schreibe. Sogar eine Zeile nur a.
Und d. a und d. a, d, a, d, a, d.
Fielleicht kann ich es diesmal schaffen.
Fieleicht habe ich diesmal Glück.
~~Fieleicht~~. ~~Fielleicht~~. Vielleicht.
Viel + leicht. Bei mir nicht. Vielschwer. Das wer mal ein
Wort. Passt zu mir. Nicht zu Manu. So Anders und tros-
dem Beliebt. Wie macht sie-er das? Ich weiß es nicht.
9 Minuten. Ich werde schneller. Es felt die Recht-
schreibprüfung.
10 Minuten. Ende.

Schon wieder schlecht geschlafen. Bin wie aufgedreht.
130% wach.
Diesmal Kein Sternenhimmel. Alles grau.
5.30 Uhr. Noch 30 Minuten bis zum aufstehen.
Manu. Immer noch in meinem Kopf. Die ganze Nacht.
Sie-er ist so widersprüchlich. Rätzelhaft. Phaszinierend.
Er oder sie? Mein Eindrug wekselt stendig. Zulezt mer
sie. Vielleicht.
Ich bin komisch nerwös. Irgendwie.
11 Minuten. Ende.

Eine Magen-Darm-Grippe kann durch Vieren, Bkterien
und so gar durch Einzeller ausgelöst werden. Das Erb-
rächen wird durch eine Abwehrreaktion des Körpers
hervor gerufen. Sie geht oft mit Fieber und Abgeschla-
genheit einher. Eine Magen-Darm-Grippe heisst eigentlich Gastroenterietis und ist nach spetestens einer Woche forbei.
Worüber schreibe ich hier eigntlich?
10 Minuten. Ende.

Magen-Darm-Grippen sind meistens hoch Ansteckent.
Phil ist nicht krank. Tom ist nicht krank. Die hengen
doch so dicht auf einander. Die hengen noch dichter
zusamen alls normal. Wie kann man sofiel herumalbern? Die ganze Zeit! Als gäbe es einen Preis dafür!
Ich habe irgendwas falsch gemacht. Wenn ich nur
wüsste was! Fasst hette ich mir eingebildet, Manu und
ich Könnten Freunde werden. Oder weren es schon.
Es tut verdamt weh.
11 Minuten. Ende.

Sa., 03.10.

Teglich 10 Minuten. Gestern nicht. Der Tag gestern
eksistirt nicht. Freitag, der 2. Oktober wird Ersatzlos
gestiechen. Ein Nicht-Tag. Nach einer Nicht-Nacht. Ich
hette es nicht ertragen Manu zu bgegnen. Ihr Lachen
zu hören. Ihr Lachen Oder seins.
Eine Woche mit Manu. Mer war es nicht. Aber es war
schön. So lebendig. Gut. Ein Freund oder eine Freundin. Ich mag sie, ihn. Es hat sich gut angefüllt, richtig,
zum ersten Mal in meinem Leben.
Warum schreibe ich das alles? Ich hab Kein Atesst für
gestern. Es ist sowieso forbei. Changs verspielt. Beim
ersten kleinen Hinderniss aufgegeben. Da klapt die Tür
zu. Mal wieder. Karl lesst sie zufallen. Er meint was er
sagt und ich wusste das.
Scheisse. Dabei hat alles so gut angefanen. Die Klasse
ist OK. Ich war sogar zu Lenis Party eingeladen. Und
dann schmeise ich alles hin. Und schreibe auch noch
darüber. So ein nutsloser Quatsch.
18 Minuten. Genug.

So., 04.10.

Percy Claasen, 1,77m, 15 Jahre und 6 Monate, Vollidiot
mit zu hohem IQ. Schwenzt die Schule blos wegen einer Enteuschung. Dabei müste er doch Enteuschungen
gewohnt sein. Schreibt in diesem demlichen heft weiter, obwol so wie so alles forbei ist.
Vielleicht weil ich nicht will das alles forbei ist. Weil alles so fiel besser war in Brunsbüttel. Weil ich ein Ziel
hatte. Das Ziel hieß überleben. Eine Handschrieft endwickeln. Abitur machen. Freunde finden gehörte nicht
dazu. Vieleicht war das zufiel gewollt.
Ich könnte Montag einfach wider hingehen. Mit Dr. Karl
reden. Der schemist mich doch nicht Raus nur wegen
einem Fehltag. Das kann er doch eigentlich nicht machen. Menschen machen Feler. Menschen machen
Dumheiten.
17 Minuten. Ende.

Ich bin ein Feigling!
Heute morgen hette ich fieleicht (unleserliches Wort)
eine Changs gehabt.
Fieleicht hette Dr. Karl mir zugehört.
Fielleicht hette er mich ferstanden.
Aber ich bin keiner, der sich so leicht öfnet und sein i-
nerstes nach außen kehrt.
Stat dessen gehe ich ins Watt.
Und warte.
Und warte.
Und gehe doch zurück.
Rechtzeitig.
Warum? Wozu? Warum schreibe ich überhaupt noch?
Scheiss drauf!

Die Hausaufgaben. Ich hette nicht gedacht, dass ich
mal froh sein könnte, dass es sie giebt. Auch wenn das
natürlich eine Ausrede war. Manu. Sie ist gekommen.
Sie. Oder er. Mal denke ich sie und mal denke ich er.
Aber keins von beiden passt richtig.
Morgen gehe ich zur Schule. Wircklich. Ich halte mein
Wort. Und ich habe sogar Wildmuths schreiben.
Manu hat gesagt, Karl ist kein Unmensch. Sie-er kent
ihn schon lange. Er-sie wird es wissen.
Hofentlich.
11 Minuten. Ende.

Ohne Worte.
Dafür giebt es nemlich keine.
Echt nicht.
Kein Adjektiv könnte dem gerecht werden.
Kein Satz. Nicht mal ein Roman.
Worüber schreibe ich also? Ich weis kein Tehma. Ich
habe gerade nur eins und das ist fiel zu groß für
Worte.
Fiel zu groß.
V̲iel.
Mann schreibt es mit v.
Viel zu groß.

Viel

zu

Groß.

10 Minuten. Ende.

Do., 8.10.
Ein einzieger Tag und sofiel passiert. Das Referat war
richtig gut. Die Klasse war diereckt freundlich. Lenni
hat sich für mich gefreut. Wir haben uns unterhalten,
es hat sich gut angefült, richtig.
Vielleicht mag er mich sogar.
Vielleicht mag mich auch Swen.
Vielleicht bin ich doch zum Mögen geeignet.

Manu gieng es nicht gut. Irgendwas ist mit ihm-ihr. Mit
ihren-seinen Eltern oder mit der Mutter hauptsechlich.
Manu spricht nicht darüber. Doch ich bin wol der letzte
der verlagen kann, das sie-er was erzelt. Er-sie wird es
tun, wen der richtige Zeitpugt gekommen ist. Ich
werde warten.
So wie Manu auch wartet und mich nicht drengt.

Manu ist das Beste was mir je passiert ist.
Weil wir zusamen lachen.
Weil er-sie mich fersteht.
Weil sie-er einfach ihre-seine Hand auf mein Bein ge-
legt hat an der Bushaltestelle. Ohne Worte.

Weil Manu ist wie sie-er ist.
Weil Manu mich mag,
Und weil –
ich Manu mag.
Sehr.

Was ist passiert?
Du sihst nicht gut aus.

Manu und ich im Hafen.
Niemad anderen hätte ich da mit hingenomen.
Niemand anderem hätte ich von frhüer erzählt.
Vielleicht erzähle ich Manu irgendwann alles.
Wircklich.
Alles.
Manu würde es aushallten.
Und deshalb würde ich es auch aushallten, es auszu-
sprechen.
Zum ersten Mal würde ich das.
Weil es Manu ist.

Was ist das mit Manu? Mit Manu und mir?
Manu ist kein Mädchen und kein Junge.
60-40 vielleicht. Oder 55-45.
Aber wofür ist das wichtig?
Ich mag Manu so sehr. Und da ist noch mehr.
Herzklopfen. Wärme. Glück.
Jedes Mal, wenn wir uns ansehen.
Jedes Mal, wenn wir uns berühren.
Jedes Mal, wenn wir uns nahe sind.

Noch nie war ich jemandem so nahe.
Noch nie wolte ich jemandem so nahe sein.

Wie viele Minuten waren das jetzt?
Ich hab nicht auf die Uhr geckugt.
Aber das ist nicht wichtig. Nicht mehr.

WEITERE WERKE DER AUTORIN

„Weil du es bist" – Roman

Kurztext:

**Eine Liebe, so groß wie ein ganzer blauer Sommerhimmel.
Zwei junge Menschen, wie füreinander bestimmt.
Doch für einen von ihnen ist es zu früh.**

Als Fredi Sascha zum ersten Mal begegnet, ist es ein Anfang, der eigentlich keiner sein sollte. Denn für Sascha ist eineinhalb Jahre nach seinem folgenschweren Unfall nichts mehr so, wie es war. Aber in Wahrheit gibt es vom ersten Moment an kein Zurück. Da ist dieser Zauber. Diese unmittelbare Verbindung. Dieses Glück. Das zwischen ihnen, das ist Liebe.

Und so lassen sie sich aufeinander ein, mit Haut und Haaren und ohne Wenn und Aber – trotz allem. Zusammen fliegen sie wie Schmetterlinge durch den Himmel und zugleich sind sie auf einer wundervollen Entdeckungsreise zueinander. Es scheint, als könnte es ihnen gelingen, die dunklen Momente zu überwinden und das Glück festzuhalten.

Doch dann trifft Fredi eine Entscheidung, deren Tragweite sie völlig unterschätzt ...

Eine atmosphärische und dichte Geschichte über eine große Liebe, von überwältigendem Glück und stillem Schmerz, ein Roman über Verlust und Trauer – und einen vorsichtigen Neuanfang.

396 Seiten.
ISBN Taschenbuch: 978-3-7504-1779-3
auch als eBook erhältlich (exklusiv bei amazon).
Leseprobe und weitere Informationen: www.s-ng.de/?page_id=41

„Über den Berg" – Kurzgeschichte

Kurztext:
Die E-Mail eines verloren geglaubten Freundes aus seinem alten Leben beschert Sascha einen ganz besonderen Tag, wie er es so nie für möglich gehalten hätte.

Aus einem tiefen Tal heraus gesehen wirkt ein Berg umso unüberwindbarer. Man mag ihn gar nicht erst in Angriff nehmen. Sascha hat schon ein Stück Wegstrecke im Tal zurückgelegt, aber noch kaum an Höhe gewonnen. Am Ende des Tages, dessen Zeuge du hier wirst, ist Sascha noch lange nicht über den Berg. Aber er hat einen Freund und endlich genug Kraft, sich der Herausforderung zu stellen. Oben leuchtet der blaue Himmel. Ein bisschen davon kann Sascha schon sehen.

24 Seiten.
ISBN Heft: 978-3-7504-1936-0
auch als eShort erhältlich (bei amazon)
Leseprobe und weitere Informationen: www.s-ng.de/?page_id=41

„Zurück." – Kurzgeschichte

Kurztext:
„Zurück." ist die Geschichte von einem, der lange weg war und langsam wieder zurück ins Leben findet.

Nach einem schweren Unfall, der sein Leben grundlegend veränderte, hat sich Sascha lange von seinen Freunden zurückgezogen. Auf einer Party stellt er sich erstmals der erneuten Begegnung. Die Musik weckt Erinnerungen und neue Kräfte ...

20 Seiten.
ISBN Heft: 978-3-7504-2285-8
auch als eShort erhältlich (bei amazon)
Leseprobe und weitere Informationen: www.s-ng.de/?page_id=290

„Gipfelstürmer" – Kurzgeschichte Authorschallenge

<u>Kurztext:</u>
Schon früh brechen Sascha und Markus an diesem Himmelfahrtsmorgen 2012 auf, um auf der Brockenstraße Norddeutschlands höchsten Berg zu besteigen. Es ist ihre erste gemeinsame Bergtour seit Saschas Unfall – und zugleich ihre schwierigste.

„Gipfelstürmer" erzählt von Schweiß und Tränen, von einer Liebe, die nicht einfach aufhört, nur weil man nicht mehr zusammen ist, von einer bedingungslosen Freundschaft – und von dieser einen Art Glück, die einen mit Haut und Haaren erfasst und eigentlich viel zu groß ist, als dass man es aushalten kann.

60 Seiten.
Erscheinungstermin: voraussichtlich im Jahr 2022.
Leseprobe und weitere Informationen: <u>www.s-ng.de/?page_id=2014</u>